KB060075

할머니와 나의 3천 엔

SANZEN EN NO TSUKAIKATA
by HIKA HARADA

할머니와 나의 3천 엔

三 千 円 の 使 い か た

하라다 히카 소설   허하나 옮김

문학동네

일러두기

1. 주석은 모두 옮긴이주다.
2. 장편 문학작품과 기타 단행본은『 』, 연속간행물은 〈 〉로 구분했다.

· 차 례 ·

· 1장 ·

3천 엔을
쓰는 방법

"사람의 인생은 3천 엔을 어떻게 쓰는지에 달려 있단다."

할머니는 그렇게 말했다.

3천 엔? 그게 무슨 소리지?

중학생이던 미쿠리야 미호는 책을 읽다가 고개를 들었다.

"인생이 달려 있다뇨?"

"말 그대로야. 3천 엔 정도의 소액으로 사는 것, 고르는 것, 하는 일이 쌓여서 그 사람의 인생을 만들어간다는 뜻이지."

근처 할머니 집에 놀러온 미호가 한구석에 쪼그려앉아 『레드먼드의 앤』을 읽고, 할머니는 식탁에서 차를 마시던 중이었다.

미호는 그게 무슨 말인지 잘 이해되지 않았다.

아리송한 미호의 표정을 본 할머니가 소리 내어 웃으며 말했다.

"그럼 예를 들어볼까? 그 책은 언제 산 거니?"

"할머니한테 받은 세뱃돈으로 샀어요."

올해 미호가 할머니에게 받은 세뱃돈은 3천 엔이다. 친구와 몇 번 맥도날드에 가고 책을 샀더니 바닥나버렸지만 둘 다 후회는 없다. 맥도날드에서는 친구와 실컷 얘기를 나눌 수 있어서 즐거웠고, 벌써 세 차례 읽는 『레드먼드의 앤』은 몇 번을 읽어도 재미있다. 그러니 낭비했다고 생각하지 않지만 어째선지 돈은 금세 사라지고 없다. 매달 받는 용돈도 마찬가지다.

"미호는 용돈기입장 안 쓰니?"

"그럴 만큼 많이 받지도 않는걸요."

한 달 용돈은 500엔. 친구와 맥도날드에 가거나 책을 사면 끝이다. 가끔은 부족한 만큼 아빠나 엄마에게 더 달라고 조르기도 한다.

할머니는 역시 미호답다는 듯 고개를 절레절레 저었다.

"그럼 언니는 올해 세뱃돈을 어디에 썼는지 아니?"

"음…… 뭐였더라? 엄마랑 백화점에 가서 분홍색 에나멜 지갑을 샀을걸요? 자기 용돈도 보탰대요."

할머니가 고등학생인 언니에게 준 세뱃돈도 3천 엔이었다. 언니가 산 분홍색 지갑은 약간 어른스러워 보이면서 예뻤다. 언니는 수학여행 때 그걸 가져가겠다며 기대하고 있었다.

"미호는 맥도날드랑 책이고, 마호는 분홍색 지갑이구나. 둘의 성격이 잘 드러나는걸?"

"그건 그저 책을 좋아하거나 귀여운 걸 좋아하는 거지, 성격이랑 상관없어요."

미호가 그렇게 대꾸했지만 할머니는 차차 알게 될 거라고 말할 뿐이었다.

이해도 안 되고, 별로 동의할 수도 없었다. 미호의 인생은 이제 막 시작됐을 뿐이라 자신의 작은 선택이 어떻게 인생을 바꾼다는 건지 감이 오지 않았다.

"할머니 꼭 마릴라 아줌마* 같아요."

"그게 누군데?"

"아, 아니에요."

티포트가 진열된 잡화점 선반 앞에서 예전에 할머니와 그런 대화를 나눴던 기억을 문득 떠올린 미호는 저도 모르게 "아!" 하고 외치며 손에 들고 있던 주전자를 떨어뜨릴 뻔했다.

반년 전 혼자 살기 시작하고부터 줄곧 티포트가 없어서 티백 홍차를 마시거나 출근 전에 편의점에 들러 차를 사곤 했다.

---

* 『빨강머리 앤』에 나오는 냉소적이고 고지식한 인물.

미호는 여러 종류를 둘러본 뒤, 유리로 된 심플한 티포트를 살까 생각하던 차였다. 딱 3천 엔이었다. 이거라면 허브티를 우릴 때 색이나 내용물도 보이고, 화이트 톤인 자신의 방 인테리어와도 잘 어울릴 듯했다. 녹차를 우려도 예쁘겠지.

다섯 살 위인 언니 마호가 어떤 주전자를 쓰는지 떠올려봤다. 결혼해서 아이도 있는 언니는 법랑으로 된 커피용 주전자를 썼던 것 같다. 물주전자로도 쓸 수 있는 작은 것인데, 절약가로 유명한 주부의 인스타그램을 보고 한눈에 반해서 조금 비싸지만 푼푼이 돈을 모아 샀다고 했다. 법랑이니 흠집이 나지 않도록 조심해야 한다며 그 주전자만은 조심스레 설거지하던 손놀림이 기억난다. 비싸다고 해도 3980엔이었다.

엄마, 그러니까 본가에서는 엄마의 친구들이 생일선물로 준 북유럽 브랜드의 티포트를 쓴다. 엄마와 그 친구들은 대학생 때부터 친하게 지낸 사이인데, 거품경제기에 젊은 시절을 보내선지 여성잡지는 꼭 챙겨 보고, 유행 상품이나 맛있는 음식을 굉장히 좋아한다.

할머니는 청색과 백색이 어우러진 로열코펜하겐의 도자기포트와, 여행지에서 사 온 어느 예술가의 수제 다관을 쓴다. 둘 다 꽤 비싸서 3천 엔으로는 살 수 없을 것이다. 그래도 오랜 세월 쓰고 있으니 하루씩 계산하면 일 년에 3천 엔 미만일 테다. 할머니를 생각하면 그 둘 중 하나로 차를 우리는 모습이 떠오를 만큼 할머니의 일상에 스며들어 있다.

그렇구나. 어떻게 돈을 쓰는지가 그 사람을 나타내는 것 같기도 하다.

미호는 들고 있던 유리티포트를 다시 선반에 올려놓았다. 그 티포트가 자기 자신이라고 생각해보니 왠지 그게 자신과 정말 어울리는지 확신이 들지 않았다.

부서질 듯 연약하고 투명한 유리로 만들어진 그것이.

대학을 무사히 졸업하고 취직해서 독립하는 것까지가 최근 몇 년간 미호의 목표였다.

다니는 회사는 니시신주쿠에 있는 IT 기업이고 규모는 중견쯤이다. 이 업계가 그렇듯 근무 환경이 별로 좋지 않고, 상사의 사고방식은 젊은 편이지만 사장 이하 임원들은 고리타분하다. 당초 모 전화회사 자회사의 자회사로 설립됐는데 십 년 전 모기업에서 독립하면서 사명도 바뀌었다. 여전히 정부나 공익법인에서 수주를 받기도 해 경영 상태는 안정적이다. 미호는 대학생 때 다양한 직업에 관심을 갖기도 하고 고민도 했다. 그중 IT 기업답게 활기가 넘치면서 동시에 탄탄한 복지제도를 갖춘 이 회사가 꽤 마음에 들었다.

그리고 취직 후 일 년쯤 되었을 때 유텐지에 집을 얻었다.

예전부터 혼자 사는 게 꿈이었다. 본가가 주조역에서 도보로 십 분 거리인 주조긴자 인근의 히가시주조에 있었기에 한번은 도쿄의 서쪽에 살아보고 싶었다.

유텐지는 조용한 주택가라는 표현이 딱 어울리는, 미호의 마음에 쏙 드는 동네다. 자전거로 오 분이면 나카메구로에 갈 수 있고, 인기 있는 블루보틀 커피와도 가깝다. 집세는 관리비 포함 9만 8천 엔이다. 조금 비싸긴 해도 도쿄 서쪽은 어디든 이 수준이고, 지은 지 얼마 안 됐으면서 16제곱미터 면적에 부엌이 분리된 집이니 꽤 괜찮은 매물을 골랐다고 자화자찬하는 중이다.

미호는 지금 인생에 꽤 만족했다.

예전부터 차분히 미래를 꿈꾸면서 원하는 일들을 착실히 이뤄왔다고 생각했다. 대학도 취직도 전부.

오다 마치에 선배가 회사에서 해고당하기 전까지는.

마흔네 살인 마치에 선배는 신입사원 시절 미호의 사수였다.

무척 유능하고 상냥했다. 일 잘하는 사람들에게서 흔히 보이는 열정 넘치는 유형은 아니고, 침착한 성격의 소녀가 어른으로 성장한 듯한 인물이었다.

실제로 꽤 잘사는 집의 아가씨였다. 스기나미구의 집에 한번 초대받은 적이 있었는데, 담이 높고 울창한 정원수가 가득한 오래된 저택에 마치에 선배와 어머니 둘이서 살고 있었다.

낡은 벨을 누르자 마치에 선배와 아담한 체구의 어머니가 같이 마중을 나왔다.

당시로는 드물게 서른다섯 살이 넘어 마치에 선배를 낳았다는 어머니는 상당히 연세가 많은 편이었다.

"다 낡은 것뿐이라 힘들어."

미호가 집을 보고 대단하다고 감탄하자 마치에 선배는 겸손으로 하는 소리가 아니라 정말 곤란하다는 표정을 지으며 말했다. 선배는 회사에서도 자주 입는 갈색 체크 블라우스에 갈색 카디건과 치마 차림이었다. 회의가 있거나 손님이 방문할 때는 여기에 남색 재킷을 걸친다. 이 스타일은 입사 때부터 지금까지 거의 바뀌지 않았다고 들었다. 확실히 놀라울 만큼 유행과 무관한 복장이다.

"우리집은 나 혼자인데다 아버지가 일찍 돌아가셔서……"

마치에 선배가 이 집에서 어머니와 둘이 서로 의지하며 살아왔다는 것이 한눈에 보였다.

미호는 흰색 커버를 씌운 소파가 있는 응접실로 안내받았다.

"어머니, 이거 미호 씨가 가져온 선물이에요."

"어머, 뭘 이런 걸 다……"

미호가 나카메구로에서 사 온 치즈케이크에 대해 부엌에서 소곤대는 목소리를 듣고 '마치에 선배는 정말 부잣집 아가씨구나' 하는 생각이 들었다.

"선물로 받은 걸 다시 내놓자니 부끄럽지만 모처럼이니 같이 먹을까요?"

미호는 저도 모르게 "신경쓰지 마세요!"라고 소리쳤다. 본가가 있는 주조에서도 자주 다른 집에 초대를 받곤 했는데, 주인이 배려해주면 "괜찮아요, 신경쓰지 마세요"라고 말하는 게 예의라고 생각했기 때문이다. 자리에 맞지 않게 너무 큰 소리를 냈나 싶어 조금 부끄러웠다.

두 사람이 쿡쿡 웃으며 차를 내왔다. 작은 장미꽃이 그려진 오래된 일제 찻잔 옆에 미호가 사 온 케이크와 오카키*가 곁들여져 있었다.

"그 오카키는 어머니가 직접 만들었어."

마치에 선배가 약간 볼을 붉히며 말했다.

"새해맞이 떡을 말린 거랍니다."

마찬가지로 발그레한 얼굴로 어머니가 설명했다.

"우리가 오래전부터 주문해오는 화과자점에서 매년 커다란 떡

---

* 떡을 작게 썰어 건조한 것을 연갈색이 될 때까지 구운 쌀과자.

을 마련해주거든요. 마치에랑 둘이서는 다 못 먹는데도 좀처럼 작게 해달라는 말을 꺼낼 수가 없더라고요."

"예전부터 알던 사이다보니……"

마치에 선배도 덧붙인다.

"그걸 간식으로 내봤는데."

"미호 씨한테 이렇게 좋은 걸 받아서 부끄럽네."

"아니에요! 맛있어요!"

살짝 설탕을 뿌린 오카키는 처음 먹어보는데 왠지 모르게 그리운 맛이 났다. 전혀 느끼하지 않은 걸 보면 깨끗한 기름으로 정성스레 튀긴 것일 테다.

"아휴, 나는 손님이 오면 융통성 없이 늘 똑같은 것만 대접해요."

"저희 할머니는 배추절임이 특기신데, 항상 다른 사람들한테 주고 싶어 안달이세요."

"어머, 부럽네요. 나는 절임을 통 못하는데."

미호는 다시 얼굴을 마주하고 오호호 소리 내어 웃는 둘을 보고 있으니 마치에 선배가 처녀인지 아닌지로 수군거리는 남자 사원들을 한데 모아 꼬치구이로 만들어버리고 싶어졌다. 마치에 선배는 회사에서 의지가 되는 사람이었고 예쁨도 받았지만 한편으로 그런 야유도 받았다.

올봄, 그런 선배가 경미한 뇌경색으로 쓰러졌다. 다행히 자택에 있을 때라 곧장 병원으로 옮겨졌고, 한 달간 입원과 재활을 한 뒤 회사에 복귀할 수 있었다. 처음에는 약간 다리를 끌었지만 몇 달이 지나자 거의 눈에 띄지 않았다. 그래도 한동안 야근에서 제외됐다. 상사와 동료들 그리고 미호도 푹 쉬라고 권했고, 선배는 모두에게 고마워하며 재활을 이어갔다.

좋은 회사라고 미호는 감동했다. 다들 상냥한 이들뿐이고 역시 내 눈이 틀리지 않았다는 생각에 마음이 따뜻해졌다.

그런데 가을에 회사가 대규모 정리해고를 단행할 때 제일 먼저 마치에 선배의 이름이 거론됐고, 그녀는 바로 회사를 그만뒀다.

선배가 떠난 뒤, 미호는 자신이 조금 이상하다는 사실을 깨달았다.

일할 때, 도시락을 먹을 때, 회의할 때, 문득문득 그녀가 떠올랐다.

선배의 얘기, 가르침, 표정, 웃음소리.

지금 그 오래된 저택에서 선배가 고상하고 아담한 어머니와 어떤 일상을 보내고 있을지 생각하면 가슴이 먹먹해진다.

마치에 선배가 정리해고된 건 질병으로 근무시간이 적어 인사고과가 낮아진 점, 독신인데다 자식도 없고 어머니 명의지만 큰 저택을 소유하고 있었던 게 '정리해고하기 좋다'고 여겨진 점(선배가 스기나미구의 잘사는 집 아가씨라는 사실은 다들 알고 있었다), 관리자는 아니지만 대졸에 장기근속자라 급여가 높았던 점 등이 원인인 듯했다.

하지만 자르기 쉬운 사람 같은 건 없다.

선배의 어머니는 이전에 찾아뵀을 때야 건강하셨지만 곧 병구완이 필요해져도 이상하지 않을 연세다. 마흔이 넘은 선배가 이직하기 힘들다는 사실은 다들 안다.

선배가 회사를 그만둔 다음날, 아직 건너편에 그대로 놓인 빈 책상을 본 미호는 발밑이 흔들리는 것 같기도 하고, 스스로에게 자신감이나 안도감을 주던 것이 사라져버린 듯 모든 게 불확실한 기분이 들었다.

과장님도 계장님도 동료들도 휴식시간에 골프 스윙을 흉내내며 큰 소리로 즐겁게 웃고 있다. 저들에게는 변함없는 일상이 흐르고 있구나, 마치에 선배가 잘린 일 따윈 아무것도 아니구나. 미호는 그렇게 생각했다.

나는 이렇게 충격을 받았는데!

그렇다고 네가 뭐라도 할 수 있는 일이 있느냐고 묻는다면 미호는 아무런 대답도 못한다.

마치에 선배가 정리해고 대상자로 뽑혔을 때, 차마 '본인이 대신'하겠다고 말할 순 없었다. 젊은 자신이라면 곧장은 어려울지 몰라도 분명 선배보다는 쉽게 다음 직장을 찾을 수 있다는 걸 알았음에도.

그리고 그런 마음이 들도록 만드는 회사가 원망스러웠다.

12월로 접어들고 송년회 시즌이었다.

당연히 미호의 회사에서도 매년 송년회가 열린다. 부장 이하 이백 명 가까이 모이는 1차 모임과 그후 각 부서별로 실시되는 2차 모임이 주 행사인데, 둘 다 신입사원이나 그에 준하는 젊은 사원들이 준비를 담당한다. 이 시기가 되면 이십대 초반 사원들은 연말의 분주함과 송년회 준비 때문에 말 그대로 '초주검'이 된다.

미호도 작년에는 정말 힘들었다. 그래도 마치에 선배 덕분에 어떻게든 해낼 수 있었다.

송년회 고민을 들어주는 선배가 그녀뿐이었다. 매년 익숙하지 않은 대규모 이벤트를 준비하는 부서 내 신입사원을 음으로 양으로 도우면서 필요할 때 조언하고 마지막에는 실수가 없도록 점검해줬다.

미호는 그런 일들을 떠올리면 갑자기 눈물이 날 만큼 그리워져 송년회 준비를 하다가도 종종 손이 멈췄다. 만일 작년에 선배가 도와주지 않았다면 무사히 끝낼 수 없었으리라. 여러 가지를 배울 수 있어 다행이었다고 진심으로 감사했다. 그리고 미호 자신도 가능한 한 후배들의 상담에 응했다.

송년회 당일. 1차 모임을 무사히 마치고 2차 장소인 노래방으로 이동했다.

미호네 부서 전원이 들어갈 수 있는 큰 방을 예약해뒀다. 노래를 부르고 싶으면서도 좀처럼 나서지 않는 상사들의 기분을 띄우기 위해 미호가 첫번째로 듀엣곡을 골라 계장과 노래하며 분위기를 이끌었다.

그후 다들 경쟁하듯 노래를 부르기 시작하자 미호는 한숨 돌리며 방 한구석에 앉았다. 1차에서도 상사의 술을 준비하거나 전골 요리를 신경쓴다고 거의 아무것도 먹지 않았다. 이제야 마음을 놓으며 식은 피자와 감자튀김을 입에 집어넣는 순간, 상스러운 소리가 들려왔다.

"그래서요? 결국 미나미야마 부장은 그 여자랑 잤대요?"

내용을 전부 듣진 못했지만 양손으로 귀를 틀어막고 싶을 만큼 천박한 말투로 누군가를 희롱하고 있다는 걸 미호는 바로 알아차렸다.

"잘 리가 없지. 적어도 부장은 그렇게 말하더군. 아무리 부장이라도 그 정도로 추락하진 않았다고."

키득거리는 웃음소리에 미호가 힐끗 그쪽을 바라보니 상사 대여섯이 한쪽에 바싹 모여 앉아 수군대고 있었다.

당사자인 미나미야마 부장은 기분좋게 노래를 부르는 중이었다. 그 모습을 보며 술안주삼아 뒷소문 얘기를 하는 거다.

"그럼 마치에 씨는 아직도 처녀란 건가?"

"그렇겠지."

마치에 선배 얘기다. 그 순간 미호는 온몸의 핏기가 가시고 손끝이 차가워졌다.

"에이 뭐야, 미나미야마 부장의 여자라는 소문 때문에 나도 신경썼던 건데."

"아니니까 정리해고 때도 그 여자를 감싸지 않았던 거겠지."

"그렇군."

"아님 그런 소문이 있으니 일부러 감싸지 않았던 건가?"

"어느 쪽이든 소문을 등에 업고 그 여자가 제멋대로 회사를 휘둘렀던 건 사실이니까."

"이제 저렇게 되어버렸으니 밖에서 꽤 힘들겠지……"

마치에 선배보다 이 년 먼저 입사한 사이토 과장이 묘하게 진지한 톤으로 말했다.

"일을 그럭저럭하고 위에서도 오냐오냐하니까 뭘 착각했던 거지. 다른 회사나 업계에서는 그렇게 안 될 텐데."

마치에 선배를 동정하는 것처럼 말하면서 얕잡아보고 헐뜯고 있다. 자신들이 퍽 옳다는 양.

"그렇게 생각하면 마치에 씨도 윗사람들에게 속은 셈이죠."

마치에 선배보다 나이 어린 계장이 잘 안다는 듯 지껄인다.

"자업자득이야." 누군가 그렇게 말했다.

참을 수 없어진 미호는 화장실로 향했다. 갑자기 음식을 너무 많이 먹은 탓인지 가슴이 쥐어뜯기듯 메슥거려서 위장 속의 것들을 전부 토해냈다.

"전부 허무해져버렸어."

미호의 얘기를 들은 하세가와 다이키는 손에 들고 있던 카페오레 잔을 테이블에 내려놓았다.

애인인 다이키와는 서로 바빠 12월 들어 줄곧 만나지 못했다. 문득 정신을 차려보니 미호는 오랜만에 만난 다이키에게 그동안 있었던 일이나 생각했던 일을 남김없이 털어놓고 말았다.

"회사에 그토록 헌신해온 마치에 선배도 그런 소리를 듣는데 대체 뭘 위해 열심히 일하는 건가 싶더라고."

다이키는 시선을 이리저리 돌리며 조심스레 대답했다.

"일이나 인생의 의미 같은 걸 생각하기 시작하면 누구든 허무해질 거야. 우리처럼 젊은 사람들뿐 아니라 회사 아저씨들도 똑같을걸?"

"그럴까?"

"우리는 다들 그렇게 보잘것없는 인간이라는 거야. 그러니까 그 아저씨들도 필사적으로 험담을 했겠지. 불안하니까 서로 얘기를 맞춰가면서. 그걸 깨닫는 것만으로도 중요한 거 아닐까? 미호가 자신의 나약함이나 부족한 점을 직시할 수 있는 인간이라는 것만으로 나는 훌륭하다고 생각해."

그래, 다이키는 예전부터 이런 사람이었다. 상냥하고 타인을 잘 위로할 줄 안다. 겉보기와 달리 정신적으로 약하고 쉽게 풀죽는 미호를 능숙하게 격려해준다.

그래서 그를 좋아하게 됐다.

"그리고 그 아저씨들 얘기도 일리가 있다고 생각해."

"뭐?"

미호는 오랜만에 느껴보는 다이키의 다정함에 가슴이 뭉클해지려던 차에 서늘한 바람을 맞은 기분이었다.

"네가 모르는 곳에서 실제로 마치에 선배에게 그런 면이 있었을지 알 수 없고."

"아니, 선배는 그런 사람이 아니야. 만약 네가 회사에서 그런 말을 하는 자리에 끼게 되면 어쩔 거야?"

"뭐, 내가 나서서 말을 안 보태더라도 그저 조용히 웃으며 듣지 않을까? 뒷소문 같은 건 사회의 필요악이니까. 특히 출셋길과 관계없는 여자를 좀 험담한들 상처받거나 곤란해지는 사람도 없고."

출셋길. 갑자기 미호는 다이키의 얼굴이 아저씨처럼 보이기 시작했다.

"말이 심하다."

"아니, 애초에 그들이 한 얘기가 그렇게 잘못된 말인가?"

또다시 뺨을 철썩 얻어맞은 듯한 충격이었다. 작지만 확실한 충격.

"너는 마치에 선배를 엄청 칭찬하지만, 그 선배가 하는 업무는 전부 윤활유 같은 일이잖아. 회사 영업 근간에 관련된 분야에서 활약한다는 얘기는 들은 적이 없어. 그런 걸 두고 정말 일을 잘한다고 할 수 있나? 우리 회사에도 그저 오래 근무했을 뿐 힘도 없으면서 잘난 체하는 여자가 있는데 솔직히 꼴불견이거든. 쓸모없다고 여겨진대도 어쩔 수 없지. 옛날 같은 고도성장기나 거품경제기라면 몰라도 요즘 회사에 그런 사람을 돌봐줄 여유 따위 없다고 봐."

돌봐준다니…… 다이키가 고른 단어에 마음이 차가워진다.

"어느 쪽이든 어쩔 수 없잖아. 네가 할 수 있는 일이 있는 것도 아닌데."

미호는 그 마지막 한마디에 울컥 화가 치밀어올랐다.

"그럼 내가 계속 일하다 나중에 마치에 선배 같은 말을 듣게 돼도 괜찮다는 거야?"

"너는 그렇게 안 될 거잖아. 언젠가 결혼할 테고 아이도 낳아서 평범하게 회사를 관둘 거니까."

뭐, 결혼? 언젠가? 무슨 소리를 하는 거지?

다이키가 내뱉은 그 단어를 다른 시간 다른 장소에서 들었다면 진심으로 설렜을 것이다. 하지만 지금은 아니었다. 깜짝 놀란 미호가 쳐다보았지만 그걸 피하듯 다이키는 시선을 돌렸다.

"그렇게 적당한 마음으로 취직한 거 아니야. 그리고 요즘은 아이가 생겨도 다들 열심히 일해."

다이키가 이렇게 생각이 낡은 사람이었다니.

"그럼 원하는 만큼 일하면 되겠네."

미호는 왠지 모르게 버림받은 기분이 들었다. 다이키의 인생과 내 인생은 다르다는 말을 들은 것처럼.

미호의 동요를 눈치채지 못한 채 다이키는 회사에 새로 생긴 프로젝트팀에 관해 얘기하기 시작했다.

연말 연초에는 주조의 본가에 갔다.

얼른 와서 청소와 오세치 요리* 만드는 것 좀 도우라며 엄마에

---

* 자손 번영을 의미하는 청어알, 장수를 기원하는 새우 등을 찬합에 담아 정월에 먹는 일본의 명절 음식.

게 끈질기게 메시지가 왔지만, 미호가 27일에 회사 일을 마치고 그길로 대학 친구들과 스키를 타러 갔다가 돌아온 게 30일 밤이었다. 다음날 점심쯤 일어나 저녁 무렵에 본가에 갔다.

"미호 너, 뭐하다가 이렇게 늦게 와."

문을 열자 그리 크게 화나진 않은 엄마의 목소리와 이유 모를 큰 웃음소리가 들려왔다.

"저 왔어요."

미호는 엄마의 물음에 대답하지 않고 인사만 한다. 웃음거리가 됐다는 사실과 집안일을 돕지 않았다는 미안함이 뒤엉켜 언짢아졌다.

"이제 미호 네가 할 일은 없어."

언니 마호의 웃음기 섞인 목소리가 들리고, 세 살배기 조카 사호가 현관까지 달려나왔다.

"미호, 없어."

그럴싸하게 입을 불퉁 내밀며 엄마 흉내를 낸다.

귀여운 조카가 뜻도 잘 모르면서 하는 말인 걸 알면서도 오늘 미호는 이상하게 심사가 뒤틀렸다.

"사호 너 그런 소리 하면 세뱃돈 안 줄 거야."

"미호 이모 무서워, 무서워!"

눈을 흘기는 미호를 본 사호가 마호에게 와다닥 달려갔다.

미호가 그 뒤를 따라 부엌으로 들어갔다. 할머니, 엄마, 언니가 모여 앉은 식탁 위에 준비중인 오세치 요리가 빽빽이 놓여 있었다.

그 셋이 고개를 들자 기분 나쁠 만큼 닮았다. 할머니와 엄마는 피가 섞인 것도 아닌데 다소 크고 동그란 얼굴이나 조그만 입술이 비슷해서, 언니가 그 사이에 서면 작두콩 세 개가 콩깍지에서 튀어나온 것처럼 보인다.

그리고 매일 아침 거울로 질릴 만큼 보는 미호 자신의 얼굴과도 닮았다.

"아이 상대로 유치하긴."

엄마가 조금 전 미호보다 열 배는 무서운 얼굴로 노려본다.

사호는 마호의 가슴에 얼굴을 파묻고 있었다.

"어서 오렴."

미호를 따뜻하게 반겨주는 사람은 할머니뿐이었다.

"저 왔어요."

"네가 늦게 와서 그렇잖아. 청소도 끝났고 오세치 요리도 거의 다 됐어."

"스키 타러 간다고 했잖아."

"정말이지 미호는 옛날부터 먹기만 한다니까. 욕실이랑 빗물받이 청소 좀 시키려고 했더니."

"아니, 그러니까."

말대꾸해도 소용없다는 걸 아는 미호는 말을 멈추고 부엌 옆 거실의 소파에 풀썩 앉았다.

"앉지 말고 뭐 하나라도 도와줘."

"긴톤*에 쓸 고구마 체에 거르기 했어? 아님 니시키다마고** 체에 거르기는?"

둘 다 미쿠리야 집안의 오세치 요리에 꼭 들어가는 것인데, 요리를 잘 못하는 미호라도 할 수 있는 일이었다.

"둘 다 이미 끝났어."

미호가 보기에 오세치 요리는 체에 거르는 일만 쓸데없이 많은 지겨운 행사였다. 그런데 어째선지 할머니, 엄마, 최근에는 언니까지 지나치게 의욕이 넘친다.

"그럼 곤부마키***에서 청어에 다시마를 말고 박고지로 묶는 건?"

"지금 언니가 하고 있어."

"닭고기 채소 조림에 들어갈 곤약 뒤집어 꼬기는?"

오세치 요리는 재료를 체에 거르는 일이 끝나면 말거나 뒤집

---

* 강낭콩과 고구마를 삶아 으깨고 밤 따위를 넣은 요리.

** 삶은 달걀의 흰자와 노른자를 따로 체에 갈고 2단으로 쌓아 찐 요리.

*** 말린 청어 등을 다시마로 말아 달콤 짭짤하게 조린 요리.

는 작업이 기다리고 있다.

"그것도 끝났어."

"토란 껍질 벗기기는?"

"그건 어제 다 했지."

"꽃 모양으로 당근 자르는 건?"

"언니가 해줬어."

"검은콩 삶기는?"

"그건 마무리만 남아 있긴 한데, 너한테는 못 맡기지."

이유는 모르겠지만 검은콩 껍질에 주름이 생기지 않도록 삶는 것을 엄마와 할머니는 인생 과제처럼 여겨 매년 그 일에 목숨을 걸다시피 한다. 주름이 생기지 않게 하려고 여러 방법을 시험해보는 것이다.

이렇게 가족이 모이는 행사 때 엄마와 할머니는 서로 무척 다정하다. 하지만 엄마가 가끔 외할머니와 고향 사투리로 전화하는 걸 들으면 역시 시어머니에게는 예의를 차리는 거구나 싶을 때가 있다.

엄마는 미호와 마호가 할머니를 잘 따르는 걸 알기에 결코 할머니에 대해 안 좋은 얘기는 하지 않는다. 그런데 그들이 진짜 부모와 자식 사이 같으냐 하면 그렇지도 않다.

"올해는 다시 원점으로 돌아가 압력솥도 안 쓰고 천천히 시간을 들여 설탕이 콩에 배게끔 해봤지. 검은콩을 벌써 사흘 전부터 물에 담가둬서……"

"체에 거른 고구마를 반죽해서 긴톤으로 만드는 건 했어?"

엄마가 검은콩 얘기를 시작하면 한동안 끝나지 않기 때문에 미호는 바로 말을 가로막았다.

"그건 재작년에 미호 너한테 시켰더니 태워먹었잖니. 이제 안 시킬 거야. 올해는 직접 할게."

"그럼 대체 남은 일이 뭐야?"

"닭고기 채소 조림이랑 콩조림 맛 내기, 참새우랑 도미 굽기, 마지막으로 찬합에 담는 일이 남았는데, 너한테 시킬 만한 일은 없어."

"뭐야, 그럼 내가 할 일은 없는 거네."

"네가 집에 늦게 와서 그렇잖니."

무슨 말을 해도 다람쥐 쳇바퀴 돌기였다.

미호는 부루퉁해져 소파에 드러누웠다.

"사호랑 좀 놀아줘."

"알았어."

미호가 고개를 돌려 사호를 바라보았지만 아까 눈을 흘겼다고 기분이 상했는지, 평소 같으면 귀찮을 만큼 이모에게 들러붙는 사호가 지금은 자기 엄마에게 딱 붙어 떨어지지 않는다.

"미호는 쉬렴. 계속 일해서 피곤할 테니까."

할머니가 상냥하게 말했다.

"할머니는 항상 미호한테 너그럽다니까. 나도 매일 집안일하고 육아하느라 피곤해요."

미호는 언니가 큰 소리로 항의하는 걸 잠든 척하며 흘려들었다.

셋은 금세 다시 요리로 돌아가 얘기를 나누기 시작했다.

미호를 딱히 신경쓰지 않는 것이다. 자신이 있든 없든 문제없이 요리는 완성되고 청소도 끝날 테니까. 청소를 좋아하는 엄마 덕분에 원래 늘 먼지 하나 없이 깨끗한 집이다.

마호는 사호가 유치원에 가면 일을 할까 싶어 어디가 좋을지 상담을 받고 있다. 좀처럼 조건이 맞는 괜찮은 일이 없는 모양이다. 남편의 월급이 적다고도 푸념한다.

그런데 돈이 없어 힘들다지만 사실 언니가 그렇게까지 힘든 건 아닌 듯싶다. 정말 먹고살기 힘들 만큼 어렵다면 무슨 일이든 할 텐데. 뭐, 그걸 아니까 할머니나 엄마도 "그래그래" 하며 조용히 듣기만 하는 것일 테다.

이런 말은 그렇지만 월급이 23만 엔밖에 안 되는 사람과 용케 결혼해서 아이까지 낳았구나 싶다. 형부 다이요는 소방관인데, 태양빛에 그을려 까무잡잡한 피부에 흰 치아가 돋보이는 꽤 잘생긴 사람이다. 언니와 고등학생 때부터 사귀었고, 취직하고 얼마 안 있어 결혼했다. 단기대학을 졸업하고 역 앞 증권회사에 다니던 언니는 결혼과 동시에 회사를 그만뒀다.

연봉이 300만 엔 정도인 남자와 결혼하는 건 둘째 치고, 바로 아이를 만들어 일을 관둔다는 건 미호는 상상도 못할 일이다.

아니다. 오늘은 왜 이리 못된 생각만 드는지. 형부는 좋은 사람이고 일단 공무원인데다 수입도 안정적이다. 사호도 귀엽다. 사호가 태어났을 때 미호는 조금 울었을 만큼 감동했다. 그랬는데 왜……

"이모 왜 그래? 일어났어?"

어느 틈에 사호가 가까이 다가와 미호의 얼굴을 들여다보고 있다.

"이모라고만 부르지 말고 이름도 붙여."

"앗, 이모 안 잤어!"

까르르 웃으며 사호가 달아난다. 아직 세 살인데도 이모라고만 부르면 미호가 화낸다는 걸 알고 놀리는 것이다.

"요놈!"

미호가 소파에서 일어나 사호를 뒤쫓았다. 신이 난 사호가 깔깔 웃으며 온 집안을 뛰어다닌다.

미호는 문득 자신이 결코 손에 넣을 수 없는 행복을 뒤쫓고 있는 듯한 기분이 들었다.

본가에서 지내는 게 불편해 결국 2일 오후에 일이 있다는 거짓말을 하고 집으로 돌아왔다.

유텐지역에 도착했더니 자주 가던 빵가게가 열려 있었다. 그곳에서 식빵과 호두와 무화과가 든 빵을 사서 집으로 돌아왔다.

현관문을 열자 푹 마음이 놓이면서 깊은 한숨이 새어나왔다. 그 소리에 스스로도 깜짝 놀랐다.

집에서 막 독립했을 무렵에는 이렇지 않았다.

스스로 원해 혼자 살기 시작했으면서 밤에는 무서워서 작은 소리에도 벌벌 떨며 엄마에게 몇 번이나 전화를 걸었고 주말마다 본가에 돌아갔다.

그런데 어느새 보니 연말이 될 때까지 몇 달이나 본가에 가지 않았다.

얼마 전까지는 비록 혼자 살아도 힘든 일이 있으면 본가에 돌아갈 수 있다는 믿는 구석이 있었다. 하지만 본가가 더는 자신의 '마지막 안식처'가 아닐지도 모른다.

미호는 곧장 따뜻한 목욕물을 받아 마음에 드는 목욕용 소금을 넣고 천천히 몸을 덥힌 뒤 구석구석을 씻어내렸다.

욕실에서 나와 냉장고를 열자 크리스마스에 마셨던 레드와인이 남아 있었다. 그것을 잔에 따라 무화과빵을 곁들여 마셨다.

차가웠지만 맛있었다.

또다시 깊은 한숨이 새어나왔다. 그건 크리스마스에 다이키가 집에 왔을 때 마셨던 와인이었다. 둘이서 한 병을 다 비우지 못했을 만큼 분위기가 안 좋았다. 간신히 함께 시간을 보내긴 했지만 평범한 레스토랑에서 식사하며 작은 목걸이를 선물로 받고 (미호는 그에게 1만 엔 상당의 만년필을 주었다), 미호의 집에 와서 인터넷 스트리밍으로 영화를 보았을 뿐이다.

그나저나 빵가게가 새해 2일부터 문을 열다니 깜짝 놀랐다.

그만큼 이 동네에는 연초부터 빵을 사려는 주민들이 많다는 뜻이리라. 미호 같은 독신이거나 본가에 돌아가지 않는 사람들일 것이다.

역시 이 동네가 좋아. 빵과 레드와인의 맛이 미호의 마음을 달래주었다.

그 문제에 대해서는 이전부터 알고 있었다.

NHK에서 특집방송을 본 적이 있고, 트위터에서 화제가 된 걸 보기도 했다.

실제로 접한 건 처음이었다.

미호는 휴일인 성인의 날에 혼자 나카메구로를 산책했다.

나카메구로는 혼자 돌아다니기에 별로인 동네다. 커플이나 친구끼리 무리 지어 다니는 사람이 많고, 특히 인기 남자 아이돌 관련 상품을 파는 매장이 있는 메구로강 부근의 카페나 레스토랑은 그 팬으로 보이는 여성들로 가득차 있다.

요즘은 다이키도 바쁜지 연말에 본 이후로 메시지나 전화 통화만 주고받을 뿐 한동안 만나지 않았다.

하지만 그런 게 거의 신경쓰이지 않을 만큼 미호의 마음은 식어 있었다.

이제 둘의 관계도 슬슬 끝인 것 같다는 예감이 최근 반년간 줄곧 계속되고 있다.

어쩔 수 없다는 생각이 들었다. 다른 회사에서 일하면 서로 가치관도 달라지고 입장도 바뀐다. 예전에는 다이키도 여자들이 일하는 걸 이해하는 사람이었던 것 같은데 결국 그런 말을 내뱉을 줄이야. 이제 더는 미호에게 관심이 없는 것일지도.

"멍!"

갑자기 들려온 작은 울음소리에 미호는 문득 주변을 둘러본다. 연이어 "왕왕" 하는 높은 울음소리가 들린다.

"여기 있는 나를 좀 봐주세요!"라고 말하는 것 같다.

나카메구로역 바깥의 버스나 택시가 서는 건물 앞 작은 공간을 이용해 음식을 파는 노점들이 줄지어 있다. 그 한구석에 '녀석'이 있었다.

작은 눈을 동그랗게 뜨고 미호를 바라보는, 등이 새카만 치와와. 그 옆에는 온화한 표정의 흰색 대형견이 나란히 서 있었다.

그곳을 다시 한번 자세히 살펴보니 유기견과 유기묘를 구조해 돌보는 봉사단체의 부스였다. 여러 개·고양이 사진과 함께 모금 상자가 놓여 있었다. 갓 구운 소시지나 산지 직송 채소를 늘어놓은 다른 가게들에 비하면 압도적으로 초라하다.

하지만 그걸 채우고도 남을 동물들의 귀여움에 시선을 뗄 수 없었다. 미호는 저도 모르게 강아지에게 다가가 그 앞에 쪼그려 앉았다.

"안녕하세요. 저희는 유기견·유기묘를 구조하는 봉사단체인 샤인엔젤입니다."

미색 셔츠와 카키색 바지 차림에 머리를 바싹 묶고 모자를 쓴 친절해 보이는 여자가 말을 걸어왔다.

"이 아이들도 유기견인가요?"

치와와에게만 관심을 주는 건 불공평한 듯해 대형견도 쓰다듬어줬다. 그러자 질투라도 하듯 치와와가 날카롭게 짖는다. 대형견은 그 모습을 상냥하게 지켜본다.

"네. 이 아이들은 지금 저희 시설에서 보살피는 중이랍니다."

"이런 치와와도 있는 건가요?"

"네. 보건소에 있던 녀석들을 데려온 거예요."

"몇 살인가요?"

"확실하진 않지만 다섯 살쯤 됐을 거예요."

치와와가 쪼그려앉은 미호의 무릎에 머리를 비볐다.

"이렇게 작고 귀여운데……"

미호는 유기견의 존재를 알았지만 대부분 교배종이거나 훨씬 큰 개들일 거라고 생각했다. 아님 나이가 많고 간병이 필요한 개들이거나. 자신은 도저히 기를 수 없을 거라고, 봉사활동을 하는 이들이 정말 대단하다고 감탄했었다.

그런데 이 개들을 보니 마음이 움직였다. 이렇게 건강한 아이들이라면 자신이 기를 수 있을지도 모른다.

"그렇죠…… 개 좋아하세요?"

"어렸을 때 길렀거든요……"

거기까지 말하고는 마음이 욱신거렸다.

"지금 사는 곳에서 반려동물을 기를 수 있나요?"

"아뇨. 임대라서……"

"그럼 어렵겠네요."

그녀가 미호에게 팸플릿을 건넸다.

"여기에 다른 개나 고양이들도 나와 있어요. 홈페이지에 새로운 정보도 올라오니까 꼭 한번 봐주세요."

"감사합니다."

"입양하려면 여러 조건이 있어요. 그래도 그것만 통과하면 언제든 신청할 수 있으니 기회가 되면 꼭 연락해주세요."

"네, 감사합니다."

마지막으로 치와와를 안아볼 기회를 얻었다. 놀랄 만큼 체온이 따뜻한 그 아이가 미호의 눈을 똑바로 응시했다.

유기견들을 만난 뒤 미호는 녀석들에 대한 생각이 머리를 떠나지 않았다.

미호도 어린 시절에 미니어처 닥스훈트를 길렀다. 이름은 피넛. 강아지였을 때 색깔과 모습이 작은 땅콩 같아서였다.

개를 너무 기르고 싶어 몇 번이나 부모님을 졸라 얻은 보물 같은 녀석이었다. 하지만 미호가 중학생이 되고 피넛이 열 살이 넘었을 무렵 행방불명됐다.

그렇게 되기 조금 전부터 조짐 같은 건 보였다. 나이를 먹어 치매가 왔는지 피넛이 멍하니 있는 일이 많아졌다. 그리고 어쩌다 비 오는 날 집을 나가 그대로 행방을 알 수 없었다.

미호는 많이 울었다.

평생 소중히 하겠다고, 본인이 다 돌보겠다고 맹세하고 기른 개였는데, 중학생이 되고는 동아리 활동이나 공부, 친구들과 노는 데 바빠 그 뒤치다꺼리를 전부 부모님에게 맡겼다.

이따금 그걸로 혼이 나면 "어쩔 수 없잖아! 나도 바쁘단 말이야!"라고 외치며 도리어 화를 내고 싸우기도 했다.

그럴 때 피넛은 방 한구석에서 가만히 슬픈 눈을 하고 이쪽을 바라보았다. 똑똑한 개였으니 자신 때문에 싸우는 걸 알고 괴로웠을까. 미움받는다고 생각했을까.

지금도 그 눈을 떠올리면 가슴이 찢어질 것 같다.

열심히 피넛을 찾아다녔지만 끝내 찾지 못했다. 한참 뒤에 보건소에서 보호를 받았다는 얘기를 들었고, 그곳에서 얼마간 주인을 기다리다 안락사를 당했다는 잔혹한 현실도 알게 됐다.

미호는 당시 보건소에 찾으러 가볼 생각을 전혀 떠올리지 못했던 자신을 탓했다.

피넛에 대한 안타까움이 줄곧 마음에 남아 있었다.

그런 후회도 유기견을 입양하면 조금은 해소될지 모른다. 그때의 피넛 같은 존재를 도울 수 있다면. 그것이 새로운 삶의 보람, 삶의 목표가 되어줄 것 같았다.

집에 돌아가 봉사단체의 홈페이지를 살펴보았다.

놀랄 만큼 개 사진이 많았다. 아까 치와와의 사진도 있었고 그 외에도 소형견이 여러 마리 있었다.

미호는 귀여운 개, 더 어린 개에게 눈길이 가는 자신이 한심했다. 홈페이지 창을 닫아버리고 싶을 정도로.

다만 잘 생각해보면 오랫동안 기를 테니 역시 귀엽게 여겨지는 개, 자신과 잘 맞는 개를 고르는 게 당연했다. 마음속으로 그렇게 변명하며 계속 홈페이지를 둘러보았다.

그러고 보니 아까 그 봉사자가 '조건이 있다'고 말했던 게 생각나 '입양을 생각하시는 분들에게'라는 페이지를 클릭했다.

거기에 다양한 조건이 적혀 있었다.

우선 개나 고양이에게 예방접종을 시키고 중성화 수술을 받게 하며, 그 비용 전액을 본인이 부담해야 한다는 것. 두번째로 모든 개나 고양이는 실내에서 길러야 하고 그게 가능한 집이 있을 것, 이 사실을 확인하기 위해 봉사단체 활동가가 입양인의 집에 동물을 직접 데려다준다는 것. 세번째로 입양인이 동물을 기를 수 없게 됐을 때(병이나 사망 등으로) 대신 맡아줄 보증인의 서명이 반드시 필요하다는 것.

그 외에도 여러 사소한 내용들이 있었지만 이 세 가지가 가장 큰 규칙이었다.

꽤 엄격하게 보였지만 그만큼 단체의 강한 '애정'이 느껴졌다.

곧장 미호는 근처에서 '반려동물과 거주 가능'한 집을 검색해봤다.

예상은 했지만 그 수도 적고 놀랄 만큼 비싸다. 대부분이 지금 내는 집세의 배 이상이었다.

미호의 월급으로는 도저히 구할 수 없었다. 무리해서 그런 집을 얻더라도 회사에서 정리해고를 당하거나 월급이 깎이기라도 하면 개를 데리고 길거리에 나앉게 된다. 자기 혼자라면 몰라도 개에게 그런 꼴을 당하게 하는 건 미안해서 안 된다. 안정된 보호라고 할 수 없다.

미호는 그 순간 깨달았다. 여기 적힌 조건들은 유기견뿐 아니라 자신에게도 필요한 것이라는 사실을. 사육할 수 있는 '집', 건강한 '신체', 거기에 물론 '돈'까지. 이 전부는 유기견을 기르든 말든 필요한 것들이다.

그리고 본가가 '마지막 안식처'가 아닐지도 모른다는 사실도 확실히 깨달았다. 당장은 결혼 계획도 없다. 게다가……

얼마 전까지 회사는 미호가 의지할 수 있는 곳이자 인생에 안정감을 주는 곳이었다. 신뢰했다. 하지만 마치에 선배가 회사를 관둔 뒤로 자신이 안정된 곳에 있는 게 아님을 깨달았다. 이십대 때는 괜찮을지 몰라도 좀더 나이를 먹으면 금세 버림받을지도 모르는 곳이다.

앞으로 어떻게 살아야 할까.

말없는 작은 개들이 미호에게 '어떻게 살거냐'고 묻는다.

지금부터 더 안정된 직업을 갖는 게 가능할까. 되도록 안정적이면서 월급도 많이 주는 곳에서.

그런 직업을 얻는 데 필요한 자격증은 대학생 때부터 열심히 공부하지 않으면 취득하기 어렵다는 걸 안다. 의사나 간호사나 변호사 같은 직업은 역시 비현실적이다. 자신이 하고 싶은 일도 아니다.

결국 작은 '안심'을 조금씩 쌓아가는 수밖에 없는 건가.

미호는 한번 더 여러 소형견의 사진을 바라본다.

지금 자신이 할 수 있는 것.

반려동물을 기를 수 있는 아파트나 단독주택을 구입하는 건 어떨까.

젊은 나이에 아파트를 마련하는 여자들의 사례라면 알고 있지만 자신과는 상관없는 얘기라고 생각했었다.

미호는 조심스레 새 인터넷 창을 열었다.

도저히 불가능한 일이라고 생각하지만 그렇더라도 얼마나 '무리'인지 알아야 한다.

"나카메구로 아파트."

검색어를 치고 결과를 본다. 한숨이 나온다.

"세타가야구 아파트."

이쪽은 볼 필요도 없었다.

"스기나미구 아파트" "요코하마시 도요코선 아파트" "다이토구 아파트" "세타가야구 단독주택"……

한밤중의 검색은 희부옇게 날이 밝을 때까지 계속됐다.

"그럼, 미호 너 완전히 절약 모드로 돌입한 거야?"

다음달 휴일, 미호는 부름을 받고 언니가 사는 주조의 아파트에 와 있었다.

"가끔 밥이라도 먹으러 와."

몇 번이나 그런 메시지를 받았다. 정월 연휴에 본가에서 왠지 어색한 채로 헤어진 걸 언니도 신경썼는지 모른다.

언니는 겉보기에 털털한 주부 같지만 그런 부분을 세심히 헤아리는 사람이다.

"이번 주 일요일은 다이요가 출근하고 없으니까 놀러와. 심심하단 말이야."

그렇게 '응석'을 부리는 척하는 것도 언니답다. 미호가 놀러오기 쉬운 분위기를 만들어주려는 게 느껴졌다. 여러 번 오라는 얘기를 듣고서야 미호는 그럴 마음이 생겼다. 다만 바로 근처에 있는 본가에는 들르지 않는다.

언니의 집은 늘 그렇듯 깨끗하게 정돈되어 있다. 점심으로 차려준 일본풍 햄버그스테이크와 미트소스 스파게티도 아이가 있는 집다운 메뉴였다. 화려한 요리는 아니었지만 특히 햄버그스테이크가 육즙이 풍부하고 맛있었다. 식후에는 직접 만든 사과

케이크까지 내줘서 미호는 감동했다.

정월 연휴 때는 분위기가 어색했지만 이처럼 느긋하게 한 테이블에 둘러앉으니 역시 자매가 좋구나 싶었다. 그래선지 자신이 지금 반려동물을 기를 수 있는 집을 찾고 있다는 것, 돈을 모으려 한다는 것을 무심코 말해버렸다.

"어머, 미호 너 집 사려고? 게다가 아파트가 아니라 단독주택? 멋있다. 우리는 단독주택은커녕 평생 월세살이일지도 모르는데."

식사가 끝나자 조금 전까지 소란을 떨던 사호가 얌전히 잠들었다. 그 잠깐 동안 둘은 소곤소곤 얘기를 나눴다.

"그게, 아파트보다 단독주택이 현실적일 거 같아서."

미호는 언니에게 핸드폰으로 검색한 화면을 보여준다.

"요즘은 아파트가 인기 많잖아? 그래서 주택이 더 싸. 동네에 따라 다르긴 하지만."

"흐음⋯⋯"

"게다가 아파트는 장기수선충당금이나 관리비가 필요하잖아. 그걸 매월 낼 바엔 주택이 더 나을 것 같아서."

"하지만 그만큼 집을 직접 관리하는 거잖아. 돈도 시간도 꽤 든다던데. 엄마도 집 유지하는 거 힘들다고 자주 한탄하잖아."

역시 주부는 세세한 부분을 잘 파악한다.

"그야 그렇지. 그런데 이런 매물도 있어."

미호는 가까운 교외에 위치한 1천만 엔대 단독주택을 보여준다.

"정원도 딸려 있는데 1380만 엔이야. 이 정도면 언젠가 살 수 있을 것 같아."

"중고 매물은 보통 대출을 받기가 어려워."

뭐든 다 알고 있네. 의외로 풍부한 언니의 경제 지식에 새삼 감탄하던 미호는 언니가 결혼 전에 증권회사에 다녔던 걸 떠올렸다.

"그래서 열심히 절약해서 돈을 모으려고. 도쿄 올림픽이 끝나면 조금 저렴해질지도 모르잖아."

그러자 언니가 빙긋 웃으면서 고개를 끄덕인다.

"그렇게나 장기적으로 생각하다니 살짝 안심이 되네. 너, 진심이구나?"

"당연하지."

"한순간의 충동인가 했거든. 반려동물도 집도 평생 가는 문제니까. 책임감이 있어야 해."

"나도 알아."

미호가 적금이나 절약에 대해 고민하기 시작한 일에서 유기견은 단지 계기에 불과했을지도 모른다.

애초에 마치에 선배의 일이나 연인과의 불화를 겪으며 인생을 되돌아볼 토대가 마련되어 있었다. 거기에 유기견의 존재가 불을 붙인 것이다.

미호는 언니가 멋진 법랑포트로 우려낸 홍차를 두 잔째 마셨다.

"그럼 1천만 엔은 모아야겠네."

"응?"

"대출 없이 집을 살 거잖아? 일단 그만큼은 모아야지."

1천만 엔. 하긴 그 정도는 필요할 테다. 다만 그건 미호가 지금 껏 생각해본 적도 없는 숫자였다.

"우리집도 1천만 엔을 모으는 게 목표야. 사호의 학비도 필요하니까."

"정말? 언니도? 그럼 지금 얼마나 있는데?"

그렇게 말한 미호는 저도 모르게 멈칫했다. 아무리 언니여도 묻기 곤란한 질문이었다. 아니, 언니니까 오히려 물어볼 수 없는 질문이라고 해야 할까.

"아, 미안. 말하기 싫으면 안 해도 돼."

"지금은 아직 600만 엔 정도야."

언니가 망설임 없이 대답했다.

"뭐!"

깜짝 놀랐다. 남편 연봉이 300만 엔이고 아이까지 있는데, 결혼 육 년 차인 언니가 그렇게나 돈을 모았다니.

"100만 엔은 내가 결혼 전에 모았던 거야. 다이요는 전혀 저축을 안 했거든. 600만 엔 정도라는 건 그중 3분의 1을 펀드로 운용중이라 변동성이 있어서 그래. 사호가 태어났을 때 돈을 좀 썼더니 그것밖에 못 모았어."

미호가 놀라는 모습을 보고 반대의 의미로 착각했는지 언니가 허둥지둥 변명했다.

"아니, 그게 아니라 액수가 엄청 커서 놀란 거야. 일 년에 100만 엔 가까이 모은 거잖아. 그런 큰돈을 어떻게?"

일 년에 100만 엔씩 모을 수 있다면 십 년이면 1천만 엔이 모인다. 대놓고 말은 못해도 미호는 솔직히 형부보다 자신의 급여가 많은 편임을 안다. 자신에게는 자식도, 부양할 배우자도 없다.

미호는 다시 한번 테이블 위를 바라본다.

"매일같이 두부랑 콩나물만 먹고 사는 거 아냐? 오늘은 무리해서 케이크를 구워준 거고?"

그러자 언니가 살짝 자랑하듯 웃으며 말했다.

"전혀 아냐, 늘 이거랑 비슷해. 거창한 음식은 못해도 식비가 매달 2만 엔쯤 들거든."

"뭐!"

미호는 오늘 두번째로 놀랐다.

"나는 혼자 사는데도 식비로 3, 4만 엔은 드는데……"

"오히려 혼자 살아서 그럴걸? 회사 다니니까 집에서 밥해 먹기 힘들잖아."

"그렇긴 한데…… 어떻게 하면 그런 돈을 모을 수 있어?"

미호는 한숨이 나왔다.

"사실 절약하려고 생각은 하는데 전혀 안 되더라고. 지난달에
는 집에서 밥도 해 먹고 이것저것 노력했는데, 월말에 계산해보
니 오히려 지금껏보다 돈을 더 쓴 거야. 뭐, 지금까지 얼마를 써
왔는진 잘 모르겠지만 어쨌든 적자였어."

정말 그랬다. 절약하겠다며 마트에서 식재료를 샀다. 회사에
도시락도 싸서 다니려고 잡화점에서 8천 엔이나 하는 천연 삼나
무 소재의 도시락통까지 샀다. 하지만 도시락은 하루밖에 못 만
들었고 식재료도 제대로 소비하지 못한 채 대부분 버렸다. 전기
료를 아끼려고 난방을 하지 않고 목욕도 샤워로 대신했더니 몸
이 차가워졌는지 결국 감기에 걸려 병원에 다니는 처지가 됐다.
식재료를 남겼다는 죄책감에 스트레스를 받아 외식이 늘었다.
직접 요리를 하는 건 자신한테 어려운 일 같다고 낙심했다.

"미호 너 대체 지금 모은 돈이 얼마나 되니?"

"……30만 엔…… 정도?"

"뭐! 그것밖에 없어?"

언니가 물끄러미 미호를 바라보았다.

"근본적인 개혁이 필요하겠네. 고정비를 다시 살펴보는 게 어

때? 지출을 줄이는 거지."

"고정비?"

"집세나 통신비처럼 꼭꼭 나가는 돈 말이야."

"그치만 말 그대로 고정비니까 바꿀 수 없잖아."

"식비나 전기료는 조정해봤자 뻔하거든. 우선 고정비를 줄여서 절약하는 게 제일 간단해."

언니가 잠시 생각에 잠긴다.

지금 사는 유텐지의 집은 쾌적하고 몹시 마음에 든다. 그곳에 사는 게 미호의 큰 자랑이었다.

"집세 9만 8천 엔? 너무 비싸. 그 주변은 식비도 비싸지? 상점도 비싸 보이는 세련된 곳뿐이잖아."

"그렇긴 해."

"그래, 다시 여기 주조에서 사는 거 어때? 신주쿠까지 더 가깝고 집세는 1, 2만 엔이 싸질 텐데. 통신비는 얼마야?"

"매달 1만 엔 정돈가?"

"어휴, 비싸네. 나는 2천 엔이야. 통화도 십 분 이내면 무제한으로 걸 수 있고."

"진짜?"

언니가 핸드폰을 보여준다. 분홍색에 디자인도 꽤 예쁘다.

"혹시 알뜰폰인가 하는 그거야?"

"응, 이벤트로 추가 할인 받았거든. 집세 2만 엔, 통신비 8천 엔을 아끼면 금세 한 달에 3만 엔 가까이 저축할 수 있어."

"주조라……"

"주조도 꽤 살 만해. 사 먹는 반찬도 맛있고 저렴하지, 엄청 싼 마트도 많거든. 본가에서 밥을 먹거나 반찬도 얻을 수 있고."

"그건 좀……"

자신은 앞으로 혼자 살겠다, 자립하겠다고 선언하고 집을 나온 것인데.

"부모님도 기뻐하실 거야. 우리도 일주일에 한 번은 가서 이것저것 얻어 오거든. 할머니 집에도 가는데, 할머니도 손녀랑 증손녀 얼굴을 볼 수 있으니 일석이조잖아."

"흐음……"

"이렇게 된 거 차라리 집에 들어가버려! 그럼 매달 3만 엔 정도를 부모님한테 드리고 나머지는 전부 저축할 수 있잖아! 그렇게 해."

"으, 그건 싫어."

미호는 맥이 풀려서 언니네 집 테이블 위에 푹 엎드려버렸다.

언니의 말이 다 옳다는 건 미호도 안다.

언니는 이런 말도 덧붙였다.

"그럼 일단 하루에 100엔씩 모아봐."

"100엔이라니……"

바보 취급을 당한 기분이었다. 너한테는 그 정도가 딱 어울린다는 말이라도 들은 것처럼.

"100엔이면 찻값이나 편의점 간식 같은 데서 절약할 수 있잖아? 그걸 한 달 동안 모으면 3천 엔이니까 다달이 펀드에 넣어보는 건 어때?"

"펀드. 그거 은행에서 하는 거야?"

"은행에서도 할 수 있는데, 증권회사에 계좌를 만들도록 해. 인덱스형 펀드 중에 되도록 수수료가 안 드는 게 좋겠다. 3천 엔이 모이면 들고 와. 알려줄 테니까. 아, 증권계좌 만들기 전에 나한테 얘기해. 소개하면 중개료를 주는 곳이 있거든."

언니는 "용돈벌이를 할 수 있겠다"며 미호가 이해할 수 없는 말을 중얼거리더니 씨익 웃었다.

"알았어. 그럼 집에 가는 길에 저금통 사야겠다."

"멍청아. 그걸로 또 돈을 쓰면 어떡해."

오랜만에 멍청이라는 소리를 들었다.

어린 시절로 돌아간 것처럼 왠지 그렇게 느껴지는 '멍청이'였고 미호는 예전처럼 싫은 기분은 들지 않았다.

"그럼 100엔 숍에서 사면 되지?"

"그것도 안 돼. 그 100엔을 저금해야지."

언니가 부엌 선반을 뒤적이더니 뚜껑 달린 작은 캔을 꺼내 왔다.

"이거 친구가 하와이에 다녀와서 선물로 줬던 마카다미아너트 캔이야. 여기에 모아."

그때 잠들었던 사호가 깨는 바람에 복잡한 얘기는 할 수 없었다. 미호도 언니에게 고맙다는 인사를 하고 집으로 돌아왔다.

100엔이라.

그때는 살짝 기분이 상했지만 100엔이면 확실히 모을 수 있을 듯했다.

다음날 아침, 출근 전에 들른 스타벅스에서 새로 나온 프라푸치노를 마시며 생각한다.

조금 일찍 일어나 회사 근처의 이 카페에 들러 하루 계획을 세우는 게 미호의 즐거움이자 활력소였다. 평소라면 이다음은 편의점에 들러 페트병에 든 음료를 사서 회사에 가는 것이다.

하지만 오늘은 아니다. 휴대용 보온컵에 차를 담아 왔다. 이걸로 150엔 여유가 생긴다. 1천만 엔까지는 한참 멀었지만.

미호는 언니가 준 캔에 150엔을 넣었다. 앞으로는 회사 책상에 두고 조금씩 모을 생각이었다.

다만 언니가 말했던 고정비를 줄일 결심은 아직 서지 않았다.

스마트폰의 2년 약정이 반년쯤 뒤에 끝나니 그때라면 흔쾌히 바꿀 수 있다. 그건 할 생각이다. 알뜰폰이라는 게 조금 우려스럽기도 하지만 귀여운 강아지를 위해서라면 약간 촌스러운 구형이라도 참아야겠지.

그러나 집세는……

도쿄의 서쪽에 사는 게 미호의 오랜 꿈이었다. 그리고 무엇보다 본가나 그 근처로 돌아간다는 건 왠지…… 지는 느낌이랄까? 아무래도 '낙향' '야반도주' 같은 실패의 인상을 지울 수 없다.

"전혀 안 그래. 주조 옆 동네인 아카바네는 요즘 살고 싶은 동네 순위 상위권에 들었거든?"

언니가 그렇게 말하긴 했지만……

좀더 다른 절약법이 있을지 생각해보자. 그래, 절약에 관한 책을 읽거나 강연에 가봐야겠다. 비전문가인 언니에게 상담한 것만으로 이렇게 다양한 조언을 얻었으니 전문가에게 상담하면 더 좋은 방법이 있을지도 모른다.

거기까지 생각한 미호는 남은 프라푸치노를 호로록 마셨다.

맛이 연하다. 아직 반밖에 안 마셨는데 벌써 얼음이 녹아서 달고 밍밍한 보통 커피가 되어버렸다. 미호는 프라푸치노를 끝까지 맛있게 마신 적이 없다.

앗! 그러고 보면 이 커피야말로 쓸데없는 낭비 아닌가?

미호는 프라푸치노 가격을 다시 확인했다.

늘 이곳의 전용카드로 계산하니 의식한 적 없었지만 가장 저렴한 프라푸치노의 가격이 420엔(세금 별도), 그냥 아이스커피는 280엔(세금 별도), 편의점 아이스커피라면 100엔……

지금껏 커피값 따위에는 별 차이가 없다고 생각했다. 고작 100엔 차이라면 좋아하는 걸 마시자고 생각했는데……

하지만 100엔씩 모을 거라면 얘기가 다르다.

카페에 가는 걸 관두고 싶진 않다. 여기서 잠깐 생각에 잠기는 정도라면 아이스커피를 마셔도 괜찮을 것이다. 두 번에 한 번은 바꿔봐야지.

"여기 앉아도 되나요?"

고개를 들자 대학생처럼 캐주얼한 차림의 남자가 옆자리를 가리키고 있다. 미호가 도착했을 때 대부분 비었던 자리들이 강연 시작 오 분 전이 되자 거의 다 차 있었다.

"아, 네. 앉으세요."

미남은 아니지만 용모가 깔끔한 사람이라고 생각하며 미호는 가방을 치운다.

"감사합니다."

『8×12는 마법의 숫자』의 저자인 구로후네 스코 선생의 절약 강연이었다. 자산관리사인 그녀는 요즘 그럭저럭 잘나가는 절약

전문가였다.

사실 미호는 그 책을 읽은 적이 없었는데 우연히 TV에 나오는 그녀를 보고 핸드폰으로 검색했다가 강연 정보를 발견했다.

신간 출간 기념으로 참가비가 딱 3천 엔이었다. "이삼십대 남녀, 특히 회사원이나 앞으로 일하게 될 대학생들에게 바치고 싶다"라는 부제가 마음에 들었다. 주부를 대상으로 한 절약법은 미호가 알아도 소용이 없을 터였다.

사회자의 간단한 소개 뒤에 구로후네 선생이 씩씩하게 등장했다. 미호의 엄마와 비슷한 연령대에 약간 살집이 있는 사람이었는데 TV보다 더 통통해 보였다. TV로 보기보다 날씬하다는 경우는 자주 있는데 더 통통하다니 특이하다.

"여러분, 일단 이것만 기억하세요."

구로후네 선생은 인사를 하는 둥 마는 둥 하더니 펜을 잡고 화이트보드에 크게 숫자를 적었다.

8×12.

그냥 책 제목이잖아.

"오늘은 이것만. 이것만 기억하면 됩니다. 머릿속에 새겨요. 자, 8×12는 얼마죠?"

"96!" 강연장에 대답하는 소리가 울려퍼진다.

"네, 정답입니다. 매달 8만 엔씩, 보너스 때는 2만 엔씩 더 저축합니다. 이것 참 신기하죠? 일 년에 100만 엔이 모였어요! 일 년에 100만 엔씩 모을 수 있으면 삼십대는 예순 살 정년까지 3천만 엔, 이십대는 4천만 엔을 모으게 됩니다. 그걸 3% 복리로 운용할 수 있다면 세후 약 4900만 엔과 7760만 엔이 됩니다. 노후를 걱정할 필요가 없어요!"

강연장 안에 실소인지 한숨인지 모를 소리가 새어나온다.

"어, 지금 그건 무리라고 생각했죠. 다들 그렇죠?"

미호는 무심코 웃으면서 고개를 끄덕였다. 옆에 앉은 남자도 똑같이 고개를 끄덕이는 게 힐끗 보였다.

"여러분은 지금 제 주문, 아니 마법에 걸렸습니다. 한번 이 숫자를 들으면 마음속으로 어떻게든 8만 엔을 기억하거든요. 자기도 모르게 한 달에 8만 엔을 저축하려고 마음먹게 되죠. 지금은 무리한 일일지라도 가능한 한 그 액수에 가까워지려고 노력하게 된답니다! 왜냐, 매달 8만 엔만 저축하면 그 외에는 얼마든지 원하는 대로 써도 되거든요! 보너스도 2만 엔 외에는 펑펑 쓸 수 있어요!"

한순간의 정적 뒤 다들 폭소를 터뜨렸다. 구로후네 선생이 마치 오페라 가수처럼 양팔을 크게 벌리고 단언했기 때문이다. 하지만 그녀를 바보 취급하는 웃음이 아니었다. 왠지 모르게 따뜻하고 긍정적인 웃음이었다. 미호는 깔깔거리며 웃다가 옆에 앉은 남자와 자연스레 눈이 마주쳤다. 그도 미호를 보고 동의한다는 듯 살짝 고개를 끄덕였다.

"여러분은 오늘 3천 엔을 아주 유익한 곳에 썼어요. 자, 그럼 어떻게 매달 8만 엔을 저축할 수 있을지 하나씩 검토해봅시다. 우선은 고정비를 다시 살펴보는 겁니다."

어? 미호는 작게 탄식했다. 언니한테 들은 얘기랑 똑같잖아.

그래도 크게 한바탕 웃은 뒤라 그런지 미호는 그 사실을 부정할 마음이 들지 않았다.

우리 언니도 꽤 하는데?

자신이 해낼 수 있을지 아직 모르지만 일단은 구로후네 선생의 가르침을 받아 적기로 했다. 미호는 학생으로 돌아간 것처럼 순순히 노트를 펼쳤다.

· 2장 ·

일흔세 살의
일 찾기

모터 소리가 낮게 웅웅거리는 가운데 신문을 읽고 있던 미쿠리야 고토코는 벌떡 일어났다.

"망고은행 퇴직금 특판상품! 특별금리 연 2%(세금 공제 전)"

고토코는 최신식 안마의자에 누워 십오 분짜리 전신 마사지 코스를 한창 즐기던 중이었다. 거의 드러눕다시피 등받이가 젖혀진 상태라 몸을 일으키는 게 꽤 힘들었지만 이대로 가만히 누워 있을 수 없었다.

"안경, 내 안경이 어딨지?"

왕년의 유명 희극배우가 하던 우스꽝스러운 몸짓처럼 주위를 더듬거리며 찾는 와중에도 신문에서는 눈을 떼지 않았다.

돋보기안경은 안마의자 바로 옆 테이블에 놓여 있었다. 고토코는 안경을 똑바로 쓰고 천천히 뚫어져라 광고를 읽는다.

"어디 보자…… 망고은행, 퇴직금 특판상품, 특별금리, 연 2%. 대상 고객은 육십 세 이상 퇴직자 및 그 배우자. 단……"

이런 부류의 광고에는 반드시 맹점이 있는데 그건 보통 그 밑에 적혀 있다. 물론 똑똑한 소비자인 고토코는 끝까지 제대로 읽는다. 깨알같이 작은 글씨, 신문기사보다 훨씬 작게 적힌 글이다. 노안인 고토코는 특히 읽기 어려워서 마치 불리한 조건은 읽지 말라는 듯하다. 이를 위해 돋보기안경을 준비했다.

"2% 금리는 1천만 엔 이상을 3개월 넘게 정기예금으로 예치한 최초 3개월만, 그 이후는 0.01%…… 그럼 그렇지."

이런 특판 이벤트는 이목을 끄는 고금리를 전면에 내세우지만 그건 한 달에서 반년 정도로 끝나고 나머지 기간은 일반 정기예금과 비슷한 수준의 이자로 바뀌는 게 대부분이다.

그나마 0.01%도 괜찮은 편이다. 요즘 대형 은행의 보통예금 이자가 대체로 0.001%니까.

"에휴, 바보 같아."

무심코 그런 중얼거림이 흘러나온다.

"경기가 조금 나아졌는데도 0.001%라니. 은행은 대체 얼마를 벌어들이는 건지."

하지만 지금은 은행을 비난해봐야 별 수 없다.

"1천만 엔을 2% 금리로 맡겨서 3개월이니, 5만 엔 정도가?"

안마의자에서 내려와 부엌으로 간 고토코는 서랍에서 손때 묻은 대형 주판을 꺼내 재빠르게 계산했다. 고등학교 졸업 후 긴자의 백화점에서 점원으로 일했던 고토코는 전자계산기보다 주판 쪽이 빠르다.

"역시! 1천만 엔을 3개월 맡기면 4만 9998엔이구나…… 여기서 세금을 빼면 이자로 3만 9546엔을 받을 수 있겠네."

고토코는 삼 년 전부터 사용중인 스마트폰으로 망고은행을 검색해본다.

"망고라니 당최 믿음이 안 가는 이름이지만 토마토은행 같은 데도 있으니……"

망고은행은 규슈의 미야자키현에 있는데, 십 년 전에는 미야자키상공은행이라는 딱딱한 명칭이었던 모양이다. 이런 고금리 특판 이벤트를 하는 곳은 지방 은행인 경우가 많다. 지방이지만 전화해서 자료를 받아 서류를 작성하고 계좌를 개설한 다음 거기에 입금하면 되므로 일부러 미야자키까지 가지 않아도 된다.

지방 은행들이 고금리 상품을 내놓는 이유는 물론 노인들의 소중한 재산을 끌어모으기 위해서일 것이다.

몇 년 전까지 이런 이벤트는 얼마든지 있었고, 개중에는 '반드시 금리 5%를 보장한다'며 고토코의 저축액 운용을 멋대로 설계

해 온 은행도 있었다.

당시는 민주당 정권하의 극심한 불경기인 디플레이션 시대였다. 주가는 낮고 엔화는 비싼 탓에 마땅한 거래처도 없는 상황이라 고토코도 순간 현혹될 뻔했다.

"할머니 안 돼요! 반드시 5%를 불려서 돌려주겠다는 식으로 말하지만 그 기한을 아무데도 안 써놨잖아요. 5%까지 불어나는 걸 기다렸다간 사망 후가 될 수도 있다고요. 게다가 원금손실이 발생해도 본인 책임이고 회사는 처벌을 면한다니 거의 사기라고요."

증권회사에 다녔던 손녀 마호가 알아차리고 말려서 다행이었지 하마터면 속아넘어갈 뻔했다.

'대기업 주제에 뻔뻔하다'며 마호는 분개했지만 그후 아베노믹스로 경기가 좋아졌으니 5% 증액이 가능했을지도 모른다. 그랬다면 은행원은 천연덕스러운 얼굴로 자신만만하게 다시 투자를 권했을 테다. 결국 은행에 유리한 구조다.

고토코는 투자를 '무서운 것'으로 여기고 한번 포기했었지만 친구가 '투자 외에도 돈을 불릴 방법이 있다'고 귀띔해줬다.

은행이 퇴직한 노인들을 상대로 내놓기 시작한 고금리 상품을 잘 이용해서 용돈을 버는 방법이었다. 망고은행처럼 짧은 기간이나마 2~3%로 이벤트 금리를 내거는 은행을 찾아내 몇 번이고 갈아탄다는 것이다.

고토코가 상담했더니 마호는 은행 팸플릿을 찬찬히 읽은 뒤 "이거라면 괜찮을 것 같아요"라며 겨우 고개를 끄덕였다.

"그나저나 할머니가 부럽네요. 은행이 젊은 사람들한테는 절대로 이런 금리를 안 주거든요. 우리야말로 앞날을 생각하면 고금리가 필요한데……"

고토코는 한탄하는 손녀가 딱하긴 했지만 자신이 활용할 수 있는 건 써먹어야겠다고 생각했다.

어차피 은행도 노인들을 먹잇감으로 보는 것까진 아니어도 어떻게든 잘 뜯어먹을 요량이니 이쪽도 똑똑해질 필요가 있다.

게다가 죽은 남편이 피땀 흘려가며 벌어다준 재산을 활용하지 않으면 아깝지 않겠는가. 회사원이었던 남편은 오 년 전에 폐암으로 죽었다. 담배는 이십대 때 잠깐 피웠을 뿐이라 검진도 거의 받지 않았었다. 기침이 심해서 병원에 갔을 때 4기 진단을 받았고 이미 임파선 등에 전이된 상태였다.

1천만 엔이나 되는 돈을 움직이는 건 무섭고 귀찮지만 익숙해지면 별일 아니다. 직접 갈 수 있는 범위라면 등산용 배낭에 넣어 이 은행에서 저 은행으로 옮긴다. 한 달이나 석 달에 한 번 그정도 수고를 하는 건 괜찮다. 서류를 몇 장이나 써야 하지만 자신은 시간이라면 얼마든지 있는 사람이니까.

"이쪽저쪽으로 갈아타면 은행원들 눈치 보이지 않아요?"라며 마호가 놀리지만 그 역시 익숙해지면 아무렇지 않다.

고토코는 '은행 이자만으로 안마의자 사기'라는 목표를 세웠었다. 그리고 삼 년 만에 달성해 염원하던 안마의자를 작년에 무사히 손에 넣었다.

40만 엔이 넘는 의자라서 그런지 목부터 발바닥까지 온몸을 빠짐없이 마사지해주고 나중에 근육통도 없다. 매일 아침 의자에 드러누워 신문을 꼼꼼히 읽는 게 무엇보다 즐거운 일과가 되었다.

그런데 경기가 좋아져선지, 고토코처럼 갈아타는 고객이 늘어나선지 작년 무렵부터 그런 특판 이벤트가 눈에 띄게 줄었다.

망고은행의 상품은 오랜만에 본 대형 광고였다.

그런데……

고토코는 대강 설명을 읽은 뒤 신문을 옆에 툭 놓았다.

의자는 벌써 사버렸단 말이지.

지금 딱히 갖고 싶은 건 없다.

갖고 싶은 게 없다는 건 행복하고 감사한 일이지만……

예전에는 갖고 싶은 게 무척 많았다. 아이들이 아직 어렸을 때 당시 막 발매된 플라스틱 용기에 든 요구르트를 굉장히 좋아했었다. 요즘은 보통 마트에서 행사상품으로 저렴하게 팔지만 과거에는 비싸서 좀처럼 살 수 없었다. 기뻐하는 얼굴이 보고 싶어서, 건강에도 매우 좋다고 하니까, 고토코는 자신이 한 끼를 거르더라도 아이들에게 요구르트를 사주곤 했다.

결코 가난하진 않았다. 주변 사람도 정도의 차이는 있을지언정 다들 경제 상황이 비슷해서 큰 걱정 없이 살 수 있었다. 다만 허투루 돈을 쓸 순 없는 시대였다.

문득 옛날 일을 떠올리던 고토코는 정신을 차렸다.

고금리 혜택을 받으려면 은행에 전화해서 서류를 받고 그걸 작성해서 다시 보내야 한다. 게다가 지금 퇴직금을 넣어둔 은행에 가서 큰돈을 찾는 절차를 밟아야 한다.

처음으로 그런 과정이 약간 귀찮게 느껴졌다.

이상했다. 안마의자를 사기 전까지만 해도 설레는 일이었는데.

이 계좌 저 계좌로 돈을 옮기는 것만으로 즐거웠다. 쇼핑을 하지 않아도, 돈을 움직이기만 해도 실제 쇼핑의 10분의 1쯤 되는 고양감을 느낀다는 사실을 알았다. 게임처럼 느낀 건지도 모른다.

지금은 왠지 모든 것이 귀찮았다.

조금만 돈을 굴리면 4만 엔 가까운 이자가 생기는데.

고토코가 1천만 엔을 굴리는 데 소극적인 건 귀찮음 외에도 이유가 있었다.

남편이 죽고 나서 이 돈 말고도 우체국에 보통예금 수백만 엔이 남아 있었다. 연금이 절반 가까이 줄어 최근에 그 돈을 조금씩 꺼내 쓰고 있는데 이제는 수십만 엔만 남았다.

이럴 때야말로 특판상품에 돈을 맡겨 늘리는 게 맞지만, 석 달 뒤부터 그 돈을 쓸 수 있으니 그전에 급한 지출이라도 생기면 곤란하다.

남편이 죽고 얼마 지나지 않았을 무렵에는 저축해둔 수백만 엔이 매우 큰돈 같았다. 그게 이렇게 빨리 사라질 줄이야.

한편 1천만 엔은 마음의 버팀목이었다. 장차 요양시설에 들어가거나 간병하기 편하게 집을 개조할 때 쓰려던 것인데, 조만간 이 돈까지 손대야 한다고 생각하자 고토코는 불안해서 견딜 수가 없다.

사실 작년부터 쭉 이 문제를 고민해왔다. 어째야 하나 고민하면서도 너무 깊이 생각하지 않으려다 여기까지 온 것이다.

그런데 이 특판 이벤트가 새삼 그 사실을 자신에게 들이미는 것 같았다.

"부러운 고민이네요."

연금이 부족하다는 내용은 빼고 퇴직금 특판상품에 관해 얘기하자 고모리 야스오가 호쾌하게 웃었다.

"그래?"

"4만 엔을 받을 수 있다면 저는 바로 움직일 거예요. 100만 엔으로 일 년은 충분히 살 수 있으니 반달 치 생활비네요. 하긴 그만큼 큰돈이 있으면 아마 한 달쯤 여행 기간을 늘리겠죠. 요즘 같은 시기라면 태국의 방콕도 좋고…… 아, 이제 카오산이 비싸지. 말레이시아의 말라카 근처에서 느긋하게 보낼까? 아냐, 역시 집에서 책이나 잔뜩 읽는 것도 나쁘지 않을 듯한데."

볕에 그을린 얼굴에 웃음을 띠며 말하는 야스오는 고토코의 나이 어린 친구였다.

처음 만난 건 재작년 11월, 집에서 조금 떨어진 대형 홈센터*에서였다.

그때 고토코는 고민중이었다. 원예 코너에서 커다란 플라스틱 상자에 든 비올라 모종을 통째로 600엔에 팔고 있었기 때문이다.

상자 안에 모종이 서른 개 들어 있었으므로 하나에 20엔 정도로 놀랄 만큼 저렴했다. 너무 많이 들어온 바람에 팔다 남아서 꽃이 볼품없어지니 거의 공짜나 다름없는 가격으로 떨이 판매를 하는 것일 터였다.

고토코는 쪼그려앉아 모종의 상태를 하나하나 살폈다.

꽃이 떨어진 것도 있고 시들어서 갈변한 것이 겨우 붙어 있기도 했다. 너무 길어 축 늘어진 줄기에 질까 말까 한 꽃이 만개한

---

* 일용잡화나 주택설비 상품을 판매하는 일본의 소매점.

것도 있었다.

하지만 조금이라도 원예를 해본 사람이라면 이게 비올라의 가짜 모습이라는 걸 바로 알아본다. 좋은 흙에 옮겨 심은 뒤 헛자란 줄기나 시든 꽃을 과감히 자르고 비료를 주면 금세 하나둘 꽃을 피우기 시작한다. 아직 11월. 분명 이때부터 5월 연휴철까지 즐길 수 있을 것이었다.

그래도 서른 개는 많다. 전동자전거를 타고 온 고토코가 다 옮길 수 없는 양이고, 집 정원에 심을 공간도 없다. 열다섯 개만 됐어도…… 현관 옆 공간에 빽빽이 심으면 한 달도 안 돼 일제히 피어나 이목을 끄는 정원이 될 텐데. 겨우 300엔에……

무엇보다 미련이 남는 건, 고토코가 사지 않으면 이 모종은 아마 이대로 팔리지 않고 남아서 폐기처분될 가능성이 크다는 점이었다. 그걸 생각하면 슬프고 안타까워 가슴이 아리는 듯했다.

"이거, 엄청 할인하네."

그때 들려온 젊은 남자의 목소리에 고토코는 퍼뜩 정신을 차렸다. 뒤돌아보니 보기 좋은 미소를 띤 가무잡잡한 청년이 뒤쪽에 비스듬히 서서 내려다보고 있기에 고토코도 서둘러 일어섰다.

"엄청 싸네. 사고 싶은데 이렇게 많이는 필요 없고……"

"그렇죠."

고토코는 저도 모르게 대답했다. 평소 모르는 사람을 경계하는 그녀였다. 노인 혼자 사는데다 나름대로 재산도 있으니 어디서 이상한 사람에게 걸려들지 모르니까. TV나 신문, 도서관에서 종종 읽는 주간지에도 무서운 얘기가 잔뜩 나오지 않나.

그런 고토코가 무심코 경계심을 풀어버린 이유는 그 장소가 원예 코너라는 점, 그리고 자신과 같은 생각을 하는 사람이 있다는 기쁨 때문이었다. 미남은 아니지만 인상 좋은 청년의 천진한 미소에도 경계심이 누그러졌다.

"가져가면 잘 살릴 자신은 있는데 말이죠."

쪼그려앉은 그가 조심스레 모종을 만졌다.

"뿌리는 전혀 문제없어 보이네요."

어디 사는 누군지도 모르지만 원예 얘기를 할 수 있다는 것만으로 고토코는 기뻤다.

"이건 옮겨 심은 다음에 순자르기만 하면 바로 되살아나죠."

"맞아요. 그치만 우리집 마당에 전부 심을 순 없겠는데……한 달 전 아직 한 개에 80엔일 때 사서 마당 대부분에 심었거든요. 빈자리가 조금 있긴 해도 서른 개는……"

"그래도 80엔이면 싸네요. 나는 150엔에서 100엔으로 할인했을 때 못 참고 사버렸어요."

"100엔은 좀 성급했네요."

"일찍 심어서 초가을에 비올라를 즐기고 싶었거든요."

"그 마음은 알 거 같아요. 저도 돈이 있으면 샀을걸요?"

그가 시들어가는 꽃에 살짝 손을 가져다댔다.

"아무도 안 사면 버려지겠죠?"

그 순간 누구랄 것도 없이 "반으로 나누지 않을래요?"라는 말이 튀어나와 서로 마주보고 그만 웃어버렸다.

"그래요. 반씩 나눠요."

600엔 중 고토코가 좀더 내려고 했지만 야스오는 단호히 거절했다.

잠깐 얘기해봐도 돈이 궁한 듯싶었지만 제대로 절반을 부담하려는 모습에서 돈에 인색하지 않은 남자라는 좋은 인상을 받았다. 계산을 마치고 모종을 나누는 동안, 그가 주조 상점가를 사이에 끼고 고토코의 집과 반대편에 있는 작고 오래된 마당 딸린 단독주택에 살고 있다는 사실 등을 알게 됐다.

오토바이를 타고 왔다는 야스오가 고토코 몫의 모종을 두고 "집까지 실어드릴까요?" 했지만 아무래도 그건 거절했다.

그때는 야스오에 대해 잘 몰랐기에 '결혼했는데 아이가 어려서 돈이 없는 건가? 낮 시간에 이런 데 있다는 건 마호 남편처럼 교대근무를 해서 비번인가보네' 하고 멋대로 생각했었다.

그후 야스오와는 홈센터나 주조 상점가에서 때로 보았는데, 한번 얼굴을 익히고 나니 이상하리만치 자주 마주쳤다.

야스오는 고토코를 보면 늘 과거의 지인이나 옛 연인이라도 발견한 양 싱글거리며 다가와 "비올라는 어때요? 우리집은 벌써 만개했어요"라든가 "요즘 추워졌네요"라든가 "올해 안에 한번 더 비올라 가지치기를 해도 될까요?"라며 스스럼없이 말을 걸어왔다.

봄이 될 무렵 그가 "잠깐 차나 한잔하지 않으실래요?" 하고 권했다. 종교나 이상한 뭔가를 권유할까봐 고토코는 잠시 경계했지만 까짓것, 그럼 제대로 거절하면 된다는 마음으로 저렴한 카페에 따라 들어갔다.

거기서 야스오가 아이는커녕 결혼도 안 했다는 것, 일정한 직업이 없고 일 년의 절반은 해외여행이나 장기 아르바이트로 집을 비운다는 것 등을 알게 됐다. 단독주택은 할머니가 살았던 지은 지 오십 년 된 집인데, 지금은 아무도 살지 않아 잠정적으로 그가 관리하는 모양이었다.

야스오가 '할머니를 몹시 따랐다'는 사실도 알게 됐다.

"돈은 없지만 할머니가 정원을 소중히 여기셨으니 최소한 깔끔하게 관리하고 싶어서요."

고토코는 그 말에 완전히 마음의 문을 열었다.

"그나저나 그런 큰돈을 잘 모았네요."

오늘은 한동안 해외에 간다는 야스오가 집 열쇠를 맡기러 왔다. 그가 집을 비우는 동안 고토코가 대신 정원 꽃에 물을 주고 집을 환기한다.

작년까지 이웃집 여자에게 부탁했던 모양인데, 고령이던 그녀가 건강이 나빠져 요코하마에 사는 딸네로 간 가을 무렵부터 고토코가 그 일을 맡고 있다.

"할머니, 그런 남자를 집안에 들여도 괜찮아요?"

고토코가 야스오에 대한 얘기를 털어놓자 마호가 눈을 부라리며 말했다.

"도둑질이나 강도질을 할지도 몰라요."

"오히려 내가 야스오네 집 열쇠를 갖고 있는걸."

"안심시키려는 덫일지도 모르죠."

"그렇긴 하지만……"

"변변한 직업도 없는 사람이죠?"

분명 야스오에게는 일정한 직업이 없다.

고토코는 야스오와 얘기를 나눈 뒤로 그가 정규직이 아니기 때문에 오히려 인성이나 성실함을 갖춘 게 아닐까 생각했다. 일은 오키나와나 홋카이도에서 하는 계절 아르바이트가 많다고 했다. 야스오는 어디든 금세 스며들고 일도 빨리 배우는 것 같았다. 연장자를 공경하고 누구의 얘기든 잘 들어주리라. 그러므로 철새 같은 생활을 할 수 있는 거다.

게다가 집 관리를 부탁받아 다니면서 이웃 사람들과도 얘기를 나누게 됐는데, 야스오의 경력이나 현재 상황이 본인 설명대로라는 것도 알 수 있었다.

어쨌든 지금 고토코는 야스오를 신용하고 상당히 호감을 품고 있다.

"선물 사 올게요. 완두콩은 슬슬 수확할 때가 됐으니 마음껏 따서 드세요."

"사양 않고 잘 먹을게."

이 시기에는 물 주기를 적게 해도 된다. 땅에 심었으니 일주일에 한 번이면 충분했다. 물론 연금으로 생활하는 고토코에게 시간만큼은 넉넉하니 물을 더 자주 줘야 한대도 문제는 없다.

"고맙습니다. 신세 좀 질게요."

그러던 중 고토코가 무심코 퇴직금 특판 이벤트와 그 이자에 관해 얘기했다.

"그런 큰돈은 저한테 꿈같은 얘기네요."

아, 역시 금액까지 알 법한 얘기는 안 하는 편이 좋았겠다고 조금 후회했다.

야스오는 그런 고토코의 우려를 눈치도 못 챈 듯 느긋하게 웃었다.

"별로 대단한 일도 아니란다. 내 나이쯤 되면 다들 돈은 있으니까."

"그래요? 우리 할머니가 돌아가셨을 때 불단에서 1만 엔이나 100엔짜리 옛날 지폐 같은 게 나왔거든요. 할머니는 그게 가치가 있을 거라고 생각했었나봐요. 재산이라 할 만한 건 그뿐이었어요."

"집이 있잖니."

"그런 낡은 집은 목욕물 데우는 장작밖에 안 돼요."

"그런 소리 마. 건물이야 어떻든 주조 땅이잖니. 거품경제기만큼은 아니더라도 아직 그럭저럭 돈 좀 될 게다."

"그럴까요? 고토코 씨는 그 뭐냐, 절약 같은 걸 해서 그만큼 돈을 모았어요?"

"그렇게 대단한 게 아니래도. 그저 시절이 좋았을 뿐이야."

그다지 자신의 돈에 관해 얘기하고 싶지 않아 고토코는 고개를 가로저었지만 야스오는 눈치채지 못했는지 말을 이어나갔다.

"고도성장기나 거품경제기를 말하는 거예요?"

"그도 그렇지만 우리가 취직했을 무렵에는 초급이 1만 엔 정도였는데, 퇴직할 때는 그 돈이 오십 배가 됐다고 계산할 수 있거든? 경제가 확실히 성장한 덕분에 여기까지 올 수 있었던 거지."

고토코는 그만하려 했는데 무심코 얘기해버렸다. 이런 화제를 싫어하지 않는 탓이다.

신문이나 TV를 보면 고토코도 남 못지않은 생각들이 자연스레 떠오른다.

"그런 시대의 도움이 없는 요즘 젊은이들이 불쌍하다고 생각해."

작게 중얼거리고 말았다.

"다만 나는 어머니의 가르침대로 줄곧 가계부를 적어왔거든. 한 일이라곤 그것뿐이야."

"가계부요?"

야스오는 어리둥절한 목소리로 말했다.

"가계부라니. 제 인생과 제일 거리가 먼 단어네요."

"내 어머니는 다이쇼 13년, 그러니까 1924년에 태어나셨는데, 가계부가 처음으로 여성잡지에 등장한 게 1904년, 러일전쟁이 일어난 해야."

이런 얘기를 한들 이 젊은이는 아무 흥미도 없을 테다. 그래도 야스오는 집중해서 듣는 척도 하고 제대로 맞장구도 쳐준다.

야스오를 보면, 이게 바로 남을 매료시키는 능력을 타고난 사람이구나 싶다.

야스오와 얘기해봐도 고금리 특판상품에 가입할지 말지를 좀처럼 결정하지 못했다.

퇴직금 특판상품에 가입할 생각이라면 서두르는 편이 좋다. 우선 은행에 전화해 서류를 받아야 한다. 지금 퇴직금을 맡겨둔 은행에도 빨리 절차를 밟는 편이 좋고…… 고토코는 생각만 할 뿐 몸이 움직여지지 않는다.

예전이라면 이런 일들을 부랴부랴 해치웠을 텐데. 그저 안마 의자에 드러누워 오늘도 멍하니 시간을 보낼 뿐이다.

야스오의 말처럼 이자를 생활비로 써도 된다. 하지만 그렇게 생각하자 연금만으로는 부족하고 돈이 궁한 현재 상황을 누군가 자신의 눈앞에 들이미는 듯한 기분이 들었다.

크게 한숨이 나왔다. 자신이 지금 한숨을 쉬고 말았다는 걸 스스로 인식할 수 있을 만큼 컸다.

이럴 때야말로 가계부를 쓰고 생각을 잘해야 한다. 고토코는 기세 좋게 의자에서 일어났다.

남편은 예순 살이 넘어 회사를 퇴직한 뒤, 예순다섯 살까지 자회사의 임원으로 일했다.

그후 연금을 받으며 생활했는데, 부부가 둘 다 있을 때는 두 달에 한 번씩 26만 엔가량이 입금됐다.

결코 많진 않지만 그때는 우체국 예금도 넉넉해서 여행도 자주 다녔고 돈이 부족하다고 절실히 생각한 적은 없었다.

혼자가 되면서는 연금이 한 달에 8만 엔 정도로 줄었다.

처음에는 "이제 돈 드는 일은 거의 없겠지. 사치 부리지 말고 집이나 지키면서 조용히 살자"라고 생각했다.

다만 세상사가 어디 그리 잘 굴러가던가.

밥을 해 먹는 일이란 게 일인분이든 이인분이든 드는 돈이 별반 다르지 않다. 게다가 혼자가 되고 나서는 옛 친구가 불러내는 일이 훨씬 늘었다.

남편이 살아 있을 때는 별로 없었던 "점심 먹으러 가지 않을래? 아카바네에 새 이탈리안 레스토랑이 생겼어"라든가 "후쿠시마에 복숭아 먹으러 가지 않을래?" 같은 권유가 매달 들어온다.

그럼 옷이든 신발이든 '매번 똑같은 것'만 걸치고 나갈 수 없다.

거절할 수도 있지만 나이를 먹으니 앞으로 남은 세월에서 친구나 가족과의 시간이 가장 소중하다는 생각이 든다. 친구들도 "저세상이나 관 속에 돈을 들고 갈 것도 아니니까"라고 입을 모아 말했다.

다만 앞으로 간병을 받게 되거나 병에 걸리기라도 하면 돈이 얼마나 들지 모른다.

"저세상에 가져갈 수 없으니 써버리자"와 "돈은 아무리 많아도 불안하니 절약해야지"라는 상반된 말을 같은 입으로 내뱉는 게 노인들이다.

전에도 친구에게 "간병에는 연간 평균 90만 엔 이상, 오 년간 간병을 받을 경우 한 사람당 평균 500만 엔 이상이 든다"는 얘기를 들은 참이었다. 그렇게 생각하면 도저히 그 1천만 엔에는 손을 댈 수 없다.

신이 알려준다면 좋을 텐데. 고토코는 가계부를 펼치며 생각한다.

"네 수명은 팔십 년, 암으로 죽으니 간병은 필요 없다"나 "큰 병 없이 일흔여덟 살에 잠들었다가 아침 무렵에 죽게 된다"나 "넘어진 뒤로 쭉 자리를 보전하니 돈을 모아두도록"이나.

그런 얘기를 들으면 충격을 받고 울겠지만 미래를 알면 다소 마음이 놓이는 구석도 있을 터.

하지만 현실에는 그렇게 친절한 신이 없으니 일시적인 위안일지라도 일단 가계부를 쓰는 것이다.

연금생활을 시작하기 전, 고토코는 매우 불안했었다. 그러다 서점에 가보니 『고령생활가계부』나 『연금가계부』가 제대로 갖춰져 있어 마음이 놓였다.

지금까지 써온 가계부와 다른 점은 매월 페이지가 연금지급일인 15일부터 시작한다거나, 의료비 칸의 구성이 충실하다거나, 두 달 치 생활비를 통합해 계산할 수 있다는 것 등이었다.

『고령생활가계부』는 일본에서 가계부를 처음으로 만든 하니 모토코의 것을 바탕으로 했기에 고토코는 그 익숙한 표지를 보자 '역시 하니 선생이군' 하고 든든한 마음이 들었다.

여러모로 비교한 끝에 첫해는 『고령생활가계부』를, 그다음해부터는 좀더 간단하고 저렴한 연금생활용 가계부를 썼다.

고토코는 가계부를 펼친 뒤 지갑을 열고 어제 마트에서 산 물건의 영수증을 꺼내 하나하나 꼼꼼히 금액을 적어 내려갔다.

그것만으로도 마음속이 차분히 진정되는 기분이었다.

며느리 도모코에게 연락이 온 건 야스오가 해외로 가고 일주일쯤 지났을 무렵이었다.

"어머니, 잘 지내시죠?"

며느리는 손녀들과 달리 집전화로 연락해온다.

도모코는 아직도 스마트폰이 아니라 피처폰을 쓰는데, 바꿀 마음도 없는 모양이었다.

"우리 엄마, 너무 뒤처졌다니까요. 스마트폰으로 바꾸면 메신저로 연락할 수 있는데…… 집전화는 엄마 때문에 남겨놨을 정도라고요."

손녀들이 늘 투덜대지만 의외로 오십대인 도모코 또래가 고토코 세대보다 보수적인 건 자주 있는 일이다. 도모코는 회사에서 컴퓨터 연수를 받는 세대보다 윗세대이다보니 기계나 인터넷이

어렵게 느껴지는 모양이었다. 딸들이 그런 것들을 잘 다루고 엄마 대신 뭐든지 해주는 점도 그런 요인 중 하나일 테다.

도모코는 뭔가 모르는 게 있으면 아직도 사전을 펼치거나 도서관에 가서 책을 찾아본다. 그래도 모를 때는 딸들에게 전화해 인터넷으로 찾아보게 한다.

"실은 어머니께 부탁드릴 일이 있어서요."

고토코는 설마 자신에게도 인터넷으로 뭘 찾아보라고 시키는 게 아닐까 싶어 순간 긴장한다.

"정월 오세치 요리 있잖아요."

"응? 오세치 요리? 그게 왜?"

예상치 못한 질문에 깜짝 놀랐다.

"제가 영어 배우러 다니잖아요."

고토코가 도모코에 대해 감탄하는 건 예전부터 배우는 일에 열의가 있고 향상심이 높다는 점이다. 그런 면이 정말이지 거품 경제기에 이십대를 보낸 여자다웠다. 늘 요가니 테니스니 꽃꽂이니 하는 것들을 배우고 있다. 특히 불문학과 출신이라 영어와 프랑스어는 계속 공부하고 있는데, 도모코는 딸들이 고등학교와 대학교에 다녀 학비가 많이 드는 시기에도 구민회관에서 열리는 저렴한 수업을 들었다.

장래에 남편 가즈히코가 정년퇴직하면 둘이서 호화 여객선을 타고 여행하며 외국인과 영어나 프랑스어로 대화하는 게 꿈이라고 한다.

그러면서 "어머니도 같이 가요"라고 말한 적은 한 번도 없다. 배 같은 건 타고 싶지도 않지만 문득 빈말로라도 한 번쯤 권할 법하지 않나 싶은 생각이 든다. 그게 손녀라면 아무렇지 않았을 테지만 며느리에게는 그만 불만을 품게 된다.

고토코는 늘 도모코에게 손을 내밀어왔다고 생각한다. 도모코는 그것을 나긋나긋 받아들이면서도 고토코가 좀더 가까이 다가가려 하면 탁 밀어내는 듯한 면이 있었다.

물론 실제로 밀쳐진 적이 있는 건 아니지만 오랜 시간을 알고 지내면서도 깊은 속내까지는 보여주지 않는다는 기분이 들었다.

"그래, 꾸준히 다니고 있다니 대단하구나."

고토코는 그런 불만을 내색하지 않고 맞장구를 친다.

"일레인 선생님이 좋은 분이라 그렇죠. 매주 정말 재미있어요."

"그게 제일 좋은 거지."

"요전번에 정월을 어떻게 보내느냐는 얘기가 나와서 서로 정월에 찍은 가족사진을 보여줬거든요."

도모코의 영어 수업에서는 기본적인 회화연습뿐 아니라 그런 토론도 하는 모양이다.

"저는 정월에 만든 오세치 요리 사진을 보여줬는데, 다들 찬합에 담긴 요리가 아주 예쁘다며 칭찬했어요. 그러면서 오세치 요리를 가르쳐줬으면 좋겠다고 하더라고요."

그 말을 들은 고토코는 무심코 웃어버렸다.

"다들 듣기 좋으라고 하는 소리 아니니?"

"저도 그렇게 생각했는데 의외로 진심이었어요."

"아무리 그래도 외국인에게 오세치 요리라니……"

"아뇨, 선생님이 아니라 학생들이요. 저랑 같이 수업 듣는 학생들이 배우고 싶다고 하더라고요."

"학생이라면 젊은 분들이니? 결혼한 지 얼마 안 된 사람들?"

그럼 어쩔 수 없을 것이다. 다만 오세치 요리는 집집마다 다르니 부모에게 배우면 좋을 텐데 하는 마음을 지울 수 없다.

"그렇진 않고요. 젊은 사람도 있지만 저랑 비슷하거나 나이가 많은 분도 있어요."

도모코의 말에 따르면 여자들은 결혼하면 시가에서 정월을 보내게 되는데, 시가가 오세치 요리를 만들지 않고 사서 해결하는 집이라면 자신도 줄곧 요리를 안 하고 지내게 된다. 그러다 시어머니가 돌아가시고 이제 자신이 오세치 요리를 만들어보려는 시점이 되면 어디서부터 손을 대야 할지 몰라 막막한 모양이다.

"아무것도 특별한 게 없는데. 오세치 요리법 같은 건 책으로 얼마든지 나와 있고, 연말 잡지에 특집기사로도 실리잖니? 그대로 하면 될 텐데……"

"그렇긴 하죠. 하지만 지금껏 해본 적 없는 일을 이 나이에 시작하자면 의외로 어렵게 느껴질걸요."

"하긴, 그렇구나."

"그래서 말인데요, 한번에 전부 만들기는 힘드니까 다과회를 겸해 매달 저희 집에 와서 몇 가지씩 만들어보는 게 어떠냐는 얘기가 나왔는데, 어머니가 도와주시겠어요? 저도 고마메*나 니시키다마고 같은 건 어머니한테 배웠잖아요. 제가 가르치는 것보다 잘하는 사람한테 제대로 배우는 편이 좋을 듯해요."

"어휴, 다른 사람을 가르친다니, 내가 무슨……"

말은 그렇게 하면서 내심 싫지 않았다. 아니, 굉장히 기뻤다.

그래, 도모코는 이렇게 솔직하고 귀여운 구석이 있는 사람이지. 조금 전까지 품었던 불만도 다 잊고 기쁜 마음이 든다.

결국 도모코의 부탁을 받아들여 다음달에 오세치 요리 교실을 열기로 했다. 처음에는 기본적인 '밤긴톤' '지쿠젠니'** '고마메'로 하자며 신나게 얘기했다.

---

* 멸치를 설탕, 미림, 간장에 볶은 음식.
** 닭고기, 채소, 곤약 등을 함께 조린 음식.

'오세치 요리 교실'은 꽤나 성대한 모임으로 마무리됐다.

도모코는 찻값과 재료비를 포함해 한 사람당 회비 5천 엔을 받았는데(재료비는 그렇다 쳐도 돈을 받는다는 사실에 고토코는 깜짝 놀랐다), 금세 여섯 명이 모였고 그 외에도 오고 싶다는 사람이 있었다고 한다.

게다가 멤버 중 한 명이 미국인 여성을 데려와 뜻밖에도 국제교류의 장이 되었다. 스마트폰으로 사진을 여러 장 찍어서 SNS에 올리는 사람도 있었다.

도모코는 사전에 재료와 만드는 법을 적은 자료를 준비해 모두에게 나눠주고 설명하면서 수업을 진행했다. 도모코는 다양한 수업을 들어봐서 그런지 이런 흐름을 잘 아는 듯했다.

부엌과 거실에서 요리를 만든 뒤에는 완성된 음식과 과자를 내와 차를 곁들이며 즐겁게 담소를 나눴다.

"어머니 정말 감사해요."

다들 돌아간 뒤 도모코가 고개 숙여 인사했다.

"아니, 나도 즐거웠단다."

그 말은 거짓이 아니었다. 사람들과 만나는 건 역시 즐겁다.

다들 연장자인 고토코에게 예를 갖춰 대했고, 다양한 질문을 받은 것도 기뻤다. 처음에는 '자신이 알려줄 게 뭐가 있겠느냐'며 주저하던 고토코도 어느샌가 자녀교육이나 노후 등에 대해 얘기하고 있었다.

집으로 돌아갈 때 도모코가 고토코에게 '감사의 표시'라며 사례라고 적힌 봉투를 건넸다. 받을 수 없다고 몇 번이나 거절했지만 도모코는 이런 건 확실히 해야 한다며 억지로 고토코의 가방에 봉투를 집어넣었다.

"받아주시지 않으면 어머니께 더는 부탁드릴 수 없어요."

"저도 제 몫은 제대로 챙겨놨고요."

그렇게 말하며 도모코가 장난스레 웃었다.

집에 돌아와 봉투 안을 보았더니 5천 엔짜리 지폐가 들어 있었다.

덜컹, 스르륵 하는 소리에 고토코는 잠에서 깼다.

3월의 새벽은 아직 차다. 머리맡에 둔 플리스 가운을 걸치고 새까맣게 어두운 복도로 나간다. 전에는 단젠*을 입었는데, 무겁고 안 따뜻하잖냐며 손녀들이 이 가운을 선물해줬다.

확실히 단젠 따윈 두 번 다시 입고 싶지 않을 만큼 부드럽고 편했다.

현관 투입구에서 조간신문을 꺼낸다.

---

* 소매가 넓고 두껍게 솜을 넣은 일본의 겨울 실내복.

'덜컹'은 철제 투입구 뚜껑을 들어올리는 소리, '스르륵'은 배달원이 신문을 밀어넣는 소리다. 현관 옆 작은방은 예전에 아이들 방으로 썼던 곳인데 거기서 자면 새벽 네시에 그 소리로 잠이 깬다.

신문을 꺼내면 방으로 돌아가지 않고 그대로 복도를 걸어서 부엌으로 간다. 커피메이커를 작동시키고 신문을 펼친다.

최근 고토코는 신문의 헤드라인을 대충 훑은 다음 전단지부터 읽는다.

도모코에게 5천 엔을 받은 일이 큰 변화를 가져왔다.

기뻤다. 아직 자신도 돈을 벌 수 있다는 사실이 순수하게 기뻤다.

그날 밤 집에 돌아와 봉투에서 지폐를 꺼낸 순간, 말로 표현하기 어려운 기쁨이 흘러넘쳤다. 요 몇 년간 느껴보지 못한 만족감과 감동으로 가슴이 벅차오르는 듯했다. 오랜만에 가계부에 '연금' 이외의 수입을 써넣는 것이 자랑스러웠다.

너무나도 큰 기쁨에 스스로도 당황했다. 처음에는 병이라도 생겨서 심장이 과도하게 뛰는 게 아닐까 걱정했을 정도였다.

'결국 나는 돈이 필요했던 걸까.' 고토코는 잠자리에 누워 생각해봤다. 조금 비참하기도 하고 슬프기도 하지만 오직 그 이유만은 아니라고 생각을 고쳐본다. 자신은 감사를 받고 싶은 걸지도 모른다.

그게 상당히 솔직한 심정에 가깝다는 느낌이 들었다. 다만 지금도 증손녀를 돌봐주면 마호가 고맙다고 하고, 정원에 물 주기를 하면 야스오가 감사인사를 한다.

요컨대 자신은 감사를 받으면서 돈도 받고 싶은 게 아닐까. 다시 말하면, 일하고 싶은 게 아닐까? 그걸 깨달은 순간 스스로도 화들짝 놀랐다.

일하고 싶다고?

일흔세 살에, 이제 언제 쓰러질지도 모르고, 손녀에게도 건망증이 심하다고 놀림받는 내가?

아무래도 그건 말이 안 된다며 고개를 젓는다.

TV에서는 '일억 총 활약사회'*니 떠들어대지만 일흔 살이 넘어 일하는 건 무리일 게 뻔하다.

적어도 육십대였다면……

그런 생각에 번민하며 그날은 잠들었다.

하지만 그다음날 고토코는 쉽게 일자리를 발견했다.

"아파트 일상 청소, 연령 및 경험 불문, 미경험자·고령자 대환

---

* 2015년 일본 정부가 공표한 사회개혁안 중 하나. 연령·성별·장애·질병 등을 불문하고 국가의 모든 구성원이 활약 가능한 사회를 뜻한다.

영. 연락 주세요!"

신문에 끼여 온 전단지 중 하나에서 그런 내용을 보고 소중히 따로 챙겨뒀다.

지금까지는 이미 가진 돈이나 연금으로 먹고사는 것만 생각했는데 어쩌면 앞으로 돈을 벌 수 있을지도 모른다. 그런 기대가 고토코의 마음을 움직이게 했다.

그뒤로 매일 아침마다 신문 전단지를 열심히 보게 됐다. 덕분에 '가사대행 스태프 모집' 전단지도 발견했다. 용역회사의 가사 도우미 모집 광고인데, 연수를 받은 뒤 각 가정으로 일하러 가는 듯했다. '고령자도 대환영'이라는 문구가 눈길을 끌었다.

또다른 날에도 주조 상점가의 편의점에 갔다가 아르바이트 모집 방송을 들었다.

"일할 분을 모집하고 있습니다. 주부, 초보자, 고령자, 해외에서 오신 분 모두 환영합니다. 저희와 같이 일해보시겠습니까?"

그때는 저도 모르게 쇼핑을 멈추고 방송을 집중해서 들었다.

일손 부족, 일억 총 활약사회…… 같은 말들이 현실일지도 모른다고 고토코는 이른 아침부터 신문을 보면서 생각한다.

입 밖에 꺼내는 것도 부끄럽게 여겨졌던 '일하고 싶다'는 마음이 그리 허황된 꿈이 아닐지도 모른다.

"흠, 일흔세 살이시네요……"

야스오와 비슷한 나이로 보이는 편의점 점장(사이토라고 했다)이 고토코의 이력서를 보면서 고개를 갸웃거렸다.

그 곤혹스러운 얼굴을 보자 온몸에 열이 올랐다가 차갑게 식는 기분이 들면서 당장 그 자리를 벗어나고 싶었다.

그곳은 전에 '고령자도 대환영'이라고 강조했던 상점가 편의점이었다. 큰맘 먹고 계산대에서 "저…… 이 아르바이트 모집 말인데, 나도 할 수 있을까요?"라고 말을 걸자 지금 눈앞에 있는 젊은 남자가 "물론이죠! 당연히 하실 수 있습니다! 이력서 가져와주세요!"라며 깊이 고개를 숙였었다.

그랬는데……

"죄송합니다. 고토코 씨가 젊어 보이셔서…… 도저히 칠십대로는 안 보였어요. 예순 살이나 오십대 후반이실 줄 알았는데……"

입발림인지 진심인지 모르겠지만 지금은 그런 소릴 들어도 전혀 기쁘지 않다.

"칠십대이실 거라고는 전혀 생각도 못했어요. 경력은 진짜 좋은데……"

"역시 안 될까요?"

나 같은 할머니가 올 만한 곳이 아니었나 싶어 너무 부끄러웠다.

"안 되는 건 아니에요. 안 되는 건 아닌데……"

사이토는 양손을 내저으며 부정인지 긍정인지 모를 동작을 취했다.

"본사에도 딱히 규정이 있는 건 아니에요. 다만 현실적인 문제로 지금까지 일하셨던 칠십대 분들이 좀처럼 익숙해지지 못하고 그만두시더라고요. 계산대뿐만 아니라 단말기나 기계 같은 게 있다보니 그 조작법을 외우지 못하는 분이 많아요."

육십대라면 그나마……

고토코는 그가 작게 중얼거리는 목소리를 뒤로하고 도망치듯 가게를 나섰다.

일하고 싶다.

고토코의 소박한, 아니 칠십대가 품기에는 장대한 이 꿈을 어떻게 이룰 수 있을까.

편의점에서 채용을 거절당한 뒤 고토코는 결국 해외에 있는 야스오에게 메시지로 상담을 청했다. 친척이나 가족에게 털어놓기 어려운 일도 타인인 야스오에게는 얘기하기 쉽다. 야스오라면 이 고민을 무턱대고 부정하진 않으리라. 상담이라기보다 불평을 늘어놓는 것에 가깝긴 했지만……

아니나 다를까 야스오가 바로 답장을 보내왔다.

음식점 점원, 가사대행, 아동보육보조원, 시설경비원, 맨션관리인, 간병인, 빌딩 청소, 병원조리사, 학교급식조리사, 정원사, 주차장관리인, 보육보조원, 조리업무보조……

인터넷으로 잠깐 찾아봤는데도 예순다섯 살 이상을 모집하는 일이 이렇게나 많았어요.

도쿄에는 노인을 대상으로 하는 직업지원센터도 있고, 직업상담도 잘 갖춰져 있다고 들었어요.

한번 가보시는 건 어때요?

응원할게요.

고토코의 메시지를 읽고 야스오가 이국땅에서 곧장 검색해본 모양이었다.

정말이지 고마운 마음뿐이었다. "응원할게요." 이 한마디가 마음에 울려퍼졌다.

그렇게 말해준 야스오를 위해서라도 힘내야지.

고토코는 한번 실패를 겪고 주저하는 자신의 마음에 활기를 불어넣었다.

"우선 일하고 싶은 이유가 뭔지 스스로 정리하는 게 중요해요."

노인을 위한 직업상담 때 말을 꺼내자마자 처음으로 들은 얘기였다.

"스스로 그 이유를 확실히 파악해두지 않으면 무턱대고 나서
게 돼서 결국 일자리를 못 찾거나 찾더라도 금세 관두게 될 수
있어요."

"아……"

이날 고토코는 그저 직업상담 예약만 하고 갈 생각이었는데,
"예약하실 필요 없어요. 언제든 접수하면 됩니다"라는 말을 듣
고 그 자리에서 신청해버렸다. 삼십 분쯤 대기한 끝에 사십대로
보이는 여성과 면담할 수 있었다.

"이력서는 가져오셨나요?"

"거기까진 생각을 못했어요. 오늘 상담을 받을 수 있을 줄 몰
라서……"

그녀는 싫은 기색 하나 없이 고토코의 경력을 물으며 컴퓨터
에 입력했다.

"결혼 전에 긴자의 백화점에서 근무하셨군요. 직장 경력은 그
것뿐인가요?"

"네……"

상담사는 굉장히 친절했고 결코 위압감을 주는 것도 아니었지
만 그 말이 마치 변변한 경력이 없다는 얘기처럼 들려서 고토코
는 자연스레 시선이 떨구어졌다.

긴자 백화점에서는 1층에서 스카프와 손수건 매장을 담당했는데 매출 1위를 기록했었다. 남편도 그곳에서 만났다. 근처 회사에서 일했던 남편은 매일 한 장씩 손수건을 사러 왔었고, 매장의 남성용 손수건을 종류별로 다 샀을 무렵 고토코에게 고백을 했다. 지금 그런 얘기를 한들 아무 쓸모 없겠지만……

"취미나 특기 같은 게 있나요? 그런 점을 살려서 일을 찾는 분들도 계시거든요."

"글쎄요. 딱히……"

고토코의 취미는 저렴한 꽃을 사서 키우는 것이다. 시든 꽃도 되살릴 수 있지만 그런 직업이 있을 리 없다. 금리 계산도 자신 있다. 그 이상 세세한 경제 문제까지는 잘 모르지만…… 또 가계부 쓰는 일만큼은 꾸준히 해오고 있다.

다만 그 어느 것도 '경력'이나 '특기'라고 할 만한 일은 아닌 듯싶었다.

점점 목소리가 줄어든다.

"아무것도 없네요……"

"그래도 자녀분을 키우고 집안일도 해왔잖아요? 그게 얼마나 큰 경력인데요."

고토코는 겨우 고개를 들고 웃어 보일 수 있었다.

"고맙습니다. 이런 할머니가 일하고 싶어하다니 이상하죠?"

"전혀 아니에요. 많이 계신걸요. 다만 마음을 확실히 하는 편이 좋을 것 같아요."

상담사는 일하려는 이유로 '타인이나 사회에 도움이 되고 싶다' '기술을 살리고 싶다' '취미를 살리고 싶다' '누군가를 도와주고 싶다' '사회활동을 하고 싶다' '자신을 계발하고 싶다' '수입을 얻고 싶다' 등의 예시를 들었다.

"그 외에도 다양한 이유가 있을 거예요. 물론 지금 예로 든 것들이 복합적으로 작용하기도 하고요. 다시 한번 잘 생각해본 다음에 일을 찾아도 괜찮지 않을까요?"

집으로 돌아가면서 고토코는 상담 때 들은 조언을 하나하나 떠올렸다.

왜 돈이 필요하다고 말하지 못했을까.

자신에게 의외로 허세를 부리는 구석이 있는 모양이다. 정말이지 기가 막혔다.

정직원이 되고 싶은 것도, 풀타임으로 일하고 싶은 것도 아니다.

한 달에 월급으로 3, 4만 엔쯤 받을 수 있으면 생활이 훨씬 편해진다.

그렇게 말했더라면 좋았을 텐데……

한 달에 몇 만 엔씩 수입이 생기면 예금에 손대지 않아도 되고, 취미인 여행이나 원예에도 주저 않고 돈을 쓸 수 있을 것이다. 하긴 원예는 딸이 상품을 사 와 기르는 정도라 그다지 돈이 안 들지만……

가능하면 젊은 사람들에게 도움이 되고 싶기도 했다. 새로운 사람들과 어울릴 수 있다는 점도 좋다. 열심히 일해서 예금을 남겨줄 수 있다면 손녀들에게도 도움이 되겠지.

그런 일이 뭐가 있을까? 가정부? 아, 요즘은 '가사대행'이라고 하나?

결코 집안일이 싫은 건 아니다. 하지만 직업으로 삼고 싶을 만큼 좋아하거나 잘하는 것도 아니었다.

게다가 이 나이를 먹고서야 겨우 가족 뒤치다꺼리에서 벗어났는데 그걸 다시 시작한다는 게 별로 내키지 않았다. 마찬가지로 간병이나 청소 일도 크게 하고 싶은 마음이 들지 않았다. 가능하면 전처럼 물건 파는 일을 하고 싶다. 익숙하기도 하거니와 손님들과 얘기하는게 좋으니까.

그런 바람은 배부른 소리일까.

"제 입장에서 이런 말을 하는 게 좀 그런데, 연세가 있으신 분들은 주변 사람 소개로 일을 구하는 경우도 많아요. 주변에 일을 구한다고 얘기하거나 상담해보는 건 어떠세요?"

상담사가 마지막에 그렇게 말했다.

"글쎄요. 제 친구나 가족 중에서 일을 소개해줄 만한 사람은 없을 듯하네요.”

고토코가 얘기를 털어놓은 건 야스오뿐이지만 자기 앞날도 불안정한 그가 일자리를 찾아줄 것 같진 않다.

“단정짓지 마세요. 예상치 못했던 곳에서 소개받는 경우도 있으니까요. 이런 일은 이력서에 쓴 몇 줄로 결정되기보다 본인의 성품을 잘 아는 사람에게서 소개받는 게 제일 좋아요.”

상담사가 그렇게 말하긴 했지만 그저 나를 내쫓기 위한 구실은 아니었을까.

고토코는 크게 한숨을 내쉬었다.

야스오에게 메시지를 받은 그다음주, 마호가 집에 놀러왔다.

마호와는 메신저로 연락하는데, 무심코 “어제 야스오에게 메시지가 왔어”라고 보냈더니 “할머니 또 그런 사람이랑 연락했어요?”라는 분노의 답장이 왔다.

─질색하지 마. 좋은 사람이야.

─그런 태평한 소리 하다가 뼛속까지 탈탈 털린다니까요.

─또 그런 소리 한다 ☺

─웃을 일이 아니라니까요!

한참 뒤 마호는 "내일 집에 갈게요. 사기당한 게 없나 확인해 야겠어요!"라는 말과 함께 몹시 화내는 이모티콘을 보내왔다.

정말이지, 어쩔 수 없네.

이렇게 걱정하는 투로 말하면서 실제로 뼛속까지 탈탈 털어가 는 건 오히려 마호다.

마호가 집에 한번 왔다 하면 점심은 물론이고 이른 저녁밥까 지 먹는데다 남편 몫으로 반찬까지 챙겨 간다. 냉장고 속 반찬들 을 포함해 미리 사둔 과일이나 채소, 백중날과 연말에 선물로 들 어온 음식까지 남김없이 쓸어간다.

이뿐만이 아니다. 정신을 차려보면 새로 산 수건이나 시트나 발 매트까지 "할머니 이거 귀엽다, 나 줘요" 하며 가져가버린다. 한 번은 고토코가 여러 벌 사서 쟁여둔 면 팬티까지 가져가려 하기 에 "너 아직 이십대니까 그건 참으렴" 하고 다시 뺏은 적도 있다.

그런 마호를 두고 애들 엄마인 도모코와 뒤에서 "사호랑 둘이 서 완전히 모녀 도둑단이라니까" 하며 웃기도 했다. 당연한 말이 지만 모녀 도둑단은 본가인 도모코네 집에도 종종 나타난다.

고토코는 말은 그렇게 해도 마냥 싫지만은 않다. 장래에 예금 을 다 써버리면 어떻게 될지 모르지만, 귀여운 손녀와 증손녀의 얼굴도 볼 수 있고, 할일 없이 무료한 시간을 즐겁게 보낼 수 있 어서 고맙기까지 하다.

뭐, 마호도 그런 고토코의 마음을 헤아리고 있으니 거리낌 없이 뜯어가는 걸 테지. 그런 손녀들을 위해서라도 돈을 벌 수 있으면 좋을 텐데……

다음날 오후, 사호를 데리고 온 마호는 인사도 건성으로 한 채 "할머니 대체 그 남자한테 무슨 얘기를 한 거예요?"라며 질문을 던졌다.

예금이나 어머니의 가계부에 관해 얘기하고, 일하고 싶다는 것도 상담했다고 털어놓으면 마호가 무척 화를 내리라는 건 각오하고 있었다.

"이자를 말하면 예금이 얼마나 있는지 금방 알아채잖아요."

아니나 다를까 마호는 일단 이자에 대해 엄격히 주의를 주더니 "할머니 예금은 1천만 엔이구나"라는 말을 덧붙이며 씨익 웃었다.

전 증권회사 직원답다. 금리 2%, 3개월에 4만 엔 정도라는 말만 듣고 재빨리 암산한 모양이다.

"그래도 통장이나 인감이 어디에 있는지는 얘기 안 했다."

"당연하죠! 그런 얘길 했으면 당장 이사가야 해요!"

"그렇게 나쁜 사람 아냐. 너한테도 한번 소개해줄게."

"딱히 알고 지내고 싶은 마음은 없지만 할머니를 위해서라면…… 우리 남편도 같이 만나서 이쪽에도 지켜보는 눈이 많다는 걸 알게 해야겠어요."

지켜보는 일이야 차치하고 고토코는 같은 지역에 사는 젊은 사람들이 만나보는 건 괜찮지 않을까 싶었다.

"그래, 그가 해외에서 돌아오면 연락하마."

"무슨 남자친구 얘기하듯 말씀하시네요."

눈을 흘기며 그렇게 말한 마호가 "그런데 가계부 얘기란 게 대체 뭐예요?"라고 물었다.

"어머, 그러고 보니 너한테는 내 할머니나 어머니 얘기를 별로 한 적이 없구나."

"응, 들은 적 없어요."

예전에 애들 엄마인 도모코에게는 들려주려던 적이 있었지만, 관심 없고 귀찮은 듯한 표정을 보여서 그뒤로는 가족들에게 얘기하지 않았다.

생각해보면 며느리와 손녀는 입장이 다르다. 손녀라면 자신과도 이어진 핏줄에 관한 얘기이니 들어줄지 모른다.

"내 할머니와 어머니는 말이지, 전쟁중에도 가계부를 쓰셨단다."

조금 긴 얘기가 될 거라고 양해를 구한 뒤 고토코는 시작했다.

최초의 가계부는 1904년, 즉 메이지 37년에 하니 모토코의 감수로 부인의 벗 출판사에서 발행됐다. 하니 선생은 잡지 〈부인의 벗〉에도 독자를 위한 '가정문답'이라는 가계 고민상담 코너를 연재했다고 한다.

고토코의 어머니인 우시오 미네는 가계부가 생기고 이십 년쯤 지난 다이쇼 13년*에 태어났다. "나는 다이쇼의 여자란다"가 말버릇이었던 미네는 가계부 제1세대보다 한두 세대 아래다. 어머니의 어머니, 즉 고토코의 할머니는 여성잡지 〈주부의 벗〉의 애독자였고, 미네도 〈주부의 벗〉 파였다.

미네의 얘기에 따르면 할머니는 "하니 선생이 약간 엄격한 분이니까……"라며 서민적이고도 새로운 주부상을 내보인 〈주부의 벗〉을 선호했다. 주부의 벗 출판사가 쇼와 5년**에 『모범가계부』를 발행하자 바로 달려가서 산 모양인데, 그것을 "초판부터" 사용했다는 게 죽기 전까지 가계부를 성실히 썼던 할머니의 자랑거리였다.

미네는 결혼하고 가정을 꾸린 뒤에도 당연히 주부의 벗 가계부를 썼다. 가계부 이름이 『생활가계부』로 바뀌고도 그 습관은 전쟁중과 후까지 이어졌다.

그런 얘기를 대강 마호에게 설명한다. 너무 오래된 얘기라 관

---

* 1924년.
** 1930년.

심이 없을 줄 알았는데 마호는 열심히 들었다.

"뭔지 알 거 같아요! 얼마 전까지 절약잡지 하면 〈Thank you!〉 〈멋진 어머니〉 〈어머니 안녕하세요〉가 있었는데, 엄마는 〈멋진 어머니〉를 종종 샀지만 나는 세련된 〈Thank you!〉를 더 좋아하거든요. 결국 〈멋진 어머니〉랑 〈어머니 안녕하세요〉는 휴 간됐지만……"

"여성잡지는 그 밖에도 전후에 생긴 〈생활 수첩〉이 있었고, 〈주 부의 벗〉이랑 〈부인의 벗〉의 판매 전쟁이 꽤나 치열했지."

여성잡지 얘기가 재미있지만 그러다간 중요한 가계부 얘기를 못할 지경이라 고토코는 다시 원래 주제로 돌아갔다.

"우리 어머니는 주부의 벗 출판사에서 감수한 가계부를 애용 했는데, 굉장한 점이 뭐냐면, 전쟁중에도 가계부가 출판됐다는 거야."

"흐음……"

고토코의 열렬한 얘기에도 마호는 밥 먹고 잠든 사호의 등을 가볍게 두드리며 고개를 끄덕일 뿐이었다.

젊은 사람들은 그 대단함을 모르겠지 싶으면서도 조금은 아 쉽다.

"그건 정말 대단한 일이야. 나도 전쟁중에 태어나 당시 기억은 거의 없지만, 그렇게 물자가 부족한 시대에는 출판 자체가 힘든 일이었으니까. 사람들이 얼마나 가계부를 소중히 여겼는지 알겠니?"

"학교에서도 배웠고, TV에서 봐서 저도 알아요."

고토코의 기세에 놀랐는지 마호가 쓴웃음을 지으며 말했다.

"가계부는 쇼와 18년*과 전쟁이 끝난 쇼와 20년을 제외하고 계속 출간됐어. 그리고 전쟁이 끝나자 일본은 심각한 인플레이션 시대에 접어들었지. 물건값이 엄청 뛰었어."

"얼마 전까지의 디플레이션이랑은 반대로요."

"50엔짜리 물건이 며칠 뒤 100엔이 되는 시대였지. 돈으로는 물건을 살 수 없어서 기모노랑 물물교환하거나 암시장에서 거래하기도 했어. 그런 시대에도 가계부는 간신히 살아남았단다."

"돈의 가치가 엉망인데 가계부를 쓰려면 힘들었겠네요."

"전쟁이 끝나던 해에 어머니는 직접 만든 가계부를 사용하셨어. 나도 본 적이 있는데, 가계부로서 기입한 내용은 적었고 일기처럼 매일 있었던 일을 꼼꼼히 적으셨더구나. 빠듯한 생활 속 마음을 기댈 곳이었던 게 아닐까?"

종전 후 며칠간은 아무것도 쓰여 있지 않았다. 그것 또한 어머니의 혼란한 마음을 대변하는 듯해 고토코의 인상에 강하게 남

---

* 1943년.

아 있었다.

"그리고 그 이듬해에는 부인의 벗 출판사에서 '가계부 계속 쓰기 동맹'이라는 운동을 시작했지."

"계속 쓰기?"

마호가 웃는다.

"그냥 말 그대로잖아요."

"맞아. 그런 시대에도 가계부를 계속 쓰고, 그걸 제출해서 다양한 통계를 내자는 운동이었어. 그 덕분에 당시의 가계, 이른바 엥겔지수 같은 데이터가 꽤 제대로 남아 있지."

"시대가 괜찮아지면서 다들 가계부를 쓰는 게 조금은 편해졌을까요?"

"그렇다기보다는……"

고토코는 마호 쪽으로 몸을 돌려 앉았다.

"가계부를 썼으니까 어떻게든 버텼던 게 아닐까?"

"어떻게든?"

"약간 과장일지 모르지만, 그 혼란했던 시기에 가계부를 쓰려고 한 주부들, 다시 말하면 그걸 할 수 있을 정도로 교양과 의지가 있었던 주부들이 전후 일본의 경제 회복을 뒷받침했던 게 아닐까 하는 생각이 들거든. 보통 일본의 경제 회복에는 다양한 요인이 있다고들 말하지만 나는 멋대로 그렇게 생각하고 있어."

"그렇구나…… 할머니 오늘 왠지 열정적이네요."

마호가 말하며 웃는다.

그때 사호가 깨는 바람에 고토코는 일을 하고 싶다는 말을 결국 꺼내지 못했다. 아무래도 손녀에게 '연금이 조금 부족하다'고 말할 순 없었다.

"사호, 할머니한테 오렴."

건네 안은 사호는 기운 없이 축 늘어져 무거웠다. 잠에서 막 깬 증손녀가 순간 서러운 눈망울로 고토코를 바라보더니 큰 소리로 울기 시작했다.

"이런, 사호, 애야, 할머니란다. 울지 말고 뚝!"

마호가 아이를 다시 받아 안으려는 걸 만류하고 고토코는 그대로 사호를 얼렀다.

이런 식으로 언제까지고 손녀의 짐을 덜어줄 수 있다면 좋을 텐데. 고토코는 가만히 마음속으로 빌었다.

그러다 그 순간 뭐든 해보자는 결심이 섰다.

자신의 얘기를 들어줬던 상담사의 의견과는 어긋나는 일이지만 어차피 얼마 안 남은 인생에서 앞으로 몇 년을 더 일할 수 있을지 모른다. 뭐든 하다보면 맞는 일을 찾을 수 있을지도.

"실례합니다. 미쿠리야 고토코 씨 댁인가요?"

정중한 목소리로 전화가 걸려온 건 그로부터 며칠이 지난 후였다.

"아, 저, 사이토입니다."

"네? 누구시죠?"

"아, 저기 ○○ 편의점 주조점의 사이토입니다."

전에 면접을 봤던 편의점의 점장 사이토였다. 목소리만 들어선 전혀 모르겠다.

"아, 그때는 실례가 많았습니다."

편의점에서 일할 자격도 없는 자신이 들이닥쳐 시간을 허비하게 했으니 당연히 실례가 많았다고 사과해야겠지.

"아뇨, 전혀 아닙니다. 고토코 씨가 육십대였다면 저희도 감사히 채용했을 거예요."

아무리 내가 할머니여도 나이 얘기는 별로 즐겁지 않다. 일단 떨어졌으니 그 얘기는 그만했으면 좋겠다.

"그뒤로 일은 구하셨나요?"

"아뇨…… 아직 찾는 중이에요."

고토코는 그동안 직업지원센터에서 상담을 받은 일 등에 관해 얘기했다.

"이것저것 생각해봤는데 뭐든 해보려고요. 가사대행이든 청소든 일단 지원해봤어요."

자조하듯 웃으며 고토코가 말했다.

"뭐, 채용될지는 모르겠지만요."

"그거 다행이네요."

"다행이라니……"

"아, 죄송합니다. 사실 오늘 전화 드린 건 상의할 일이 있어서
거든요."

"무슨 일인데요?"

"실은…… 역 남쪽 출구 쪽에 미나토야가 있잖아요?"

미나토야라면 잘 안다. 전후부터 주조에서 계속 영업해온 유
명한 화과자점인데, 상점가에서 멀어 그다지 들를 일이 없지만
누군가에게 선물할 상황이 생기면 꼭 미나토야에 간다.

"미나토야가 드디어 주조 상점가 안에 지점을 내거든요. 만반
의 준비를 한 모양이에요."

"어머, 잘됐다. 이제 편해지겠네요."

"가게 앞에 경단 판매대를 놓고 매장 안에는 진열장을 설치할
건데, 구석에 작은 카페 공간도 만든다더라고요."

"매장이 꽤나 거창한데요."

"그래서 가게 앞 경단 판매대에 안정된 연령대의, 그러니까 연
세가 있는…… 고령의 할머니를 고용하고 싶다고 하네요."

"어머, 그래요?"

"전에 라이온스클럽에서 잠깐 얘기가 나왔는데, 의외로 조건에 딱 맞는 할머님이 안 계신다고 미나토야가 한탄했어요. 깔끔하고 단정하면서 가게의 얼굴이 될 만한 분이었으면 하던데, 그 얘기를 듣자마자 딱 감이 오더라고요. 고토코 씨라면 잘 어울릴 것 같다고요."

"하지만 나 같은 사람이……"

"아뇨, 반드시 어울릴 거예요. 외모도 고우시고 경력이야 말할 것도 없고요. 사실 벌써 미나토야에 얘기했어요. 그랬더니 꼭 소개해달라고 하네요."

"그런데 지난번에는 내가 젊어 보인다더니……"

"아, 그때는……"

고토코는 눈앞에 사이토가 머리를 긁적이는 모습이 보이는 것 같았다.

"그건 그거고요…… 뭐 당시는 그 순간을 모면해보려고 제가 과장을 했네요. 여튼 고토코 씨라면 괜찮을 겁니다. 못해도 예순다섯 살로는 보이니까요."

"사이토 씨, 너무 솔직한 거 아니에요?"

"죄송합니다."

사이토가 즐거운 듯 웃었다.

"저도 괜히 고토코 씨가 신경쓰였거든요."

"왜요?"

"연세는 있지만 눈에 생기가 돌고 굉장히 의욕적으로 보이셨거든요. 실은 저희 가게 아침 청소라도 부탁드릴까 생각했었어요. 그런데 미나토야에서 더 좋은 대접을 받으실 듯하니⋯⋯"

사이토는 고토코의 연락처를 알려줘도 될지 확인한 뒤 전화를 끊었다.

일이 정해질 때는 이렇게 순식간이구나⋯⋯ 고토코는 어리둥절한 채 수화기를 내렸다. 아직 확실히 채용된 것도 아니고, 채용되더라도 거기서 잘해낼 수 있을진 모른다.

하지만 오랜만에 자신을 필요로 하는 사람이 있다.

고토코는 그 옛날 손수건을 사러 온 남편에게 "저와 교제해주세요"라는 말은 들은 이래로 처음인 듯한 기분이 들어 괜스레 눈시울이 뜨거워졌다.

3장

목표는 1천만 엔!

스마트폰으로 자신의 정보를 차례차례 입력한다.

이름, 주소, 전화번호⋯⋯ 몇 번이나 해온 일이라 첫 몇 글자만 입력해도 자동완성으로 채워진다. 개인정보 입력이 얼추 끝나면 다음은 메일 매거진이나 전자명세서 받기를 희망하는지를 묻는다. 지갑에서 꺼낸 현금카드를 보며 자동이체 계좌번호도 입력한다.

마지막으로 남편의 연소득, 현재 주택 상황(자가인지 임대인지 사택인지), 대출금 유무, 예금 및 저축액 등을 묻는다. 이 부분은 신용카드 회사마다 조금씩 다르다.

전부 입력한 뒤 "이 내용으로 신청하시겠습니까?"라는 큼지막한 버튼을 클릭하자 화면이 바뀌었다.

추후 확인 메시지를 송부합니다. 24시간이 경과한 뒤에도 메시지를 받지 못한 경우에는 아래 전화번호로 연락해주시기 바랍니다.

띵 하는 작은 소리와 함께 확인 메시지가 바로 도착했다.

이제 본인확인서류를 보내기만 하면 된다.

그제야 이도 마호는 크게 숨을 내쉬었다. 거의 일과 같은 익숙한 작업인데도 조금 긴장했던 모양이다.

아주 사소한 실수만으로도 포인트를 받지 못하거나 받는 게 지연되기도 하니 말이다.

마호는 어깨를 주무르고 고개를 이리저리 돌렸다. 세 살배기 딸 사호가 낮잠을 자는 오후 두시부터 세시 반 무렵까지가 마호가 소소한 '용돈벌이'를 할 수 있는 시간이다.

용돈벌이는 인터넷이나 재택근무로 소액의 수입을 얻는 수단을 두루 일컫는데, 주부들이 집에서 손쉽게 가능한 일이라 절약잡지나 주부잡지에서 자주 볼 수 있다.

이걸로 월말까지 5천 엔어치 포인트를 받을 수 있다는 계산이 나온다.

그 정도면 마호의 용돈으로 충분했다.

하지만 이번 달에는 좀더 벌고 싶었다. 다음주에 단기대학 시절 친구들과 만나 오모테산도의 프렌치 레스토랑에서 점심을 먹기로 했다. 식사는 3800엔이지만 음료와 서비스료를 추가하면 더 들 것이다.

옷은 작년 가을에 중고장터 앱으로 2천 엔에 산 원피스를 입고 갈 생각이다. 몇 시즌 전 상품이지만 일단 대형 백화점에 빠짐없이 입점한 브랜드다. 심플한 갈색 잔꽃무늬 원피스인데, 마호의 갈색 머리와 잘 어울린다고 부모님과 남편 다이요가 칭찬했었다.

가족 중에 마호만 머리카락이 약간 밝은 갈색이다. 중고등학생 때는 선생님께 자꾸 지적을 당해 꽤나 고생했지만 졸업한 뒤로는 미용실에 가지 않아도 그럭저럭 세련돼 보여 편하다.

그 옷은 아직 친구들 앞에서 입은 적이 없고, 이번 모임을 위해 귀걸이를 새로 샀다. 아마추어가 수제 액세서리나 잡화를 판매하는 앱에서 600엔짜리를 500엔으로 할인받았다. 바로크진주가 달린 골드 체인 귀걸이인데, 작년 말에 큰 인기를 끈 드라마에서 주인공이 착용했던 것과 몹시 비슷하다. 귀에 걸면 머리카락 사이로 진주가 달랑거리는 게 예쁘다. 정품은 3만 엔이 넘어 도저히 살 수 없지만.

마호는 좀더 사이트를 둘러보기로 했다.

주부가 용돈벌이를 하는 사이트는 여러 곳이 있지만 마호는 '쁘띠피치월렛'이라는 곳을 이용한다. 거기만 둘러봐도 다양한 돈벌이 방법이 있다.

인터넷으로 쇼핑할 때 그 사이트를 한번 경유하면 금액의 약 1%를 포인트로 받을 수 있다. 가장 널리 알려진 방법은 설문조사에 응하고 포인트를 받는 것이다.

그 외에 은행이나 증권, FX* 계좌를 만들면 포인트를 더 많이 얻을 수 있다.

마호는 요즘 신용카드를 만들고 포인트를 받는 방법을 자주 쓰는데 특히 이벤트로 지급 포인트가 높아졌을 때를 노린다.

이렇게 만든 신용카드를 거의 쓴 적은 없다. 수령한 카드는 한데 잘 모아뒀다 반년에 한 번쯤 일제히 해지한 뒤 처분한다.

카드 이용자를 늘리기 위해 고액 포인트를 지급하는 기업에는 미안하지만, 아이가 아직 어릴 때 주부가 돈을 버는 방법으로는 나쁘지 않다.

전에는 외환거래, 이른바 FX계좌를 개설해서 돈을 벌었다.

요즘은 증권회사가 우후죽순 생기다보니 늘 신규 개설자를 모집하고 있다. 이런 곳들은 5천 엔부터 때로 2, 3만 엔까지 놀랄

---

* Foreign Exchange의 약자로, 외환거래를 뜻한다.

만큼 많은 포인트를 준다.

다만 조건이 까다로워 계좌에 10만 엔에서 30만 엔을 입금해야 하거나 그 돈으로 몇 번쯤 실제로 거래도 해야 한다. 그렇게 포인트를 받을 수 있도록 조건을 충족시키는 일을 사이트 내에서는 '실적 채우기' 등으로 부른다.

증권회사에 다니긴 했지만 마호는 외환거래에 대해 잘 모른다. FX를 가리켜 "까놓고 말해서 도박이나 마찬가지야"라며 회사에서 취급하는 걸 싫어하는 상사도 있었다. 마호도 실적을 채우기 위해 어쩔 수 없이 거래할 때는 식은땀이 날 정도였다. 잠깐 사이에 수만 엔의 손실이 생길 수도 있기 때문이다. 이익은 안 나더라도 '매도'와 '매수'를 동시에 입력해 바로 양쪽 다 매매해서 수수료를 버릴 생각으로 거래 실적을 만들곤 했다.

신용카드를 만들 때는 그렇게까지 긴장할 일이 없지만 개수 제한이 있다. 대부분의 회사가 신규 신청자만 인정해주기 때문에 작년부터 시작한 마호도 포인트를 주는 회사를 찾는 게 슬슬 어려워질 듯했다.

그 밖에 아이가 어려도 할 수 있는 돈벌이 중 마호는 초소액의 주식 거래와 중고장터 앱으로 불필요한 물건을 파는 것 정도를 했다.

주식 거래는 일일 10만 엔 이하의 매매라면 수수료가 들지 않는 M증권의 계좌를 이용한다. 신중히 시기를 노려 비교적 변동이 적은 주주 우대 종목을 산 다음 수천 엔쯤 이익이 나면 판다.

그리고 어느 정도 값이 오를 것이 확실해지는 권리확정일 두 달 전쯤에 주식을 사둔다. 그래도 주가가 떨어지면 권리확정일까지 갖고 있다가 우대 혜택을 받는다. 그 정도 거래만 해와서 지금껏 큰 손실이 난 적은 없다.

그래도 마호는 자신의 벌이가 주식에 치우치지 않도록 주의했다.

증권회사에 다녔기에 주식이나 투자에 '절대'라는 건 없음을 잘 알았다. 실제로 딱 한 번이지만, 보유하던 종목이 우대 혜택을 폐지한 탓에 주가가 대폭 하락해서 손실이 난 적도 있다.

독신이라면 몰라도 아이가 있고 남편이 벌어 온 돈 일부를 굴리는 처지에서 저축액을 마이너스로 만드는 일만큼은 반드시 피하고 싶다.

마호는 자신의 용돈을 5천 엔으로 정해두고 매달 수천 엔에서 1만 엔을 벌 수 있다면 충분하다고 생각했다. 남는 돈은 비상시를 대비해 차곡차곡 저축하고 있다.

이렇게 용돈쯤은 스스로 번다.

남편 월급으로 자신의 용돈을 쓰면 안 된다고 생각하는 건 결코 아니다. 그저 스스로 벌어야 원하는 대로 쓸 수 있고 즐겁기 때문이다.

소방관인 남편의 월급은 잔업수당을 포함해도 23만 엔이 조금 넘는 수준이다. 안정된 직업이지만 결코 보수가 많진 않다.

마호는 매달 남편의 월급날인 17일이 되면 아침 일찍 은행에 가서 4만 5천 엔을 인출한다.

그중 식비 2만 엔과 생필품비 5천 엔을 전부 1천 엔 지폐로 바꾼 뒤 생활비용 분홍색 지갑에 넣는다. 개인 용돈과 생활비가 뒤섞이지 않도록 구분해뒀다.

그 분홍색 에나멜 지갑은 고등학생 때 모아둔 돈과 세뱃돈을 합쳐 산 것이다. 끄트머리가 살짝 닳았지만 에나멜은 아직 멀쩡하다. 그 당시 몹시 갖고 싶었던 지갑이라 그걸 간신히 샀을 때 날아갈 듯 기뻤다. 이제 이십대인 마호에게 리본 달린 디자인은 조금 유치하다는 걸 알면서도 아직 소중히 쓰는 건 그래서다.

집으로 와서 스무 장의 1천 엔 지폐를 4천 엔씩 다섯 개의 봉투에 나눈다. 봉투 하나를 일주일 치 식비로 쓰고, 5주 차에 남은 돈은 따로 남겨뒀다 조미료를 사는 데 쓰거나 자신의 용돈에 보태기도 한다.

남편의 한 달 용돈은 2만 엔이다. 얼마 전까지 1만 엔이었는데 부족하다고 불평해서 늘려줬다. 매달 은행에서 받아 오는 봉투에 돈을 넣은 다음 사호와 함께 스티커를 붙이고 그림을 그려 봉투를 꾸미고 "아버지 감사합니다"라는 문구도 써서 건네준다.

그런 수입과 지출 내용을 기입한 뒤 가계부를 탁 하고 덮으면 가슴에 만족감이 차오른다. 가계부 표지에는 "목표! 저축 1천만 엔!"이라고 크게 써놓았다.

그 금액은 마호가 정했다. 주부잡지에서 첫째 아이가 대학교에 들어갈 때까지 1천만 엔을 모으자는 특집기사를 보고, 그 정도 금액이 있으면 안심할 수 있겠다고 납득했기 때문이다.

잡지에서 보고 그대로 따라 정한 액수였지만 일단 가계부에 써놓자 마음의 버팀목이 되었다.

그 목표만 이룰 수 있다면 미래가 조금은 덜 불안할 것 같았다.

매달 빠듯하게 사는 것 같지만 보너스 28만 엔을 저축하면 일년에 100만 엔은 모을 수 있다. 나머지 돈으로는 여행을 가거나 가전제품을 살 수도 있으니 그리 불만은 없다.

다만 아이가 생긴 뒤로 여행은 가까운 온천에 간 정도고, 쇼핑도 아기침대를 산 게 고작이다. 큰 지출을 하지 않고 거의 전부 저축했다. 마호는 가계부 표지를 보면 이런저런 일들 따윈 간단히 참을 수 있다.

마호네의 대략적인 월별 수입과 지출을 적어보면 다음과 같다.

월급(실수령) 23만 엔

집세 8만 8천 엔

식비 2만 엔(주당 4천 엔×5주)

잡비(생필품) 5천 엔

다이요 용돈 2만 엔

통신비(2명) 약 5천 엔

광열비 1만 엔

보험비(다이요만) 2천 엔

비상금 및 레저비 등 2만 엔

적금 6만 엔

집세 8만 8천 엔, 적금 6만 엔, 광열비 등은 자동이체를 해뒀다. 아동수당은 다른 계좌에 넣어서 그대로 전부 모으는 중이다.

1만 엔만, 2만 엔만 더 있었으면 싶을 때도 있다. 사호가 유치원에 다니게 되면 마호도 다시 일하면서 유치원비 등으로 쓸 돈을 좀더 벌고 싶지만 일단 현재는 그럭저럭 만족하고 있다.

월급날이면 마호는 햄버그스테이크를 자주 만든다.

간 고기에 수분을 잘 제거한 두부 한 모와 통조림 옥수수를 넣고 패티를 만든다. 프라이팬에 패티의 양면을 굽고 그 위에 치즈를 얹은 뒤 100엔 숍에서 산 레토르트 해시드라이스를 소스 대신 부은 다음 푹 끓인다.

해시드라이스 루가 듬뿍 들어간 데미글라스 소스가 만들어지면 달콤한 옥수수에 치즈까지 올라간 특제 햄버그스테이크가 완성된다.

다이요가 몹시 좋아하는 그 요리는 남편의 노고에 대한 감사 표시였다.

저녁이 되자 다이요는 "다녀왔습니다!" 하고 씩씩한 목소리로 인사하며 들어온다.

그 목소리가 평소보다 큰 것 같아 마호는 부엌에서 무심코 키득거리며 웃어버렸다. 왜 그러는지 알지도 못하면서 사호도 엄마를 따라 손으로 입을 가리고 웃는다.

"응? 뭐야? 왜 그래? 왜 웃는 건데?"

다이요도 새까맣게 볕에 그을린 얼굴로 웃으며 사호를 안아 올렸다.

"옷 갈아입고 손 씻고 와. 오늘은 햄버그스테이크야."

"햄버그스테이크야, 아브지."

마호는 사호에게 편하게 '엄마'라고 부르게 하는데 다이요는 어째선지 예전부터 꿈이었다면서 '아버지'라고 부르게 한다.

정작 본인은 부모님을 '아빠' '엄마'라고 부르니 우스울 따름이다. 어쩌면 기르는 강아지에게 괜히 '와사비'나 '아즈키' 같은 일본식 이름을 붙이는 것과 비슷할지도 모르겠다고 마호는 생각한다.

오히려 그쪽이 멋있다는 생각일 테지.

안아 올린 사호를 "우와, 우와" 하고 흔들면서 기분좋게 화장실로 향하는 남편에게 마호는 "그대로 사호랑 같이 샤워하지 않을래?"라고 외쳤다.

다이요는 "어⋯⋯" 하며 하겠다는 건지 말겠다는 건지 모호한 대답을 한다.

나는 행복하다. 마호는 그렇게 생각했다.

"우와!"

고하루의 약혼반지를 본 순간 마호뿐 아니라 그 자리에 있는 모두가 무심코 그런 소리를 흘렸다.

오모테산도 뒷골목의 단독 건물로 된 프렌치 레스토랑의 토요일 런치타임이었다. 3800엔짜리 코스요리에 마호는 천연탄산수. 다른 친구들은 샴페인을 마시며 고하루의 약혼을 축하했다.

커다란 하트형 다이아몬드 주위를 작은 다이아몬드가 둘러싼 그 티파니 반지는 레스토랑 샹들리에 아래서 반짝반짝 빛났다.

"1.2캐럿이야."

가능한 한 평온한 음색을 내려고 노력하는 목소리처럼 들렸다.

고하루의 가느다란 약지에서 다이아몬드가 흘러 떨어질 것처럼 보인다.

"그거 얼마냐고 맘 편히 물어보지도 못하겠는데?"

우리 넷 중 가장 성격이 시원시원하고 늘 누구보다 수다스러운 나미가 웃으면서(그런데 오래된 친구가 보기에는 약간 쓴웃음이 섞여 있다) 말했다.

"그 정돈 아냐."

고하루는 다시 점잖게 미소를 지어 보이며, 얼마냐는 물음에는 답하지 않았다.

그러고 있으니 결혼발표회장에 온 연예인처럼 보인다.

"그거 고타로 씨가 사준 거야?"

이쿠노가 조심스레 물었다. 이쿠노는 도쿄의 작은 식품회사 경리부에 다니고 있는데, 예전부터 공부는 잘했지만 얌전하고 감정을 겉으로 잘 드러내지 않는 성격이었다. 지금은 세무사 시험 공부도 하고 있다.

"으음……"

이번에도 고하루는 가느다란 목을 살짝 기울이며 생각에 잠긴 건지 대답을 꺼리는 건지 모를 표정을 지었다.

"잘 모르겠어. 안 물어봤거든. 아마 혼자 산 건 아니고 부모님이 도와주시지 않았을까?"

고하루의 약혼자는 평범한 직장인이지만 부모님이 지바에서 큰 건축사무소를 운영한다고 한다.

단기대학을 졸업하고 취직한 뒤 단체 미팅에서 약혼자를 '만났다'는 얘기를 들었을 때는 마호도 흘려들었던 정보였다.

솔직히 그때는 키나 체중, 회사, 외모 등 남자 본인의 조건을 캐묻는 데 집중해서 부모님이 시골에서 건축사무소를 운영한다는 얘기 같은 건 기억이 희미했다.

그런데 결혼이 정해지자마자 그게 이토록 큰 차이로 드러날 줄이야.

심지어 고하루의 시부모님은 신혼부부의 살림집으로 도요쓰에 새로 지은 고층 아파트 한 채를 마련해줬다고 한다.

"그래도 시부모님이 주시는 건 집뿐이니까 관리비나 장기수선충당금 같은 걸 매달 내려면 꽤 힘들 거 같아."

그래봤자 마호가 사는 다세대주택 월세보다 쌀 테다. 게다가 도요쓰의 금싸라기 땅에 위치한 100제곱미터 이상의 고급 아파트에서 살 수 있는 것인데.

"아, 거기구나…… 아마 2억 엔쯤 하지 않아?"

부동산 업체에 다녀서 시세에 밝은 나미가 대놓고 말했다.

단기대학 시절 고하루는 키가 크고 수수깡처럼 말라서 스타일은 좋지만 외꺼풀에 눈에 띄지 않는 외모였다. 하지만 백화점에 취직하고 외판부에 배정된 뒤로 몰라보게 변했다.

고급 정장이 고하루의 큰 키를 돋보이게 했고, 가는 눈매는 화장을 하자 해외에서 활동하는 아시아계 모델처럼 바뀌었고, 길게 기른 머리가 여성스러움을 한층 더했다. 단체 미팅에서 만난 뒤 약혼자가 적극적으로 구애했다고 들었다.

에비스의 고급 호텔에서 결혼식을 올리고, 신혼여행은 열흘 동안 이탈리아로 간다고 한다. 비즈니스 클래스를 타고 고급 호텔에서 묵는 호화로운 여행일 테다.

마호는 다른 친구들 몰래 몇 번이고 작게 한숨을 내쉬었다.

"맞다, 사호는 잘 지내? 많이 컸지?"

전채, 샐러드, 수프, 메인 요리가 나오는 내내 고하루의 결혼 애기가 이어졌다. 메인 요리인 치킨 콩피를 다 먹어갈 무렵 나미가 마호에게 물었다. 사호의 성장이 궁금했다기보단 고하루의 호화 결혼 애기에서 벗어나고 싶었던 건지도 모른다.

"응, 많이 컸어. 벌써 세 살이야."

마호는 스마트폰으로 최근 사호가 제일 잘 나온 사진을 찾아 모두에게 보여줬다. 지난주 일요일에 찍은 것인데, 공원에서 그네를 타는 사호를 다이요가 뒤에서 밀어주는 모습이었다.

"와, 걔가 벌써……"

"이렇게나……"

고하루는 여전히 점잖게 미소를 짓고 있었지만(고하루가 약혼한 뒤로 마호는 그런 얼굴밖에 보지 못해 본심을 알 수 없었다) 나미와 이쿠노가 목소리를 높였다.

"이렇게가 어떻게야."

마호가 무심코 웃으며 묻자 나미가 크게 숨을 내쉬었다.

"그때는 손도 단풍잎처럼 조그마했는데 이렇게 혼자 그네를 탈 정도로 자랐다니 감개무량해서 그러지. 그동안 나는 뭘 했나 생각해보면……"

마호가 사호를 출산하고 며칠 지나지 않았을 무렵, 세 친구가 함께 찾아와 번갈아가며 사호를 안아보고 손가락을 만지고 뺨을 쓰다듬어주기도 했었다.

"나미 너는 경력 잘 쌓아가고 있잖아."

나미는 올해 공인중개사 자격증을 땄다. 그 밖에도 인테리어 디자이너 자격증을 따려고 노력하는 중이다. 장래에 하나부터 열까지 본인이 전부 디자인한 집을 만드는 게 꿈이라고 한다.

"그나저나 다이요 씨는 여전히 말끔하고 잘생겼네."

이쿠노가 사진을 물끄러미 바라본다.

내심 그 점을 자랑스레 여기던 마호가 히히 웃어 보였다.

둘은 고등학생 무렵부터 사귀다가 첫사랑인 서로와 결혼한 것이다. 소방관인 다이요는 지금도 매일 체력 단련을 해서 몸도 탄탄하다.

사호도 콧대가 오똑한 다이요를 닮아 둘의 모습이 마치 주방 세제 광고에 나오는 부녀처럼 보였다.

"네가 스물세 살에 동갑내기랑 결혼한다고 했을 때 솔직히 이해하기 힘들었지만 이렇게 귀여운 아이가 있는 걸 보면 그것도 하나의 선택이구나 싶다니까. 그치?"

나미와 이쿠노가 마주보며 동의한다는 듯 고개를 끄덕인다.

잠깐, 뭐라고……?

마호는 지금 들은 얘기가 잘 이해되지 않아 순간 몸이 굳어버렸다.

"맞아. 당시엔 네가 잘도 결심했다고 우리는 감탄했지. 그래도 사호를 보면 나쁘지 않은 선택이었던 거 같아."

두 친구는 진심으로 순수하게 감탄하는 듯 보였다.

"일도 다 관두고 남편 하나만 보고 내린 결정이잖아? 진짜 대단해."

다들 그렇게 생각했다니……

돌연 마호는 입안의 사과와 살구 시부스트 타르트가 무슨 맛인지 느껴지지 않았다.

마호가 가진 다이아몬드는 아주 작은 목걸이뿐이다. 학생 시절에 다이요가 아르바이트해서 모은 돈으로 선물한 것이다.

작은 다이아몬드 세 개가 유성처럼 연결된 디자인인데, 꽹장히 예뻐서 당시에 마호는 몹시 기뻤다. 돈도 별로 없던 시절이었는데 비싼 선물을 받은 것이었다.

마호 부부는 약혼반지를 사지 않았다.

다이요에게 그럴 만한 돈이 없다는 건 알고 있었고, 다이아몬드 목걸이를 받았으니 그걸로 충분하다고 생각했다. 무엇보다 "약혼반지는 결혼할 때까지만 잠깐 낄 뿐 아이라도 생기면 끼지 않게 된다"는 회사 선배의 조언을 듣고 그게 맞는 말이라고 생각했다.

그 대신 까르띠에에서 결혼반지를 사서 서로 선물했다. 심플한 디자인이지만 몹시 마음에 든다.

그런데 가까이서 고하루의 커다란 하트 다이아몬드를 보니 마호는 가슴이 두근거렸다.

솔직히, 갖고 싶었다.

반지를 끼고 그게 반짝반짝 빛나는 모습을 가만히 바라보고 싶었다. 어딘가에 끼고 나가서 "그거 참 예쁘네요"라는 말을 듣고 싶었다. 자신의 보석함에 넣어두고 이따금 바라보고 싶었다.

여태껏 한 번도 그런 생각을 한 적이 없었다. 보석에는 관심도 없었고, 바빠서 백화점에도 가지 않았다.

마호는 실제로 가까이서 실물을 보지 않으면 자신이 그걸 갖고 싶은지 아닌지 알 수 없겠다는 사실을 새삼 깨달았다.

특대 다이아몬드를 보았더니 자신의 목걸이는 부스러기를 긁어 모아둔 것처럼 보였다. 고하루 반지의 커다란 하트 다이아몬드 주변을 둘러싼 것들보다 작다니……

마호는 지금껏 그 목걸이를 애지중지 아끼며 중요한 날에만 착용해왔다.

하지만 이날은 프렌치 레스토랑에 하고 가지 않아 정말 다행이라고 생각했다. 고하루 옆에서 보잘것없어 보일 게 분명했다.

그런 마음이 들긴 했지만 지금 마호의 처지에 다이아몬드를 산다는 건 현실적이지 않다. 시간이 조금 지나면 잊힐 것이다.

다만 나미와 이쿠노가 한 말에는 진심으로 상처받았다.

둘은 그뒤로도 "마호가 취직하고 바로 결혼하면서 미련 없이 일을 관뒀을 때 놀랐어"라며 해맑게 말했다.

그러면서 제각기 "나라면 못해" "나도 마찬가지야. 아직 일도 연애도 하고 싶으니까" "역시 마호는 대단하다니까" "나였으면 더 좋은 사람이 있진 않을까 하고 생각했을 텐데"라며 말을 이었다.

그건 솔직하게 감탄하는 것처럼 들렸지만 고하루의 얘기를 듣고 난 뒤였기에 "그런 적은 월급을 받는 남편을 두고 용케 일을 관뒀네"라고 말하는 것처럼도 들렸다.

"야, 너희 그거 대체 무슨 의미야"라고 그 자리에서 바로 받아쳤다면 좋았을 텐데. 그럼 친구들의 진의도 알 수 있었을 테고 이렇게 찝찝한 기분도 느끼지 않았을 것이다.

그 만남 이후, 친구들이 자신을 그런 식으로 생각했다는 사실을 알고부터 마호는 영 마음이 개운하지 않았다.

고하루의 결혼 얘기를 들으며 마호는 자신이 결혼했을 때를, 당시 가졌던 꿈을 떠올렸다.

마호는 신혼여행 때 해외에 가지 않았다. 저가 항공권으로 오키나와에 가서 본섬을 차로 일주했을 뿐이다.

물론 저렴한 여행이었지만 맛있는 음식을 많이 먹었고, 하루는 해변 호텔의 코티지 룸에 묵으며 로맨틱한 밤도 보냈다.

그래도 실은 하와이에 가고 싶었다.

당시 다이요가 취직한 지 얼마 되지 않아 그리 긴 휴가를 낼 수 없었고, 무엇보다 앞으로의 신혼생활을 생각하면 한번에 큰돈을 쓸 수도 없었다.

그래서 마호에게는 '언젠가 하와이에 가고 싶다'는 막연한 꿈이 있었다.

그저 결혼 초에 잠시 가졌던 꿈이 아니다. 주부잡지에도 자주 하와이 특집기사가 실리는데, 그걸 볼 때마다 부러움이 솟는다.

그런 잡지들을 꼼꼼히 읽은 마호는 하와이가 들인 돈에 비해 얻을 게 많은 여행지라는 결론을 내렸다.

우선 인스타그램이나 트위터에 올릴 만한 예쁜 사진을 찍을 수 있다.

그다음으로는, 유명한 여행지라 다들 받으면 기뻐할 만한 기념품을 살 수 있다.

마지막으로(어떤 의미로는 무엇보다 큰 이유일지도 모른다), 그곳은 적당히 부러움을 사면서도 어설픈 질투나 시기를 받을 정도로 특별한 여행지가 아니다.

물론 돈이야 들지만 솔직히 그다지 유명하지 않은 산속 온천 호텔이나 사람들이 잘 안 가는 동남아 리조트 같은 데서 여러 번 돈을 쓰느니, 큰맘 먹고 하와이에 가는 편이 자신도 친구들도 만족하는 길일 것이다.

새하얀 사장에서 긴 비치원피스를 입은 젊은 엄마와 어린아이가 파도와 함께 노는 모습은 누가 찍어도 그림 같아 보일 테다. 생각만 해도 황홀하다.

해변 레스토랑에서 아침밥을 먹거나 저렴하고 귀여운 아동복을 사고 싶다. 하와이에는 저렴하면서 일본에는 없는 디자인의 옷이 많다지. 유명한 푸드트럭에서 파는 갈릭 쉬림프나 마라사다 도넛도 먹어보고 싶다.

면세점에서 루이비통 지갑도 사고 싶다.

이것도 주부잡지에 자주 나오는 내용인데, 루이비통은 명품이지만 캐주얼하고 오래 쓸 수 있으며 유행과 관계없이 계속 들 수 있다. 자신이라면 지갑을 하나 사서 십 년은 쓸 테니 결코 비싼 건 아니라고 본다.

그리고 공공연히 떠들 얘기는 아니지만, 싫증이 나거나 돈이 없을 때 전당포에 맡기거나 중고장터 사이트에 팔 수 있어서 환금성이 높은 브랜드다.

마호는 하루하루 생활에 쫓겨 줄곧 자신의 그런 꿈에 관한 생각을 멈춘 채 살아왔다.

대체 무엇에 쫓기고 있었던 걸까.

막연히 아이를 위해 1천만 엔을 모아야겠다고 생각하고 있지만, 그걸로 괜찮은 걸까. 현재를 좀더 즐기는 방향으로 인생이나 돈을 활용할 수도 있을 것이다.

마트에 가는 건 일주일에 두 번으로 정해졌는데, 마호는 바구니 안에 담은 물건들이 총 얼마인지 매번 암산한다. 요 몇 년 동안 가격을 보지 않고 물건을 계획 없이 산 적이 없다. 큰돈을 쓰는 건 애초부터 포기하고 있다.

사호도 다른 아이들처럼 마트에서 과자나 장난감을 사달라고 조르는 일이 없다. 절대로 사주지 않는다는 걸 아니까.

이렇게 살아도 괜찮은 걸까?

"뭐? 언니, 결혼한 거 후회해?"

그주 토요일, 집에 놀러온 동생 미호가 직설적으로 물었다.

"그런 말은 안 했어. 단지……"

"근데 실은 나도 언니가 용케 일을 관둔다고는 생각했었어."

"어?"

"요즘 세상에 결혼한다고 일을 관두는 사람은 잘 없잖아. 적어도 아이가 생길 때까지는 일하지 않아?"

"그건…… 다이요가 하는 일이 야간근무도 있고, 서로 시간을 맞추는 게 힘들었으니까……"

마호는 저도 모르게 우물거리며 결혼 당시 남들에게 설명했던 이유를 되풀이했다.

사실 마호가 일을 관둔 데는 동생이나 다른 가족에게 말하지 않은 이유가 있었다.

증권회사의 과도한 실적 할당량을 채우기 위해 고객에게 영업하거나 권유하는 일이 힘들어졌던 것이다.

월말이 되면 몇 안 되는 자신의 고객에게 전화를 걸어 "사이토 씨, MMF에 120만 엔이 있는데 호주 달러로 바꾸지 않으시겠어요? 일본의 자동차회사가 발행한 채권의 펀드가 있거든요. 이율이 5.5%나 돼요. 지금 호주 달러가 괜찮은 시기고요……" 같은 얘기를 하는 게 진심으로 괴로웠다. 마호는 영업 일이 자신에게 맞지 않는다는 사실을 입사하고 곧바로 깨달았다.

실제로 이익이 나는 펀드라면 괜찮지만 그때는 엔화 가치가 몹시 높을 때라 호주 달러도 미국 달러도 결코 매수하기 좋은 시기가 아니었고 주가도 낮았다.

고객도 그걸 잘 알고 있어서 그다지 내켜하지 않았는데 마호가 억지로 설득했다. 어떻게든 실적을 달성하려고 필사적이었다.

그렇기에 은행원이 할머니에게 조건 나쁜 펀드를 권유한 일을 두고 욕할 수 없다. 마호도 똑같은 일을 했었으니까.

당시 마호는 일이 힘들다는 얘기를 다이요에게만 털어놓았다. 데이트할 때마다 우는소리를 했더니 "그럼 나랑 결혼해서 일 관두면 되겠네"라는 프러포즈를 받았다.

크게 기뻐하며 승낙은 했지만 "실적 채우는 게 힘들다고 푸념했더니 결혼해줬어"라는 건 시시하기도 하고 로맨틱하지도 않아 아무에게도 말한 적이 없다.

"그럼 됐잖아. 형부 일이 그런 걸 어떡해."

미호가 태연하게 말한다.

"그렇긴 한데……"

"신경쓸 필요 없어."

결혼한 이유가 그것만이 아니니까 신경쓰인다.

"그것보다 언니, 나 이사할까 생각중이야."

"뭐?"

미호의 얼굴을 다시 바라보자 멋쩍은 듯 웃고 있다.

"진짜?"

"응."

"어디로?"

"이 근처…… 주조 쪽?"

"정말이야? 왜 갑자기……"

미호는 살짝 시선을 돌려 사호를 바라보며 말했다.

"언니한테 얘기를 들은 뒤로 이것저것 생각했거든. 절약이나 투자 강연에 참석하거나 아침 모임, 그러니까 스터디 같은 데 가보면서 공부도 했고."

"대단한데?"

"그래서 알게 됐는데, 어디를 가든 대부분 언니랑 비슷한 소리를 하더라고. 고정비를 다시 살펴보거나 적은 돈을 모아가거나."

"어머, 그래?"

"응. 이런 말은 그렇지만 나, 언니가 대단하다고 생각했다니까. 언니가 알려준 게 꽤 도움이 되더라고."

"뭐야, 웬일로 내 칭찬을 다 하네."

말은 그렇게 했지만 사실 기뻤다. 취직한 뒤로 어딘지 모르게 거리감이 느껴졌던 동생이 그런 식으로 칭찬해줘서.

"어쨌든 집을 찾아볼까 생각중이야."

"정말 잘됐다. 앞으로 자주 만날 수 있고, 사호 좀 봐달라는 부탁도 할 수 있겠네."

"그건 참아주라."

미호는 미간을 찌푸리며 그렇게 말했지만 금세 다시 표정을 풀고 소리 내어 웃었다.

할머니……

상점가 가운데쯤 위치한 가게 앞에 조그맣게 앉아 있는 할머니를 보면 마호는 지금도 눈물이 나려고 한다.

"할머니!"

그 자리에 멈춰 선 엄마의 기분도 모르고 사호가 크게 목소리를 높였다. 작은 손가락을 쭉 뻗어 가리키며 "저기, 할머니!" 하며 마호를 돌아본다. 굉장히 자랑스럽다는 듯.

사호가 자랑스러워하는 건 누구보다 빨리 증조할머니를 찾아낸 자신인 걸까, 아니면 일하고 있는 증조할머니인 걸까.

할머니가 상점가의 화과자 가게에서, 그것도 가게 앞에서 경단 파는 일을 한다는 얘기를 들었을 때 가족과 친척 모두 하나같이 충격을 받았다.

누구보다 놀란 건 마호의 부모님이었을 것이다. 아빠는 그 얘기를 듣고 너무 놀라 말문이 막혔는지 한동안 아무 말도 하지 않았다고 한다.

가족 중 가장 냉정한 성격인 미호가 할머니 집에서 하룻밤 차분히 얘기한 뒤 "괜찮아. 할머니, 결혼 전에 긴자에 있는 백화점에서 일했었대. 그래서 접객업은 자신 있고, 아직 건강할 때 한번 더 일해보고 싶어졌대"라고 모두에게 메시지로 보고했다.

조금은 안심이었다. 할머니가 젊은 시절 백화점에서 일했다는 얘기에는 상당히 놀랐지만.

마호에게 할머니는, 마호가 이미 철들 무렵엔 그저 요리 솜씨가 좋고 성격이 똑 부러진 '할머니'였다. 그전, 심지어 결혼 전 할머니에 대해서는 상상해본 적도 없었다.

생각해보면 할머니도 이십대 시절이 있었을 테고, 아리따운 외모로 판매원 일을 한 과거가 있다 한들 이상하지 않다.

그러니 이번 일이 할머니의 다른 일면을 아는 좋은 기회이긴 했다.

다만 실제로 가게 앞에서 삼각 두건을 쓴 할머니가 있는 모습을 보았을 때는 소리도 없이 눈물이 흘러나왔다.

"엄마 왜 그래? 울어?"

사호의 놀란 모습을 보고 서둘러 눈물을 닦았지만 마호는 끝임없이 눈물이 새어나와 난처했다.

할머니는 가게의 감색 유니폼을 입고 있었다.

마호나 미호가 아르바이트를 하며 그런 옷을 입는 건 괜찮다. 하지만 할머니가, 늘 멋있고 당당하고 때묻지 않은 고상한 할머니가 그런 싸구려 의상을 입고 있다는 게 충격적이었다. 게다가 할머니의 모습이 너무 가냘프고 불안해 보여서 어린아이가 심부름 간 모습을 본 것 같은 기분이 들었다.

"마호, 왜 그러니. 손님도 계시는데."

할머니가 상냥하면서도 의젓한 목소리로 말을 걸어주지 않았다면 아마 그대로 계속 울었을지도 모른다.

지금은 일주일에 세 번, 토요일·일요일·수요일에 일한다는 걸 알고 가끔 놀러갈 정도로 익숙해졌지만 마호는 여전히 그 모습을 멀리서 보기만 해도 마음이 울컥해진다.

"어머나, 마호랑 사호도 왔구나."

할머니가 생긋 웃으며 맞이해준다.

"할머니, 휴식시간 있어요?"

"두시부터야."

"나 그때까지 쇼핑하고 올 테니까 차라도 마실까요?"

"그래. 그때쯤 저쪽 카페에서 보자꾸나."

마호와 사호가 얼추 용무를 보고 카페로 가자 할머니가 삼각 두건을 벗은 유니폼 차림으로 기다리고 있었다.

눈이 반짝거리고 뺨에 윤기가 도는 게 아무리 봐도 생기가 넘친다.

"할머니 어때? 피곤하진 않아요? 괜찮아요?"

그래도 걱정스러워 무심코 물어보지 않을 수 없었다.

"전혀. 일하다가 앉아도 되니까 편해."

할머니 얘기로는 지금이 수습 기간이라 시급이 900엔이지만 다음달부터는 1천 엔이 된다고 한다.

"생글생글 웃으며 앉아 있다 손님이 오면 안내하면 되는걸. 저녁 때 퇴근하니 귀찮은 카운터 마감이나 일지를 작성할 일도 없고 정말 편해. 이런 걸로 돈을 받는 게 미안할 정도라니까. 집에 갈 때는 남은 화과자나 유부초밥도 받을 수 있고."

할머니 외에도 아주머니가 두 분 계셔서 교대로 일한다고 한다.

"조만간 또 집에 놀러오렴. 가게에서 받은 판매기한 지난 오카키가 많이 있거든."

"잘 적응하고 계시는 거 같아 다행이에요."

마호는 마음이 놓이긴 했지만 할머니가 일하기로 했을 때 미쿠리야 집안이 뒤집혔던 일을 떠올리면 한마디 덧붙일 수밖에 없었다.

"아빠는 아직 받아들이지 못한 것 같지만요."

자기에게 말도 없이 결정했다며 아빠는 여전히 화난 상태인데, 엄마에게 "상점가 가게 앞에서 나이도 먹을 만큼 먹은 노모가 서서 일한다니 남사스럽다"는 말까지 했다고 한다.

"무슨 상관이라니. 내가 백화점에서 일하지 않았으면 할아버지랑 결혼도 안 했을 거고, 그럼 걔는 태어나지도 못했을 텐데. 이제 와서 무슨……"

"뭐, 그래도 아빠 입장에서는 역시 싫지 않겠어요?"

조부모의 첫 만남 얘기는 할머니가 일하게 되고서 처음으로 들었다. 두 분이 당시로는 드물게 '연애결혼'을 했다는 것도 알게 돼 마호는 기뻤지만 아빠의 눈에 그것과 이것은 별개의 문제인 모양이다.

"저기, 할머니는 결혼하면서 일 관둔 거죠?"

마호가 저도 모르게 그런 질문을 했다.

"그렇지."

"후회는 안 했어요?"

"그런 시대였으니까. 결혼한 뒤에도 일한다는 건 생각도 못했단다. 상사에게 '결혼한다'고 보고하는 게 '관둔다'는 얘기를 하는 거나 마찬가지였으니까."

"그렇구나."

고개를 끄덕이면서 아이스커피를 쭉 마시자 자연스레 시선이 아래로 떨어졌다.

"왜 그러니. 무슨 일 있었어?"

"……실은요."

마호는 친구들과의 대화와 고하루의 결혼에 대한 일들을 설명했다.

"이런저런 생각이 들더라고요."

"이런저런 생각이라는 건 스스로에 대해서? 아님 고하루의 결혼에 대해서?"

"둘 다요. 저렇게 뭐든 다 갖춰진 결혼도 있구나 싶어 깜짝 놀란 점도 있고, 친구들이 내 결혼을 그런 식으로 여기고 있었구나 하는 생각도 들고요."

마호는 자신도 인정하고 싶지 않았던 일을 중얼거렸다.

"분명 그 자리에 있었던 사람 모두 나랑 고하루를 비교했을 거예요. 누구와 결혼하느냐에 따라 이렇게 달라지는구나 하고요. 한쪽은 도요쓰의 고층 아파트인데 한쪽은 주조의 다세대주택이라니."

"그런 소리 하지 마라. 다이요는 좋은 사람이고 사호도 잘 크고 있잖니. 너는 행복한 거야."

물론 마호도 그건 안다. 알고는 있지만 왠지 서글프다.

"전에 하니 모토코 선생의 가계부 얘기를 했었지?"

"아, 할머니의 할머니가 '엄격하신 분'이라고 하셨다던 사람이죠?"

"그래. 하니 선생의 말 중에는 훌륭한 내용이 많은데, 그중 하나가 가계부로 계획이나 예정을 세우는 걸 추천한 거야."

"가계부로 계획을요?"

"그래. 쓴 돈을 적는 것뿐만 아니라 계획을 세우는 게 중요하다고 주장했지. 이달에 돈이 얼마 들어오고 얼마 나가는지. 그중 자신이 쓸 수 있는 돈은 얼마인지를 파악해두는 게 중요하다고 했어."

"흐음."

"마호 너는 나와 다르게 어느 정도 계획을 세울 수 있지 않니? 적어도 사호의 취직 무렵까지는 예정이 확실하니, 앞으로 이십 년 뒤까지 언제 어디서 얼마나 돈을 쓸지 미리 계획해두면 좋지 않을까? 그리고 돈이 얼마나 필요한지 한번 더 잘 생각해보렴. 그럼 공연히 불안해지거나 남과 비교하는 일은 없을지도 몰라."

"알겠어요."

든든한 조언이었지만 마호는 사소한 단어가 마음에 걸렸다.

"그런데 나와 다르게라니, 할머니는 앞으로의 인생을 예측할 수 없다는 말이에요?"

"그도 그럴 게 내일 딜컥 저세상에 갈지도 모르잖니."

할머니가 장난스레 웃어 보였지만 마호는 그 말이 잘 납득되지 않았다.

"내일 덜컥 저세상에 간다면 오히려 돈 쓸 일이 없잖아요."

할머니가 작게 한숨을 쉬며 말을 꺼냈다.

"……실은 나도 앞날을 생각하면 조금 불안하단다."

"응? 그게 무슨 말이에요?"

예전부터 할머니는 늘 안정되어 보였다. 멋진 단독주택에 살면서 좋은 가구와 식기를 갖고 있고, 가계부도 쓰면서 꼼꼼히 생활했다. 할머니는 어떤 '보편적 존재'로서 미쿠리야 집안과 마호의 곁을 항상 지키는 사람 같았고, 마호의 자랑거리이자 동경의 대상이었다.

"앞으로 얼마나 돈이 들지 알 수 없으니…… 할아버지가 죽고 나서는 연금도 줄었거든. 모아둔 돈이 있지만 그걸 헐어서 써버리면 나중에 간병이 필요해졌을 때 곤란하지 않겠니."

"설마…… 그래서 일하기 시작한 거예요?"

"그것만은 아니야. 한번 더 일하고 싶다는 마음도 물론 있었어. 다만 돈이 약간 부족했던 것도 사실이란다."

마호는 무슨 말을 건네야 할지 알 수 없었다.

"그래도 네게 얘기할 수 있어 다행이구나. 다른 가족들 아무한 테도 말하지 않았거든. 언젠가 누군가의 도움을 받게 될지 모르지만 가능한 한 혼자서 해보고 싶단다. 그러니 네 부모님한테는 비밀로 해주겠니?"

"알았어요…… 그래도 가까운 시일 안에 말씀하시는 편이 좋을 거예요."

"내 입으로 제대로 얘기하마…… 게다가 그렇게까지 돈이 없는 것도 아냐. 아직 괜찮아."

하긴 전에 이율에 관해 얘기할 때 1천만 엔쯤 저축액이 있다고 했으니 할머니에게 그 정도 돈이 있는 건 분명하다.

"알았어요. 나도 응원할 테니 도울 일이 있으면 얘기하세요."

"일이 재미있고 매일 행복한 건 진짜야."

마지막에 할머니가 그렇게 말하며 지은 미소가 진심으로 보였다.

그 전화는 밤늦게 걸려왔다.

아침 일찍 일어나는 마호네 가족은 밤 열시면 다들 깊이 잠든다. 다이요가 먼저 벌떡 일어났고, 그 기척에 마호도 잠에서 깼다.

"내 거 아냐."

핸드폰을 확인한 다이요가 잠에서 덜 깬 목소리로 중얼거린다.

"응?"

마호는 착신을 진동 모드로 바꿔둔 상태였다. 한밤중에 전화가 걸려온다면 다이요 쪽일 게 뻔해서 자신의 전화가 울릴 거라고는 생각도 못했다. 마호는 깜짝 놀라 머리맡을 뒤졌다.

화면에 표시된 이름은 '고하루'였다.

"마호?"

전화 너머에서 울음소리가 들려 거듭 놀란다.

"고하루?"

"미안, 정말 미안해."

"뭐야, 무슨 일이야?"

고하루는 울면서 지금 마호네 집에 가도 되느냐고 물었다.

"괜찮은데…… 혼자야? 어딘데?"

"지금 긴자에 있어. 택시 타려고. 진짜 미안."

마호가 일어나서 잠옷 위에 카디건을 걸치자 다이요가 "괜찮아?" 하고 중얼거렸다.

"고하루인데 무슨 일 있었나봐. 지금 집에 온다는데, 방문 닫아둘 테니 신경쓰지 말고 자."

마호와 다이요 사이에서 자고 있는 사호가 깨지 않아 다행이었다.

"그래, 필요하면 깨워."

다이요는 그렇게 말하고 다시 이불 속으로 들어갔다.

마호의 집은 현관에서 들어오면 바로 부엌과 식탁이 있는데 거기서 얘기를 나눌 수밖에 없다. 고하루가 산다는 고층 아파트에 비해……라고 생각하면 부끄럽지만 어쩔 수 없다.

봄이라고 해도 아직 쌀쌀하다. 마호는 석유난로를 켜고 따뜻한 홍차를 우려서 고하루를 기다렸다.

조심스러운 노크 소리에 문을 열자 눈이 벌게진 고하루가 서 있었다.

"왜 그래? 괜찮아?"

"응."

택시 안에서 진정한 모양인지 고하루가 조금 민망하다는 듯 웃는다.

"무슨 일 있었어?"

식탁에 앉자 그녀가 크게 한숨을 쉰다.

"저기, 나…… 결혼 안 할지도 몰라."

"뭐?"

고하루는 마호가 내준 홍차를 마셨다.

"무서운 걸 알았거든."

뭔가 엄청난 얘기가 나올 것 같아 마호는 섬뜩한 기분이 든다.

"나 말이야, 나도 모르는 새 고액 보험에 가입할 뻔했어."

"그게 무슨 말이야?"

고하루의 얘기에 따르면, 약혼 뒤 바로 약혼자에게 인감과 마이넘버카드*를 맡게 됐다고 한다.

그리고 오늘밤 긴자의 고급 식당에서 약혼자와 시부모가 자신들이 수익자로 되어 있는 보험서류에 서명하도록 강요했다고 한다.

"고액이라니 얼마나?"

"1억 엔 정도."

마호의 눈에 반짝반짝 빛나는 고하루의 왼쪽 약지가 1억이라는 숫자와 겹쳐지면서 왠지 불길하게 보였다.

"음…… 그래도 너를 위해 그랬을 수도 있잖아? 고액 보험금 하면 '보험금 살인' 같은 안 좋은 이미지가 떠오를 수도 있지만 어쨌거나 미래를 보장하는 거잖아."

"시부모님도 그렇게 얘기하더라. 고층 아파트를 사주시기도 했고…… 그분들은 이런저런 사업을 하니까 무슨 일이 생겼을 때를 대비해 보험에 가입하는 건 당연하다면서."

"그렇구나."

"그럼 고타로도 보험에 가입했느냐고 내가 물었더니 당연히 가입했대. 그런데 그 수익자가 내가 아니라길래, 결혼하면 나를 수익자로 해줄 거냐고 별 뜻 없이 물었더니 어떻게 그런 소리를

---

* 개인의 인적사항이 기재된 일본의 공적 신분증.

하느냐며 화내는 거야. 이상하지 않아?"

"……그렇네."

남의 부모라 너무 나쁘게 얘기할 순 없지만 마호는 고하루의 마음을 이해할 수 있을 것 같았다.

"고상했던 어머님이 갑자기 다른 사람처럼 그러는데…… 내가 죄송하다고 사과해도 안 받아주더라. 고타로도 전혀 내 편을 들어주지 않고 모른다는 얼굴만 하고…… 그래서 그길로 식당에서 나와버렸어."

"그랬구나……"

"시부모는 원래 다 그래? 마호 너라면 보험에도 환하고, 결혼도 했으니 잘 알 것 같아서……"

"음…… 그건 집집마다 다르니까 한데 묶어 말할 순 없을 거 같아."

"그럼, 네가 보기엔 어때? 나 결혼해도 괜찮을까?"

마호는 대답하기 난감했다. 솔직히 그 정도면 파혼할 일까지는 아니라는 생각도 들었다.

약혼자의 부모가 며느리를 고액 보험에 가입시키려는 이유는 잘 모르겠지만 그런 집안이 있을 수도 있다. 설마하니 며느리를 죽여서 보험금을 타내진 않겠지.

다만 며느리를 집안의 종속물처럼 여기는 점과 약혼자가 시부모 앞에서 고하루를 감싸주지 않았다는 점이 마음에 걸린다.

하지만 지금 이 자리에서 확실히 반대할 만한 확증도 없다.

"……고타로 씨랑 잘 얘기해보는 게 어때?"

마호는 결국 형식뿐인 대답밖에 해줄 수 없었지만 그게 가장 중요하다는 생각이 들었다.

"네가 고타로 씨 부모님의 말씀을 듣고 얼마나 놀랐는지, 시부모님이 무슨 생각으로 그러시는 건지, 시부모님과 다툴 때는 남편이 네 편을 들어줬으면 좋겠다든지…… 하고 싶은 말을 전부 해봐. 그러고서 네 마음을 이해해주지 않는 사람이라면 다시 생각해보면 되잖아."

아직 고타로 씨의 마음이 어떤지 모른다. 편들어주길 바라는 고하루의 마음을 그저 눈치채지 못했을 뿐일 수도 있다.

"너는 결혼할 때 어땠어? 망설임이나 싸움 같은 거 없었어?"

"나야 오래 사귀었고 시부모님과도 고등학생 때부터 알던 사이라……"

"아, 그랬지. 부럽다."

마호는 놀랐다. 호화 결혼식을 앞둔 고하루가 자신을 부러워하다니.

"나도 결혼 앞두고 이런저런 고민이 없었던 건 아냐."

"정말? 너희는 늘 죽고 못 사는 사이처럼 보였는데."

"나한테도 여러 일이 있어⋯⋯ 예를 들어 내가 결혼을 결심한 건 일을 관두고 싶어서였어. 사실 남들한테는 말 안 했는데, 회사생활에 적응을 잘 못했거든. 실적 채우는 일이 힘들다고 투덜댔더니 다이요가 결혼하자더라. 그러니까 너희 쪽이 훨씬 죽고 못 사는 사이일걸?"

"에이, 그건 좀⋯⋯"

둘은 무심코 서로 마주보며 웃었다.

"마호 너는 늘 흔들림이 없길래 행복하고 안정된 상태라고 생각했어. 그래서 내 결혼 따위는 소꿉놀이 같고 유치하다고 여기는 게 아닌가 했거든."

"전혀 아냐. 네가 얼마나 부러운데."

마호는 문득 할머니의 미소가 생각났다.

"어느 인생에도 절대적인 안정 같은 건 없어."

"그럴지도 모르겠네."

얼마간 얘기를 나눈 뒤 고하루가 돌아갔다.

머그컵을 씻고 있는데 잠에서 깬 다이요가 방에서 나왔다.

"미안, 나 때문에 깼어?"

"아니."

"얘기 다 들었어?"

"응. 조금 들리길래."

다이요는 컵을 씻는 마호를 뒤에서 끌어안았다. 다이요의 턱이 마호의 뺨에 닿았다.

"투덜대서 그랬던 거 아냐."

"응?"

"내가 너한테 프러포즈한 거. 네가 투덜대서 그랬던 게 아니라고."

"그치만 그땐……"

"줄곧 프러포즈하고 싶었지만 좀처럼 입을 못 열던 차에 네가 그런 말을 해줘서 숟가락만 얹은 거야."

"진짜?"

"응."

그렇게 말하고 훌쩍 몸을 뗀다.

다이요는 쑥스러웠는지 잘 자라는 인사와 함께 곧장 침실로 사라졌지만 마호의 입에서는 유쾌한 웃음소리가 흘러넘쳤다.

정말이지, 어찌나 다정한 남자인지……

마호는 누구든 붙잡고 살짝 자랑하고 싶었다.

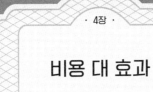

· 4장 ·

비용 대 효과

고모리 야스오는 작은 항구의 선착장에서 바다를 바라보며 담배 연기를 내뿜고 있었다.

"더 안 마셔요?"

뒤에서 젊은 여자의 목소리가 들려와 돌아보려는데 등에 털썩하고 부딪히는 충격이 느껴졌다. 부드럽고 따뜻하면서 좋은 향기가 나는 여자가 자신을 껴안고 있는, 상당히 자극적인 상황이라는 사실을 바로 깨닫는다.

야스오는 어획된 꽁치를 이른아침에 가공한 뒤 종이상자에 담아 출하하는 공장에서 며칠 전부터 숙식하며 아르바이트를 하고 있다.

꽁치잡이가 이제 막 시작된 참이라 오늘은 어획량이 적어 오후 세시 무렵에 작업이 끝나버렸다. 그길로 바다 근처에 세워진 기숙사에서 계절 노동자들끼리 술판을 벌였다.

"뭐야. 레나 너 취했어?"

"네, 취했어요."

레나는 스무 살 안팎의 대학생인데, 팔다리가 길고 부드러운 갈색 머리가 매력적인 여자였다. 이름에 무슨 한자를 쓰는지는 모른다.

화려한 용모와 옷차림이나 말투를 보고 잘사는 집 애라는 건 알 수 있었다. 그런데 하루가 끝날 무렵 등이 쑤시고 온몸에 비린내가 배는 힘든 아르바이트에 몸을 던졌다는 건, 평소 어딘가 부족하고 만족되지 않는 뭔가를 끌어안고 생활했다는 의미일 것이다. 야스오는 지금껏 그런 여자애들을 많이 봐왔다.

야스오는 몸에 엉겨붙은 손을 능숙하게 풀어낸 뒤 매정해 보이지 않을 정도로 자신에게서 떼어낸다.

"아하하하하하."

괜히 한번 큰 소리로 웃는 것도 잊지 않는다.

"야스오 씨는 더 안 마실 거예요?"

"이미 충분히 마셨어. 아저씨는 이미 취했답니다."

"아저씨 아니에요. 청춘이란 인생의 어느 한 시기가 아니라 마음가짐을 뜻하나니."

"아하하하하하."

새뮤얼 울먼의 시라는 걸 알아차렸지만 마음은 차갑게 식어갈 뿐이다. 청춘에 대해 떠들 생각이라면 연금 따윈 받지 말라고 한소리 해주고 싶은 늙은 교수의 얘기를 대학 수업에서 듣고는 그대로 따라 읊는 거겠지. 야스오는 그녀의 말을 웃어넘기면서 멍청한 척을 한다.

"나는 마음가짐도 아저씨야."

누가 뭐라든 이제 곧 마흔이라며 재차 중얼댄다.

레나는 야스오가 피우는 담배를 슬쩍 빼내더니 자신의 입에 물었다.

"맛있네."

눈웃음치며 그렇게 말한다.

정말이지…… 그런 뻔한 수작은 좀 작작 부렸으면 좋겠다.

그래도 예전 같으면 분명 그녀를 그대로 침대에 끌어들였을 거라는 생각에 너무 차갑게는 대할 수 없다.

"야스오 씨는 남들이랑 조금 다른 거 같아요."

"뭐가?"

"생각하는 거나 분위기? 약간 해탈한 사람 같다고 해야 하나?"

"아저씨라서 그래."

그리 오래된 일도 아니다.

일이 년 전까지만 해도 온갖 계절 아르바이트를 전전하며 그곳에서 마음 맞는 여자와 잠깐 동안 커플로 지냈다.

애인을 두고도 그런 생활을 십 년 가까이 해왔던 것이다. 모토키 기나리와 본격적으로 사귀기 전까지는.

"야스오 씨는 여자친구 있어요?"

있다고 대답하면 간단히 레나를 떨쳐낼 수 있겠지만 왠지 그러고 싶지 않았다.

애인이 있어서가 아니라 이제는 그런 식으로 살고 싶지 않기 때문이다.

하지만 그럴듯하게 거절할 이유가 생각나지 않았다.

"어……"

실제로 있긴 있다.

기나리와는 이곳으로 오기 전에 조금 서먹한 일이 있었지만 아마 아직 사귀는 중이 맞을 거다.

"나, 야스오랑 결혼하고 아이도 갖고 싶어. 정 안 되면 아이만이라도 좋아. 자기는 그럭저럭 괜찮은 대학을 나와서 머리도 좋고, 얼굴도 내 취향이고, 성격도 다정하잖아. 유전자가 나쁘지 않아."

기나리다운 거침없는 말이었다.

유전자라니.

기나리와는 사귀고 헤어지기를 반복하면서 벌써 십 년 가까이 만나왔다. 처음 만났을 때 이 레나라는 애와 비슷한 나이였다.

서른 살이 넘은 여자가 슬슬 아이를 갖고 싶어하는 건 당연한 일이겠지만, 기나리와 처음 만났을 무렵에는 이렇게 유전자를 요구받는 사이가 되리라고는 생각도 못했다.

솔직히 대학생이고 젊으니 뒤탈 없이 만날 수 있는 여자라고 생각했다. 이십대 후반에 접어들었던 야스오에게 동년배 여자는 부담스러웠다.

기나리와는 인도 바라나시의 갠지스강 근처 숙소에서 만났다.

당시 야스오나 그 주변 여행자들은 다들 매일같이 비슷한 일과를 보냈다.

종과 기도 소리에 잠을 깨서 그대로 어두운 골목을 지나 갠지스강으로 내려가 차이를 마시며 아침해를 맞는다. 그대로 멍하니 강을 바라보다 숙소로 돌아와 아침밥을 먹고 점심 무렵까지 다른 여행자들과 얘기를 나누거나 카드게임을 한다. 저녁이 되면 다시 강으로 가서 차이를 마시고 숙소로 돌아와 저녁밥을 먹으면서 또 떠들어댄다.

몇 개월째 그런 나날을 보내던 중 기나리가 나타났다.

"매일 이렇게 비생산적으로 살아서 되겠어요?"

기나리는 인도에 온 뒤 열정적으로 유적들을 순회했다. 그리

고 숙소에서 야스오 무리를 발견하면 늘 그렇게 말했다. 화내는
건 아니고 웃는 표정이었지만 목소리가 커서 호통치듯 들렸다.

기나리도 관광이 끝나면 대화하는 무리에 끼거나 그곳을 떠날
거라고 야스오는 생각했다. 그곳에 오는 사람들이 다 그렇듯.

그런데 기나리는 그 어느 쪽에도 속하지 않고, 유적들을 한 차
례 견학한 다음 두 바퀴째를 시작했다. 그런 사람은 거의 없었다.

인도의 분위기는 마음에 들지만 남들처럼 나태하게 늘어질 생
각은 없다는 뜻이었으리라.

특이한 사람이라고 생각했다.

그러던 어느 날 문득 야스오가 카트만두에 가지 않겠느냐고
권했더니 그녀가 천진하게 기뻐하며 따라왔다.

기나리는 인도나 바라나시가 마음에 들었던 게 아니라 야스오
가 마음에 들었던 것 같았다.

그후로도 한동안 적당한 만남을 가졌는데, 몇 년쯤 전부터 기
념일을 챙기고 서로의 집을 오가는 사이가 되었다.

그 여자가 유전자를 달라고 요구하다니……

나이를 먹는 건 누구라도 예외가 없다.

심지어 기나리가 그러는 이유는 바로 미쿠리야 고토코와 그
손녀 때문이다.

그 고상한 할머니에게 "요즘 젊은 여자가 꼬셔도 섹스할 마음

이 안 드는데 왜 그럴까요?" 하면 어떤 표정을 지을까.

그런 생각을 하자 저도 모르게 웃음이 터졌다.

"어, 야스오 씨 왜 웃어요? 레나가 이상해요? 나, 무슨 이상한 말이라도 했어요?"

레나가 어리숙한 투로 말했다.

아니, 대화 흐름상 거기서는 "앗, 지금 여자친구 생각했죠!"라고 말해야 하는 것 아니냐고 야스오는 한마디하고 싶었다.

아마 레나는 자기 생각밖에 못할 만큼 젊고 인기가 많을 테지.

야스오는 옆에 있는 어린 여자애가 한층 더 귀찮게 여겨졌다.

그런데 할머니라면 눈썹 하나 까딱하지 않고 "아, 그건 말이지, 그럴 나이가 된 거란다. 의사 선생님께 제대로 진찰받아보렴" 같은 대답을 하리라고 생각하니 더욱 웃음이 새어나왔다.

"왜요?"

"아무것도 아냐."

혀 짧은 소리를 내며 일부러 더 취한 척하는 여자에게 설명하는 것도 귀찮아 야스오는 저도 모르게 그 가느다란 손목을 붙잡아버렸다.

이곳에 오기 얼마 전, 기나리와 함께 할머니의 손녀인 이도 마호의 집에 갔었다.

할머니, 즉 미쿠리야 고토코와는 홈센터에서 만났다. 떨이 판매중이던 비올라 모종을 사서 반으로 나눈 일을 계기로 친해졌다. 집이 가까워 야스오가 계절 아르바이트를 하러 가거나 해외에 나가느라 집을 비우는 동안 정원에 물 주기나 집안 환기를 부탁하고 있다. 기나리에게 부탁해도 되지만 그녀도 일 때문에 집을 비우는 경우가 많아 신경쓰게 하고 싶지 않았다.

그렇게 이웃사촌으로 친분을 이어가는데 얼마 전 "이다음에 우리 손녀 집에 놀러오지 않겠니? 그애도 네가 보고 싶다는구나" 하고 초대를 받았다.

그런데 그 손녀가 독신이라면 대단히 기뻤겠지만 남편과 딸이 있다는 게 아닌가.

남편은 소방 공무원이고, 볕에 진하게 그을린 외모에 건장한 체격을 지닌 성실한 스물아홉 살. 그리고 사진으로 봐도 십오 년 뒤 한번 더 만나보고 싶을 만큼 예쁘장한 세 살배기 딸.

그런 만점짜리 가정에 대체 무슨 낯으로 가야 할지 막막해서 그만 기나리에게 함께 가자고 했다.

마침 둘이 같이 있을 때 고토코가 초대 메시지를 보내와 기나리에게 그걸 보여줬더니 "나도 갈래. 고토코 씨도 만나보고 싶고"라고 했다.

기나리는 착실히 대학을 졸업한 뒤 대형 여행사에 취직했다.

오 년쯤 다니다 그만두고 지금은 여행을 중심으로 다양한 기사를 쓰는 프리랜서 작가로 활동중이다. 그다지 잘 팔리진 않은 듯하지만 『여자 혼자 리조트 생활』이라는 책도 냈다.

그런 직업을 가졌으니 사교성도 있을 테고 그 집에서도 어색할 일은 없겠지 싶어 함께 가자고 했더니 결과가 그 이상이었다.

기나리는 이도 마호와 완전히 의기투합해 오랜 친구처럼 일이며 여행 얘기를 하더니, 나중에는 소득과 노후의 생활 계획까지 주절주절 늘어놓았다.

"하와이에 가고 싶다고? 그럼 가족끼리 느긋하게 쉴 수 있는 임대 별장을 알고 있으니 소개해줄게. 와이키키랑은 약간 떨어져 있지만 쇼핑센터가 가깝고 그만큼 가격도 싸."

"고마워요! 그런데 우리는 거기서 3박 정도만 머물 듯한데 괜찮을까요?"

"원래는 최소 일주일부터인데, 내가 주인이랑 잘 아니까 조정해줄게."

"우리는 영어도 못하는데……"

"괜찮아, 괜찮아. 별장 주인의 아내가 일본계 3세라 일본어를 조금 할 줄 알거든. 예약은 내가 해줄 수 있어."

"우와! 하나부터 열까지 정말 고마워요!"

얘기가 통하는 상대라는 걸 서로가 바로 알아본 모양이었다.

"기나리 씨 같은 일을 하는 사람은 복리후생이 어때요?"

기나리가 공무원 생활에 관해 물어본 다음 마호가 질문했다.

"나는 프리랜서잖아. 퇴직금도 없고 국민연금뿐이니까 살짝 불안하거든."

"응, 그렇죠."

"그래서 iDeCo*를 들어뒀고……"

"아, 그거 알아요. 최근에 공무원도 가입할 수 있어서 궁금했어요."

"진짜 추천해. 세금 공제를 받을 수 있거든."

"오, 그렇구나."

"퇴직금은 소규모기업공제라는 데 납입하고 있어. 이것도 세금 공제를 받을 수 있고 이율도 괜찮아. 스스로 본인의 퇴직금을 만드는 거라고 생각하면 돼."

"그런 것도 있군요."

"지금은 둘 다 상한액까지 채워서 넣고 있어. 프리랜서는 불안정하니까 언제까지 납입할 수 있을지 모르겠지만 가능한 한 열심히 해보려고. 그래서 나는 노후가 약간 기대되기까지 해."

"그것 참 바람직하구나."

---

* 일본의 개인형 연금펀드.

젊은이들의 대화를 기쁜 표정으로 웃으면서 듣고 있던 고토코까지 대화에 끼어든다.

"노후 대비는 해둬서 나쁠 게 없단다."

과연 그럴까. 지금 돈을 쓰지 않아 미래에 후회하진 않을까? 언제까지 살 수 있을지도 모르는데 죽기 직전에 역시 돈이나 마음껏 쓸 걸 그랬다고 생각하는 일은 없을까?

야스오는 속으로 그렇게 생각하면서도 전혀 그런 내색 없이 미소를 지으며 얘기를 듣는다.

참고로 야스오는 연금펀드나 공제는 말할 것도 없고 연금보험료조차 전혀 내지 않는다. 국민건강보험도 종료됐다.

"이토록 똑 부러진 사람이 야스오의 곁에 있어 아주 기쁘네."

고토코가 말하며 미소 지었으나 기나리가 그렇게까지 노후를 염두에 두었다는 건 야스오도 처음 알았다.

"그래서 말인데, 증권회사에 다녔던 마호 씨한테 상담하고 싶은 게 있어. iDeCo는 본인이 어디에 투자할지 정할 수 있잖아? 지금 절반을 예금으로 넣고 있고, 나머지의 절반을 토픽스* 연동 인덱스형 펀드, 다시 나머지를 마찬가지로 인덱스형 해외주식 펀드에 투자하고 있는데, 어때? 좀더 괜찮은 상품이 있으면 바꾸

---

* 니케이지수와 함께 일본 증권시장을 대표하는 주가지수.

거나 투자 비율을 좀더 늘려볼까 싶기도 하거든."

인덱스가 대체 뭐지? 영어라면 색인이나 목차라는 의미겠지만 지금은 그걸 말하는 게 아닐 테다. 토픽스는 또 뭐야. 주술 같은 건가?

"장기 투자라면 수수료가 적은 인덱스형 펀드가 제일 좋다고 봐요. 수수료 적은 상품을 골라 복리 효과를 노리는 걸 추천해요."

"벌써 그렇게 하고 있어."

"기나리 씨, 역시 대단하네요."

그러더니 둘은 미국 야구선수처럼 하이파이브하며 환호했다.

뭐야, 복리라는 게 그토록 서로 기뻐할 일인가?

"투자 비율은 음…… 기나리 씨 나이에는 확실히 비율이 좀더 높아도 괜찮을 듯한데, 아무래도 투자는 자기 책임이 따르니까 제가 정할 일은 아니죠. 그래도 연금 수령까지 삼십 년 넘게 남았죠? 저라면 더 늘릴 것 같아요. 예금으로 모으는 건 오십대 이후부터 해도 늦지 않고요."

자기 책임이라니. 왠지 무서운 세계의 얘기를 하는 것처럼 들린다.

기나리도 야스오와 대화할 때보다 신나 보인다. 사귄 지 오래돼서 최근에는 말없이 밥만 먹을 때도 있으니까.

그 둘이 주고받는 주술 같은 단어들을 설마 다들 아는 걸까.

야스오는 겉으로 아무렇지 않은 척하면서도 내심 초조해서 두리번거리던 중 마호의 남편 다이요와 눈이 마주쳤다.

마호의 집은 작은 부엌과 방이 두 개 있는 구조다. 그 좁은 부엌 옆에 놓인 식탁에 옆집에서 빌려왔다는 의자를 추가로 놓고 성인 다섯 명이 앉아 있다. 검소하게 사는 건 찬성이지만, 이래서야 옆에 앉은 다이요와 팔꿈치가 닿을 것만 같다.

"야스오 씨, 원하시면 베란다에서 담배 피우셔도 돼요."

다이요가 시원스레 웃으며 도움의 손길을 내민다.

"야스오 씨 담배 피우세요?"

마호가 온갖 악의 근원을 본 듯한 표정을 지으며 놀란다.

"아니, 뭐 가끔……"

"피워. 내 앞에서는 안 그러는데 아르바이트할 때나 내가 모르는 곳에서는 피우는 거 같더라."

기나리도 잔소리꾼 부인처럼 인상을 쓴다.

그래서 야스오는 사실 그리 담배를 피우고 싶었던 건 아니지만 다이요와 베란다로 나갔다.

"내가 담배 피우는 거 어떻게 알았어? 평소엔 잘 안 피우는데……"

"선배 중에 애연가가 여럿 있거든요. 그래서 느낌이 왔어요. 저는 뭐 익숙하고, 연기도 신경 안 써요."

다이요가 술집 따위에서 선배를 위해 바지런히 흡연석을 찾거나 재떨이를 내미는 모습을 상상해본다. 다이요는 배려심 깊은 부하 직원이면서 모두에게 사랑받을 테지.

"술을 마시면 조금 피우고 싶어지더라고."

기나리가 선물로 가져온 귀한 지역 맥주를 마호의 요리에 곁들여 마셨다. 마호가 대접한 요리는 카드 포인트로 샀다는 제빵기로 반죽부터 만든 피자였는데 꽤 맛있었다.

"소방관은 몸을 단련하니까 담배 안 피울 줄 알았어. 이불 위에서 피운 담배가 화재 원인이 되기도 하잖아."

"공무원 중에는 피우는 사람이 꽤 많은 거 같아요. 고리타분한 세계잖아요. 그건 그렇고, 마호가 신나서 너무 말이 많았죠. 죄송합니다."

야스오에게는 지금 이 사과도 왠지 부부의 사이좋음을 과시하는 것처럼 느껴졌다.

"아, 아냐. 초대해줘서 기뻤어. 이런저런 얘기를 듣고 배운 점도 있고. 기나리도 나랑 있을 때보다 즐거워 보이고."

"마호가 평소에는 아이랑 둘이서 있으니 어른과 대화할 수 있어서 기쁜 모양이에요. 기나리 씨랑은 얘기가 통해서 그런지 특히 더하네요."

"그렇군. 아이 키우려면 힘들겠네."

야스오는 실로 남 일이라는 듯 중얼거렸다.

사람들이 왜 아이를 낳는지 이해되지 않는다.

아이가 싫은 건 아니다. 조금 전에도 낮잠 자기 전까지 줄곧 사호를 무릎 위에 앉히고 있었다. 사호가 먼저 자연스레 다가와 '안아달라'고 했고, 다들 아이를 좋아하는 사람을 알아보는 모양이라며 야스오를 놀렸다. 실은 해외 등지에서도 이상하게 아이들이나 동물들이 그를 잘 따른다.

그래도 아이를 갖고 싶다는 생각은 들지 않는다.

아이 갖는 걸 반대하지도, 물론 비난하지도 않는다. 다만 아이를 기르는 데 돈과 수고가 들고, 그렇게 정성껏 기른다 한들 제대로 자랄지도 모르는 일이다. 늙어서 수발받는 건 고사하고 훗날 야구방망이에 얻어맞아 살해당할지도 모른다.

쏟은 비용에 비해 돌아오는 보상이 적다. 한마디로 가성비가 나쁘다. 비용 대비 효과가 최악이란 소리다. 저토록 경제관념이 투철한 마호가 어째서 최고로 효율이 나쁜 아이라는 선택지를 받아들인 건지 모르겠다.

야스오가 지금껏 독신인 건 그런 사고방식 때문이라고도 할 수 있다.

스스로도 냉정한 인간이라고 생각한다.

하지만 이상하게 주변으로부터는 그 반대의 평가를 받는 경우가 많았다.

"그런데 나는 저 얘기 전혀 못 알아듣겠어."

"실은 저도 잘 몰라요."

"어, 모른다고?"

"돈이나 투자에 관한 일은 전부 마호가 하고 있거든요."

그렇게 말하며 다이요가 싱긋 웃는다.

야스오는 솔직히 그가 대단하다고 생각했다.

자신이 벌어 온 월급을 전부 아내에게 넘겨주고 아무 불만이나 불안 없이 살아갈 수 있다니. 그런 사람만이 가정을 꾸리고 아이를 기를 수 있는 게 아닐까? 그것도 특별한 능력이다.

"저는 이게 좋아요. 아내가 강하고 똑 부러지게 집을 지켜주면 가정도 잘 굴러가는 것 같아요. 저희 본가도 그렇거든요."

그렇게 생각할 수도 있겠다. 야스오도 강인한 성격의 여자를 싫어하지 않는다. 다만 지금껏 그 강인한 면모를 결혼생활이 아닌, 야스오가 해외나 지방에서 빈둥댈 동안 그녀 혼자서 견디는 데 발휘하도록 했을 뿐이다. 의외로 결혼하면 잘살지도 모르겠다.

지금 당장은 엄두가 나지 않지만.

"다이요랑 얘기하니 배우는 점이 많네."

야스오는 순수한 마음으로 감탄했다. 최근 그는 평범하게 취직하고 결혼해서 그 생활에 충분히 만족하는 사람과 얘기할 일이 거의 없었다.

"에이, 무슨 말씀이세요. 야스오 씨 같은 분한테 제가 알려드릴 게 뭐가 있다고요."

다이요가 겸손한 말을 하며 얼굴 앞에서 손을 격하게 젓는다.

"다이요, 잘생겼으니 소방서 포스터라도 찍으면 좋을 텐데."

"이미 한번 했어요. 취직하고 삼 년 차에 신입 모집 포스터 모델을 했는데 휴일에 하루종일 붙잡아놓고 돈은 한푼도 안 주더라고요. 주위에서 어찌나 놀려대던지 끔찍했어요."

그걸 자랑하지도 않는 남자라니.

이 얼마나 백 점짜리 아빠인가.

그날 집으로 돌아갈 때 기나리는 기분이 좋았다.

"마호 씨랑 다이요 씨, 괜찮은 사람들이더라. 우리 주변에 없는 유형이라 처음에는 걱정했거든. 요즘 마호 씨처럼 제대로 된 경제관념을 지닌 친구가 드문데, 이다음에 취재를 부탁할까봐."

기나리는 잡지사에 기획서라도 내볼까 하며 혼잣말로 중얼댄다.

"아마 저쪽도 비슷한 말 하고 있을걸?"

"아, 그럴까? 그랬으면 좋겠다."

야스오가 비꼬려고 한 말은 아니었지만 그녀가 순순히 기뻐하는 모습을 보니 평소의 기나리는 대체 어디로 가버린 걸까 싶다.

군이 따지자면 보통 타인에 대한 평가가 엄격한 편이라 가끔 그녀가 비꼬듯 분석하는 점이 마음에 들었는데.

그러던 와중에 갑자기 그게 들이닥쳤다.

"……우리도 아이 갖고 싶지 않아?"

너무 갑작스러운 질문에 말문이 막혔다.

올해 마흔 살이 되는 고모리 야스오. 지금껏 살아오며 이런 제안을 받은 게 한두 번은 아니다.

학창시절의 가벼운 농담이나 침대 위에서 분위기에 휩쓸려 들은 말까지 더하면 양손으로는 셀 수 없을 터.

왜 여자들은 내게 아이를 요구하는 걸까.

이렇게나 가정에 안 어울리는 남자도 없을 텐데.

잠자코 있자 기나리는 야스오가 자기 아이의 부모로 적합한 이유를 들기 시작했다.

기나리의 얘기에 따르면 그런대로 고학력에 그런대로 잘생겼고 그런대로 다정하기 때문이란다.

분명 기나리는 예전부터 이런 걸 생각해왔겠지. 그게 마호 부부를 보고 무심결에 터져나왔을 테다.

그 사실을 뼈저리게 알기 때문에 야스오는 거절할 수 없다.

하지만 현실적인 문제로, 일정한 직업도 꿈도 없이 그저 빈둥대며 지내는 게 취미이자 인생의 목표인 남자가 뭘 할 수 있을까.

"나, 연금도 안 내고 있고 보험도 끊겼어."

이걸로 대답이 될진 모르겠지만, 일단 그렇게 말해봤다.

"알아."

역시 다 알고 있었군.

"당연히 모아둔 돈도 없어."

"알아."

"지금 사는 할머니 집에서도 언제까지 지낼 수 있을지 몰라."

집세가 들지 않으니 지금껏 버틸 수 있었다. 다만 그 집은 친척 소유고 야스오는 그저 관리만 할 뿐이라 언제 쫓겨나도 불평할 수 없다.

"그건 예상 밖이네."

그런데 기나리의 말투가 어둡지 않다.

"그런데도 괜찮겠어?"

야스오가 부정적인 의미로 내뱉은 말이었는데 기나리는 큰 소리로 "괜찮아!"라고 대답했다.

"돈은 나도 벌 수 있고, 우리집에 오면 되잖아. 집세 일부라면 경비*로 처리할 수 있으니 좀더 넓은 곳에서 살아도 돼."

"아니, 그럴 순……"

---

* 일본에서 소득신고시 공제할 수 있는 항목.

"그러니까, 반대로 그것들을 해결하면 되는 거잖아?"

"어?"

"지금 자기가 말한 문제를 해결하면 되는 거야? 연금은 지금부터 내면 돼. 과거 이 년분 소급해서 낼 수 있어. 건강보험도 가족이 되어서 내 밑에 들어오면 돼. 자기가 집안일을 맡으면 되잖아."

"음……"

야스오는 말문이 막혀 대답할 수 없었다.

홀로 집에 돌아간 뒤 페이스북을 켜서 만 명 가까운 친구의 근황을 빠짐없이 체크했다. 꽁치잡이 계절 아르바이트를 하는 친구를 찾아 '한 명 더 고용해줄 수 있느냐'고 부탁한 뒤 곧장 얘기를 마무리짓고 도쿄에서 도망쳤다.

그것을 마지막으로 기나리와 만나지 않았다.

야스오가 대학을 졸업한 건 일본에서 취직이 가장 힘들었던 2000년대다. 유효구인배율은 1.0 이하로 떨어지고 신규 졸업자 구인배율조차 0.9까지 떨어졌다.

Y대에 다니던 시절에도 지금과 마찬가지로 빈둥대며 살았지만 그건 졸업할 때까지만이라고 생각했다. 야스오도 학생 때부터 이랬던 건 아니다.

경기가 나쁘다는 소리는 많이 들었지만 어딘지 모르게 현실을 얕보고 있었다. 자신이 비집고 들어갈 회사가 한두 곳쯤은 있으리라 믿었다.

지금 생각해보면 Y대라고 내심 으스댔던 것 같다.

아르바이트와 여행을 반복한 탓에 성적은 최악이었다.

구직 활동 때는 별 준비도 없이 출판사 면접만 주구장창 도전하다 전부 떨어졌다. 마지막에는 어디든 상관없다고 자포자기 상태였는데 졸업 직전에 부동산 업체 영업직에 합격했다.

한 전철역 지점에 배정됐는데, 입사 첫날에 차를 내오는 방식이 엉망이라며 선배에게 호되게 혼났다. 아무것도 가르쳐주는 일 없이 펜슬하우스* 광고를 붙이게 하고 역 앞에 샌드위치맨으로 세우길래 그길로 관뒀다.

회사에 제대로 사의를 표하지도 않았다. 샌드위치맨 광고판을 역 가드레일에 기대어 세워놓고 걸어서 집에 갔다. 우편으로 사직서를 보낸 뒤 핸드폰 번호도 바꿨다.

그 회사는 훗날 악덕 기업으로 유명해져 신입사원이 자살했다는 뉴스가 나올 정도였으니 야스오는 후회하지 않는다.

---

* 좁은 토지에 다층으로 지은 단독주택. 길고 뾰족한 지붕이 연필과 닮아 탄생한 일본식 영어.

그렇지만 내심 한구석에 자신은 어느 회사를 가든 똑같았을 거라며 체념하는 마음이 있다.

야스오가 태어났을 때 아버지는 차남인 그에게 '훌륭한 사람으로 자라지 않아도 되니 안전하게 안심하면서 평안한 삶을 살길 바란다'는 마음을 담아 '야스오'*라는 이름을 지어주었다.

그 소원이 완전히 예상 밖의 결과를 불러온 것 같다.

아르바이트하던 곳에서는 "잔챙이 야스오"라 불렸고, 좀처럼 결혼 생각이 없다는 이유로 그와 헤어진 여자에게는 "역시 싸구려** 같은 남자네. 이름이 그 모양이니 싸구려 인생밖에 못 사는 거야"라며 비웃음을 당했다. 그 여자는 모 IT 기업 사주의 아들과 결혼해 아이 둘을 낳고 롯폰기힐스에 살고 있는데, 마치 야스오를 놀리듯 아직까지 호화로운 연하장을 보내온다.

하지만 잔챙이 인생도 나쁘지 않다.

계절 아르바이트로 벌 수 있는 돈은 한 달에 25만 엔에서 많아도 30만 엔이 될까 말까다. 다만 장소에 따라 기숙사가 있거나 식사를 제공해줘 생활비가 별로 들지 않는다. 이삼 개월이면 목돈이 손에 들어온다. 여행을 떠날지 주조의 집에 돌아갈지는 기

---

* 안전(安全), 안심(安心), 평안(安らか)의 '安'에 살다(生きる)의 '生'을 합쳐 야스오(安生)라 부른다.
** 야스오의 이름 중 '安'이라는 글자는 '값이 싸다'라는 뜻으로도 쓰인다.

분에 따라 다르다.

집에 돌아가면 거의 매일 집밥을 먹는다. 쌀은 사야 하지만(쌀 농가에서 아르바이트하면 받을 때도 있다), 빵집에서 식빵 테두리 한 봉지를 30엔에 사고, 채소는 직접 기르고, 생선은 저렴할 때 많이 사서 말리기도 한다. 도서관에서 책을 빌려 오면 그야말로 소규모 '청경우독'*의 세계다. 아니면 '고등유민'**? 자신이 그다지 '고등'은 아니지만.

전에 고토코에게 한, 일 년에 100만 엔으로 생활할 수 있다는 말은 진심이다. 사실 더 적어도 괜찮다. 그렇기에 목돈이 생기면 일을 바로 그만둔다.

자신은 인생의 낙오자다. 다만 그걸로 만족하고 있으니 이제 평범한 생활로는 돌아가지 못한다.

"너, 또 도쿄에 없다면서?"

다음날, 드물게 고토코에게 전화가 걸려왔다. 밤에 일을 마치고 기숙사 목욕탕에 다녀와 편히 쉬고 있을 때였다.

"너 그럼 못 써"라며 꾸짖는 소리에 야스오는 어제 일을 들킨

---

* 맑은 날에는 농사일을 하고 비 오는 날에는 책을 읽는다는 뜻으로, 부지런히 일하며 틈나는 대로 공부함을 이르는 말.
** 고등교육까지 받고도 직업 없이 노는 사람.

듯한 기분이 들어 무심코 죄송하다고 사과해버렸다.

말부터 내뱉은 뒤에야 고토코가 알 리 없다는 사실을 깨닫고 대체 자신이 왜 사과하는 건가 싶어 고개를 갸웃한다.

애초에 고토코는 야스오가 도쿄에 없다는 사실을 어떻게 안 거지? 혹시 기나리와 서로 연락하는 걸까?

마호의 집에 갔던 날, 기나리는 마호는 물론이고 고토코와도 마음이 잘 맞았다. 설마 기나리가 고토코에게 일러바친 걸까. "제가 야스오에게 프러포즈를 했는데 아무 대답 안 하더니 연락도 없이 떠나버렸어요" 같은 소리를 하면서.

더 기운이 빠졌다. 예전부터 여자들의 그런 '동지의식' 같은 게 불편했다.

"선생님, 야스오가 기나리를 울렸어요!" "야스오가 나빠!" 같은 것 말이다. 학급 회의도 아니고…… 그럼 마호가 반장이고 고토코는 담임 선생님인가?

늘 시원시원한 멋쟁이 할머니 고토코였는데, 조금 실망스럽다.

"제대로 말을 하고 가야지. 안 그럼 정원에 물을 줄 수 없잖니."

야스오는 생각지도 못한 잔소리에 깜짝 놀랐다. 그제야 자신이 멋대로 착각해서 고토코에게 화나 있었다는 사실을 깨달았다.

"죄송해요."

잘 생각해보면 내가 먼저 상담했다면 모를까, 고토코 같은 사람이 부탁받지도 않은 타인의 일에 간섭할 리 없다.

"가을이라고 해도 아직 덥잖아. 이제 슬슬 가을에 파종하는 배추나 완두콩 씨를 나눠줄까 싶어 집에 갔더니 아무도 없고 정원 꽃들이 시들시들하더라. 어찌나 불쌍하던지. 깜짝 놀라 서둘러 물을 줬어."

"고맙습니다."

"꽃은 발이 없으니 힘들고 괴로워도 그 자리에 있을 수밖에. 사람이 멋대로 심은 거니까 제대로 책임을 지렴."

고토코는 꽃이나 밭에 관해서라면 아무리 사소한 일이라도 진심으로 화를 내는 모습이 참 귀엽다.

야스오는 기나리와 어색한 분위기가 되고 나서 충동적으로 집을, 도쿄를 뛰쳐나왔다. 솔직히 꽃은 완전히 머릿속에서 지워져 있었다.

예전부터 조금만 거북한 일이 생기면 도망쳤다. 이런 자신이 아이를 가질 수 있을 리 없다. 식물조차 제대로 기르지 못하는데……

"그래서 기나리한테 물어봤더니, 네가 어디론가 가버려서 모른다더구나."

역시 알고 있구나.

"무슨 안 좋은 일이라도 있었니?"

야스오는 고토코가 쓸데없는 참견이라도 하면 반항하려 했는데 예상과 다른 부드러운 어조에 마음이 뭉클해졌다.

"기나리한테 들으셨어요?"

"아니. 기나리가 고자질할 사람은 아니잖니? 나도 젊은 사람들 사이의 일을 일부러 묻진 않는단다. 그런데 인사도 없이 떠나는 경우는 드무니까……"

확실히 고토코와 알게 된 이후로 이런 적은 없었다.

"좀…… 일이 있었어요."

기나리의 체면도 있으니 야스오는 자세한 사정까진 말하지 않았다.

"그랬어?"

"네."

"한번 집에 돌아오렴."

"이쪽 일도 이제 막 시작한 참이고, 제가 졸라서 들어온 거라 당분간은……"

"쉬는 날이 없어?"

"네."

"하루도 안 되겠니? 배추랑 경수채랑 완두콩 뿌릴 위치도 정해야 하는데…… 갓 씨앗도 샀는데 살짝 알싸하면서 맛있다더라. 너한테도 나눠줄게."

감사한 얘기다. 하지만……

"기나리하고 잘 얘기하면 되잖아."

"음, 그래도……"

"지금 씨를 안 뿌리면 겨울에 전골 요리할 때 아쉬울걸? 너, 배추 심는 건 올해가 처음이지?"

고토코가 채소 얘기만 하는 바람에 웃음이 터져나올 뻔했다. 그래서 이 사람을 좋아하는 거다.

가을이 되면 배추씨를 뿌리고 두 달간 정성스레 길러서 맛있는 전골 요리를 만드는 걸 낙으로 삼고 살아간다.

야스오의 돌아가신 할머니도 그랬는데, 어르신들이 아무렇지 않게 하는 얘기가 가끔 생각지도 못한 부분에서 마음을 사로잡을 때가 있다.

만일 지금 집에 돌아가 고토코 말대로 배추씨를 뿌리고 기나리와 얘기하면 자신도 좀더 잘할 수 있을까?

"오기 힘들겠니?"

"하루쯤이라면…… 쉴 수 있을지 물어볼게요."

실은 약간 돌아가고 싶기도 했다.

고토코의 설득 때문만은 아니고, 어젯밤 자신이 저지른 일도 있으니까 말이다.

"배추는 생각보다 훨씬 커지니까 충분히 간격을 두어야 해."

"배추가 커봐야 지름 삼십 센티미터 정도지 않아요?"

"그건 시장에서 파는 배추잖아. 배추는 처음에 꽃처럼 크게 잎을 펼치다가 중간부터 봉오리가 닫히듯 결구된단다. 그러니까 사십 센티미터 이상 간격을 띄워야 해."

얼른 와서 씨를 뿌리라는 둥 배추의 발아 온도가 꽤 높다는 둥 몇 번이나 메시지를 보냈으면서, 야스오가 도쿄에 도착했더니 고토코는 착실히 씨부터 뿌려 기른 모종을 준비해 기다리고 있었다.

정원 한구석에 있는 야스오의 밭은 넓이도 1.7제곱미터밖에 되지 않는다. 가장 안쪽에 배추 모종을 심고, 앞쪽에 경수채랑 갓 씨앗을 뿌렸다. 그리고 집과 담장 사이 오십 센티미터쯤 되는 서쪽 틈새에 버팀목을 세워 다양한 품종의 완두콩 모종을 심는다.

고토코를 알기 전까지 이 죽은 공간은 쓰지 않았는데, 그녀의 추천으로 여름에는 오이나 여주, 겨울에는 완두류 등의 덩굴 채소를 심게 됐다. 석양볕만 들지만 잘 자란다.

"금방 딴 완두콩이 얼마나 단지 아니? 그걸로 콩밥을 지어보면 이제 산 거는 못 먹을 게다."

"이것저것 심어봤자 다 못 먹어요. 제가 집에 없을 수도 있고."

고토코는 입을 꾹 다물고 대답하지 않았다. 그 옆얼굴에 살짝 긴장감이 엿보인다.

"죄송해요."

여자들의 표정이 이렇게 굳어지면 이유를 몰라도 일단 사과하는 편이 좋다는 걸 야스오는 경험상 잘 알고 있다.

"괜찮아. 내가 먹을 거니까. 근처에도 나눠주고."

고토코가 미소를 지으면 오른뺨에 커다란 보조개가 생긴다. 오십 년 전 사내들이 이 보조개에 껌뻑 넘어갔으리라.

지금도 그 보조개의 위력이 커서, 과거의 사내들과 이유는 다를지언정 야스오는 고토코의 부탁을 거절하지 못한다.

"기나리한테는 연락했니?"

"아뇨."

"역시."

"젊은 사람들 일에는 간섭하지 않는 거 아니었어요?"

"간섭하는 건 아니고, 그냥 조금 아쉬울 뿐이야."

현관 쪽에서 드르륵하고 미닫이문 열리는 소리가 나더니 "안녕하세요" 하는 목소리가 들렸다.

기나리였다.

"아쉬울 뿐이라더니."

야스오가 고토코를 노려본다.

"그래서 기나리한테 잡담삼아 얘기했을 뿐이란다."

고토코가 시치미떼며 대답한다.

"기나리, 여기야! 정원 쪽!"

집안을 지나온 기나리가 툇마루에서 얼굴을 내민다.

"케이크 사 왔는데, 차 좀 끓일까요?"

아무 일도 없었다는 듯 기나리가 둘을 향해 웃어 보였다.

"응, 부탁해. 나는 차면 충분할 거 같아. 지금부터 갈 곳이 있어서."

부엌으로 들어가는 기나리의 뒷모습을 바라본 야스오는 한번 더 고토코를 노려본다.

"일만 벌여놓고 가시는 거예요?"

"정말 병원에 가야 하는 걸 어쩌겠니."

그런 말을 들으면 화낼 수 없다.

"어, 어디 아프세요?"

"내가 아픈 건 아니고, 며느리가 입원중이라 손녀들이랑 같이 병문안 가는 거야. 오랜만에 가족이 모이는 게 병원이라니……"

고토코는 조금 씁쓸한 표정으로 그렇게 말했다.

고토코가 돌아간 뒤 기나리와 부엌 식탁에 마주보고 앉아 차를 마셨다.

"진짜로 여기서 못 살게 되는 거야?"

기나리는 마지막으로 만난 날의 일 따윈 다 잊은 것처럼 집을 둘러보며 말했다.

"언젠가는. 내 집도 아니니까."

"옛날에 할머님이 야스오한테 남기겠다고 하셨다지 않았어?"

할머니는 마지막까지 이 집을 찾아왔던 야스오에게 집을 남기고 싶다는 유언을 남겼다.

실은 프리터*였던 야스오가 본가에 가는 게 거북해 해외여행과 아르바이트 생활 사이 짬짬이 이 집에서 지냈을 뿐이지 결코 할머니를 보살펴드렸던 게 아니다. 오히려 자신이 할머니한테 신세를 졌다고 생각한다.

"법적 실효성이 있는 유언도 아니었고, 혹시 그렇더라도 최소한의 권리가 친척들에게도 있으니 나눌 수밖에 없긴 해."

계절 아르바이트를 함께했던 사법시험 준비생이라는 남자에게 들은 정보다. 그렇게 귀찮은 일에 말려드느니 차라리 포기하는 편이 낫다.

다행히 친척들이 아직까지는 야스오를 이 집에서 살게 해주고 있다.

---

* 자유롭다(free)와 아르바이터(Arbeiter)를 합성한 일본식 조어로, 아르바이트로 생계를 유지하는 사람을 뜻하는 말.

"나한테 이 집을 살 만한 돈이 있으면 좋겠지만…… 언젠가는 팔아서 돈으로 나눌 수밖에 없는 모양이야."

그때는 시끄러운 일이 생길 듯하니 친척들도 다들 숨죽이고 일단 지켜보는 것일 테다.

마치 야스오와 기나리의 관계 같다.

쓸데없는 말을 하면서 정말 해야 할 얘기를 뒤로 미루고 있다.

"그렇게 되면 앞으로 어쩔 작정이야?"

야스오의 생각만큼 기나리는 뒤로 미룰 마음이 없는 모양이지만.

"글쎄……"

"우리집으로 와. 요전에 한 얘기랑은 별개로, 나는 우리 관계를 끝내고 싶지 않아."

"그건 고맙지만, 진짜 그걸로 괜찮겠어?"

"괜찮아. 다만 아무 말 없이 어딘가로 떠나진 마. 이제 자기에게 뭔가를 요구하는 일은 없을 테니까. 그냥 사라지지만 말아줘."

알았다고 대답하고 아무 일 없었던 듯 관계를 이어갈 수도 있겠지만 야스오는 그리 나쁜 사람이 못 되었다.

"이것저것 생각해봤는데, 아이를 갖겠다는 결심이 서지 않아."

그것만큼은 말해두고 싶었다.

"왜?"

"나한테 그만한 능력이 있을 것 같지 않아. 경제적인 면도 그렇지만 인간적인 면에서 포용력이나 인내심, 책임감 전부 부족해. 아직 그럴 용기도 없고."

"……알았어."

"그러니까 만일 네게 좀더 좋은 남자가 생기면 그 사람에게 가도 돼."

"그래도 괜찮겠어?"

기나리가 쓸쓸하다는 듯 웃었다.

"어쩔 수 없지."

"진짜 잔인한 사람이네."

스스로도 그렇다고 생각한다.

"그 대신이라기엔 그렇지만 지금 하는 아르바이트는 관두고 여기로 돌아올게."

"어, 정말?"

"한동안 여기에 있을 거야. 자기한테도 폐를 끼쳤고, 우리 관계를 한번 더 만회해보고 싶어. 배추도 길러야 하고."

기나리가 한층 더 슬픈 표정을 지으며 웃는다.

"진짜, 진짜 못된 사람이야."

그러고는 눈을 치켜뜨며 야스오를 살짝 노려본다.

"결국에는 화낼 수 없게 만들어버리잖아."

기나리와의 다툼은 언제나처럼 적당한 타협으로 끝났다.

그런데 그게 갑자기 들이닥쳤다.

"물 좀 줄래요?"라는 목소리에 야스오는 잠에서 깼다.

순간 자신이 지금 어디에 있는 건가 싶었다.

"야스오 씨."

한쪽 눈을 떴다. 눈부신 가을볕이 보인다. 나머지 한쪽 눈을 뜨자 겨우 초점이 맞았다.

"너구나."

얼빠진 소리가 흘러나온다. 아침에 밭 손질을 하고 툇마루에 드러누워 책을 읽다 잠들어버린 모양이다.

"네, 저예요."

눈앞에 레나가 있었다. 이름은 알지만 한자로 어떻게 쓰는지는 모르는 레나. 그녀가 고양이를 끌어안고 있었다. 옆집이 해외여행을 간 사이에 야스오가 맡고 있는 고다마라는 이름의 삼색 고양이다. 옆집 사람은 정원에 물 좀 줘달라는 야스오의 부탁은 거절했으면서 자기가 여행 갈 때는 고양이를 맡긴다. 불공평하다고 생각하지만 고다마가 귀여워서 거절하지 못한다. 손도 별로 안 가니 딱히 상관없기도 하고.

"네가 왜 여기 있어."

낯가림이 심한 고다마가 품속에서 버둥대는데도 레나는 꽉 붙들고 놓아줄 생각이 없어 보인다. 힘줄이 선 레나의 손가락이 고양이를 꾹 누르고 있는 걸 보니 야스오는 왠지 기분이 나빠졌다.

"물 한 잔 줄 수 있어요?"

"고양이 놔줄래?"

"네?"

"고양이가 싫어하잖아."

레나가 손을 놓자 고다마가 펄쩍 뛰어 도망쳤다.

야스오는 천천히 일어나 옆구리를 긁으며 부엌으로 향한다.

냉장고에서 생수를 꺼내 유리컵에 따른다. 그 물이 흐르는 걸 바라보고 있자니 서서히 머리가 맑아지면서 더욱 기분이 나빠졌다.

큰일이다.

잘은 모르겠지만 이 상황이 위험하다는 느낌이 든다.

전화번호도 주소도 알려주지 않았건만 레나가 대체 왜 이곳에 있는 걸까.

하지만 아무렇지 않은 척 물을 가져다준다.

고맙다는 말도 없이 레나는 툇마루에 앉아 물을 마셨다. 뒤로 젖힌 목 언저리가 새하얗다.

"무슨 일이야."

그녀가 물을 다 마셔갈 무렵 야스오가 물었다.

"뭐가요."

밉살스러울 만큼 태연해 보였다.

"여기 주소는 어떻게 알았어?"

"사무소에서 알려줬어요. 야스오 씨의 이력서를 봤거든요."

"그런 걸 잘도 보여주네."

요즘은 개인정보를 엄격히 관리하는데 말이다. 뭐, 그쪽 남자들 모두 레나를 좋아했으니 간단했겠지.

"야스오 씨의 아이를 임신했다고 하니까 알려줬어요."

무심코 큰 소리로 웃어버렸다. 이런 농담이 싫진 않다.

"이야, 너, 아르바이트하는 남자들한테 미움받겠는데?"

하지만 그렇게까지 해서 레나가 여기 올 이유가 대체 뭐란 말인가.

야스오는 문득 레나가 웃지 않고 있다는 사실을 깨달았다.

"농담이지?"

"농담이 아니라면요?"

"진짜야?"

"진짜예요."

무심코 숨을 삼켰다.

"나, 아이는⋯⋯"

필요 없다고 하려다 아무래도 너무한 말 같아 관뒀다.

"뭐…… 일단 얘기를 하자."

"그래요."

레나는 발밑에 놓인 보스턴백을 집어들고 툇마루에서 가벼운 발걸음으로 올라왔다.

"그러려고 온 거예요."

가지런히 모아놓은 신발은 플랫슈즈였다. 그녀는 발목까지 오는 양말을 신고 있다.

임신해서 굽 낮은 신발을 신은 걸까. 몸이 차가워지지 않도록 양말을 신은 걸까. 야스오는 쓸데없이 그런 예리한 판단을 하고 말았다.

"우리 한 번밖에 안 했잖아."

저도 모르게 그런 말이 나왔다.

"네에……"

그에 대한 대답인지 다른 대답인지, 레나의 목소리가 이미 집 안쪽에서 들려온다.

야스오에게는 먼저 할일이 있었다.

주조 상점가 카페에서 기다리고 있으니 기나리가 왔다.

"야스오, 무슨 일이야? 어차피 저녁에 만날 거잖아."

오늘은 야스오네 집에서 기나리와 전골을 해 먹을 예정이었다. 자라난 경수채를 솎아낸 걸 전골에 쓰고, 마찬가지로 솎아내기 한 갓은 샐러드를 만들기로 했다.

기나리가 샤부샤부용 돼지고기를 사 오기로 계획도 다 세워놓았다.

"마침 사카이야 정육점에서 가고시마산 흑돼지 등심을 샤부샤부용으로 팔길래 사 온 참이야. 조금 무리해봤어. 지방이 엄청 고소하대."

기나리가 기쁜 듯 고기가 든 봉투를 들어올려 보여준다.

"저기……"

뒷말이 나오지 않는다. 속에서 신물이 올라오는 것 같다.

"왜 그래?"

겨우 기나리도 야스오에게 무슨 일이 생겼다는 걸 눈치챈 듯했다.

"안색이 안 좋은데?"

"분명히 말하는데, 한 번밖에 안 했어."

"뭐?"

"이것만큼은 알고 들어줘."

"뭐가 한 번이라는 거야."

야스오는 침을 삼켰다.

"그게. 그러니까……"

그래, 그렇다.

야스오는 정말 그때, 그 아르바이트에서 딱 한 번밖에 하지 않았다. 완전히 사고랄까 분위기에 휩쓸렸던 것뿐이고, 그뒤에는 레나가 유혹해도 잘 피했다.

도쿄로 돌아온 건 물론 기나리를 위해서였지만 솔직히 그런 레나가 귀찮아졌기 때문이기도 했다.

"지금 우리집에 여자가 있어."

"여자?"

기나리의 표정이 순식간에 굳는다.

"꽁치잡이 아르바이트에서 알게 된 애야."

"올해? 얼마 전에 갔었던?"

점점 사정을 파악한 모양인지 기나리의 표정이 걱정에서 분노로 바뀌어간다.

"그애랑 한 번 했다는 거야?"

"응."

"이 바보가!"

기나리가 손을 뻗어 야스오의 머리를 때린다.

"미안."

이 정도 반응이라면 아직 괜찮다. 이 정도라면. 그렇대도 괜찮은 건 아니지만.

"그래서 그애가 지금 집에 와 있다고?"

"어, 응."

"멍청이!"

왜 주소를 알려줬냐는 둥 집에 찾아올 만큼 착각할 말을 한 게 아니냐는 둥 왜 이리 사람이 허점투성이냐는 둥 야스오는 한바탕 기나리의 잔소리가 끝나기를 기다린다.

이후에 있을 일을 생각하면 이런 건 아무렇지 않다. 준비체조 같은 것이다.

"잠시만 진정하고 들어줘."

잔소리가 너무 길어져 야스오는 일단 기나리의 말을 막았다.

"뭐야."

"그거 말고도 또 있는데……"

기나리가 겨우 입을 다물고 원망스럽다는 눈빛으로 그를 바라본다.

"실은…… 걔가 내 아이를 가졌대."

"뭐라고?"

기나리의 놀람과 슬픔과 비참함이 뒤섞인 비명 같은 그 목소리를 야스오는 앞으로도 쭉 잊지 못하리라.

"임신했대. 잠깐 얘기해봤는데 지울 생각이 없나봐. 진짜 미안하지만 나는 아이를 갖고 싶지도 않고, 그 여자랑은 아무 감정도 없고, 결혼한다 한들 좋은 결과가 안 나오리란 걸 벌써 아니까 좀더 잘 생각해보고 냉정히 판단해달라고 말했는데……"

기나리는 더이상 큰 소리로 화내지도 잔소리하지도 않았다. 그저 말없이 울기 시작했다. 소리도 거의 내지 않고 눈물만 뚝뚝 흘렸다.

"그랬는데, 일단 지금은, 걔…… 레나라고 하는데."

여전히 그 이름을 어떻게 쓰는지도 성이 뭔지도 모른다.

"지울 생각이 없대. 아이를 낳아 나랑 결혼해서 그 집에서 같이 기르고 싶다고 그러네."

기나리는 왼팔을 탁자에 얹고 손바닥으로 한쪽 눈을 가리듯 고개를 숙였다. 어깨의 떨림이 더 커지는데도 소리는 전혀 내지 않는다.

"앞으로도 계속 얘기해볼 생각이야. 일단 나는 걔에 대해 거의 모르기도 하고. 그러니까……"

"……이런 일이 생기지 않을까 생각했었어."

기나리가 목소리를 쥐어짜듯 말했다.

"뭐?"

"언젠가 이런 일이 생기지 않을까 늘 걱정스러웠어."

"그랬어?"

그럼 자신에게 경고라도 해줬다면 좋았을 텐데……

"당신, 진짜로 늘 불안정해 보였으니까."

기나리와 오랫동안 사귀어오면서 '당신'이라 불리는 건 처음이었다.

"나, 어떻게 해야 할지 더는 모르겠어."

기나리는 가방에서 손수건을 꺼내 얼굴을 닦았다. 겨우 눈물이 그친 듯했다. 하지만 금세 다시 양손으로 얼굴을 가렸다. 또 눈물이 터져나온 모양이었다.

"나도 당신이랑 결혼하고 싶었어. 아이도 갖고 싶었다고. 계속 그것만 꿈꾸고 있었는데."

그러고서 기나리가 띄엄띄엄 레나에 관해 물었다.

몇 살인지, 어떻게 생겼는지, 어느 대학을 다니고 부모님은 어디서 무슨 일을 하시는지 하는 것들을. 야스오는 아는 범위 내에서 열심히 대답하려 했지만 말할 수 있는 게 거의 없었다.

기나리는 하나하나 대답을 들을 때마다 야스오의 머리를 때리고 눈물을 흘렸다.

"왜 하필 그애야? 왜 내가 아니냐고!"

마지막으로 그렇게 말한 기나리가 그제야 큰 소리로 울었다. 통곡이라는 말을 그대로 옮긴 듯한 울음이었다.

"내가 기대했던 노후는, 아이를 독립시키고 융자 없는 아파트에 살면서 특별히 풍족하진 않아도 가끔 여행을 다니고…… 그리고 당신이 곁에 있는 거였어. 왜 그런 소박한 꿈조차 이룰 수 없는 건데?"

그 무렵에는 이미 카페 안의 모든 손님이 무슨 사정인지 알아챘다. 쥐죽은듯 조용한 가게 안에 울음소리가 울려퍼졌다. 처음에는 호기심에 찬 눈빛도 있었지만 이제 그런 얼굴을 한 사람은 없고 불편한지 하나둘 밖으로 나갔다.

"결국 우리는 인연이 아니었나봐."

기나리가 자신에게 타이르듯 중얼거리더니 비틀비틀 일어나 카페 밖으로 나갔다.

흑돼지고기가 담긴 봉투는 두고 갔다. 결혼선물이라 말하며 웃는 그녀의 모습이 애처로웠다.

"결국 임신은 아니었던 거지?"

"네."

기나리가 그렇게 울며 떠난 지 일주일, 야스오는 고토코와 마주앉아 전골을 먹고 있었다.

기나리가 준 흑돼지고기를 썼다. 그날 기나리가 사준 돼지고기를 레나와 먹을 마음이 차마 들지 않아 그대로 냉동실에 처박아둔 것을 해동했다.

임신 소동은 불과 며칠 만에 끝났다. 간단했다. 생리가 시작되
자 레나가 미련 없이 집을 나갔다.

"왜 기나리에게 말하기 전에 제대로 확인하지 않은 거니? 약
국에 가면 간단히 확인할 수 있는 걸 팔잖아. 병원에 가도 되는
거였고."

"남자들은 그런 거 몰라요. 게다가 저는 예전부터 결혼이니 임
신이니 하는 걸 피해왔으니 아마 그런 정보를 제대로 인식하지
않았겠죠. TV 광고 따위를 봐도 뇌가 멋대로 차단해버려요."

"어쩌면 임신했다는 것부터가 거짓말 아니었을까?"

"네?"

"너를 시험했던 건지도 모르지. 그런데 네가 전혀 반응하지 않
으니 포기한 걸지도……"

레나가 그 정도로 자신에게 집착한다고는 생각지 못했다.

"기나리에게는 연락했니?"

"일단은요."

솎아내기를 한 경수채는 십 센티미터쯤 됐는데 부드럽고 맛있
었다. 살짝 데친 다음 얇게 저민 돼지고기로 싸서 고토코가 가져
온 폰즈소스를 찍으면 끝없이 먹을 수 있다.

하지만 야스오는 음식이 잘 넘어가지 않았다. 레나가 집에 들
이닥친 이래 오랜만에 하는 제대로 된 식사인데도 말이다.

"임신이 아니었다고 메시지는 보냈어요."

"이런 건 내가 아니라 기나리랑 먹어야지."

고토코가 돼지고기가 담긴 접시를 가리킨다.

"읽었다는 표시는 떴는데 아무 답장이 없어요."

"한 번만 보냈니?"

"네……"

"몇 번이고 보내야지."

"아니, 이런 말은 그렇지만 저도 기운이 빠졌다고 해야 하나, 지난 일주일 동안 지쳐서 그럴 기력도 없었어요."

"정말 자기 생각만 하는 이기적인 사람이구나. 기나리는 기운이 빠진 정도가 아닐 텐데…… 네가 그런 사람일 줄은 몰랐다."

이 역시 남들이 야스오에게 많이 하는 말이었다. 그런 사람일 줄 몰랐다, 사람을 잘못 보았다…… 자기들 멋대로 기대해놓고 멋대로 실망하지 않으면 좋겠다고 야스오는 늘 생각한다.

"그래도 조금은 안심하지 않을까요?"

"그야 그렇겠지만 이제는 전부 질렸을지도 모르지. 네게 더는 휘둘리기 싫어졌을 수도 있고."

오늘따라 고토코가 차갑다.

"그렇네요."

"나도 이번 일을 들으니 사실 네가 약간 싫어지더라."

"죄송해요."

고개가 푹 수그러든다.

"임신은 안 했더라도 바람피운 건 변함없으니까."

"……그렇죠. 그래도 딱 한 번이었어요."

고토코가 냄비에 뻗었던 손을 다시 거둔다.

"밥맛 떨어졌어."

"죄송합니다."

"그 사과도 내가 아니라 기나리에게 하라는 소리야."

"네."

아무도 손대지 않는 전골이 부글부글 끓는다.

"어떻게 해야 할까요."

"어떻게 하고 말고가 어디 있어. 무조건 사과하고, 사과하고
또 사과해야지."

고토코가 야스오의 얼굴을 들여다본다.

"기나리를 좋아하는 건 맞지?"

"당연하죠."

야스오는 전골을 쳐다본다.

"……이번 일 겪으면서 새삼스럽지만 여러모로 생각했거든
요. 개가, 레나가 여기 있는 내내 그게 기나리였으면 좋았을 텐
데, 적어도 아이가 생길 거라면 왜 기나리하고가 아니었을까, 왜

이렇게 되어버렸을까. 그러다보니 일단 아이가 생기면 받아들일 수 있을지도 모르겠다는 생각이 들었어요."

"그럼 기나리랑 결혼할 마음도 있다는 거지? 그렇게 말하면 되잖아."

"그렇더라도 현실적으로 결혼해서 잘살 수 있을지 모르겠어요. 문제는 아무것도 해결되지 않았고 상황도 변한 게 없잖아요. 기나리에게 뭐라고 해야 좋을지 모르겠어요."

"그래도 아이를 낳을 거라면 기나리와 가졌으면 한다고 한번은 생각한 거지? 그 마음은 진심이라고 봐."

"뭐, 그렇죠. 그래도 이것저것 따져보면……"

"이것저것 따지면 아이 같은 건 못 가져."

"아니, 그래도 비용 대비 효과를 생각하면……"

"너, 비용 대비 효과 같은 소리나 하다간 절대로 아이는 못 낳는다. 아이든 결혼이든 불합리한 일투성이니까. 그럼 지금 네 인생은 어디가 그토록 비용 대비 효과가 좋다는 거니? 여행하고 아르바이트하면서 죽어가는 것뿐이면서 뭐가 그리 잘났어? 여행을 해서 대체 뭐가 남는데?"

"그 뭐냐, 스스로를 발전시키고 싶은 거죠."

"발전? 기나리처럼 그 경험을 기사나 책으로 쓰는 거면 몰라도, 너는 기껏 발전시킨 잘나신 몸을 대체 뭐에 쓰고 있는데?"

고토코로서는 드물게도 빈정거림이 섞인 말투였다.

알고 있다. 고토코가 군이 지적하지 않아도 그런 것쯤은 잘 안다. 그러니 지금껏 자신의 인생에 대해 깊이 생각하지 않고 도망쳐온 거다. 하지만 그토록 심하게 몰아세우면 야스오도 가만히 있을 수 없다.

"뭔가를 만들어내야 결과인가요? 저 자신이 스스로 나아졌다면 그걸로 충분하다고 생각해요. 스스로 납득할 수 있는 인생을 보낼 수 있으면 된 거죠."

"납득? 그래, 이 집에서 혼자 잘 납득하고 있으려무나."

고토코가 자리에서 일어났다. 정말 화가 났는지 들고 온 가방을 손에 쥐고 현관으로 향한다.

야스오는 당황해서 그 뒤를 쫓아간다.

"비용 대비 효과? 참 나, 그렇게 비용 대비 효과가 중요하면 그냥 아예 여기서 죽어버리렴. 그게 제일 효과적이지 않겠니? 밥도 안 먹어도 되고, 집도 상하지 않고, 옷이나 돈도 필요 없으니 아득바득 일할 필요도 없잖아?"

고토코가 걸어나가면서 그렇게 내뱉는다.

"애초에 네 부모님이 비용 대비 효과를 생각했으면 너 같은 건 여기 있지도 못했어."

그러고서 고토코는 현관에서 신발을 신고 뒤돌아본다.

"인생은 원래 불합리한 거야. 불합리한 일이 없다면 절약이니 경제니 하는 게 왜 필요하겠니? 절약은 살아가는 걸 받아들인 다음에 하는 거야. 비용 대비 효과 따윈 없다는 사실을 받아들여야 절약도 할 수 있어. 안 그럼 나 같은 늙은이는 이만 죽어버리는 편이 낫다는 소리 아니니?"

"죄송해요. 그런 뜻이 아니었어요."

야스오는 맨발로 현관 바닥까지 내려가 절대로 놓지 않겠다는 듯 고토코의 옷자락을 붙잡았다.

"제 생각이 틀렸어요. 진심으로 죄송해요. 가지 마세요."

"정말이지, 이 멍청이가!"

머리를 맞았다. 그것도 꽤나 세게.

"……처음으로 다른 집 애를 때려봤네."

고토코가 크게 한숨을 내쉬었다.

"나도 말이 지나쳤던 거 같아. 미안하구나."

"이제 어쩌면 좋을까요. 기나리 일도 그렇고……"

"꽃이랑 달콤한 거라도 사 들고 가 솔직한 마음을 얘기하렴. 그리고 무릎을 꿇은 다음에……"

"그래도 용서해주지 않으면요?"

"꽃, 달콤한 것, 무릎 꿇고 빌기. 그리고 또 빌기. 그런 다음에 프러포즈."

"네?"

"이제 결심했잖아?"

과연 그럴까? 이제 정말 결심이 선 걸까?

야스오는 고토코의 옷을 붙잡은 채 고개를 떨군다.

"몇 번이나 말하지만, 기나리를 이렇게 꼭 붙들고 놓치지 마렴."

고토코는 자신을 옷을 붙잡고 있는 야스오의 손을 가리켰다.

"너는 최악의 남자지만, 뭐랄까 마음속에 좋은 부분, 착한 부분이 숨어 있는 게 아닐까 하고 기대하게 만들어. 그래서 언제까지고 너와 어울리게 돼. 나조차 네가 이렇게 굴면 실은 뭔가 있을 거라고, 네 진짜 모습은 이게 아닐 거라고 생각한단 말이야. 그 점이 참 약았어."

그렇다. 야스오는 언뜻 붙임성이 좋아 보여 모두에게 호감을 산다. 그러고는 나중에 사람들이 배신당했다며 화를 낸다.

"나도 꼭 결혼하라거나 아이를 가지라는 소리를 하는 건 아냐. 그런데 너는 기나리를 좋아하고 놓치고 싶지 않은 거지? 그럼 잘 얘기해서 서로 타협점을 찾아봐야지. 어느 한쪽만 계속 참으면 그 관계는 성립되지 않는단다."

"알았어요."

과연 할 수 있을까, 야스오는 생각했다.

집 앞에 서 있는데 기나리가 돌아왔다.

야스오는 사람과 눈이 마주치면 저도 모르게 씨익 웃는 버릇이 있다. 당연히 기나리는 마주 웃어주지 않았다.

기나리의 집 앞에서 기다리기 시작한 지 사흘째였다. 입구에 설치된 잠금장치 때문에 건물 안으로 들어갈 순 없다.

어쩔 수 없이 지난 이틀은 달콤한 것(첫날은 고토코가 일하는 미나토야의 밤양갱, 둘째 날은 초콜릿 크루아상)을 우편함에 넣어놓고 왔다.

기나리한테는 아무 반응도 없었다.

이날은 정오부터 쭉 아파트 앞에서 기다리기로 했다.

이러면 언젠가는 돌아오거나 나서는 모습을 볼 수 있을 테다. 야스오에게 시간이라면 얼마든지 있다.

기나리는 저녁 여덟시 무렵에 돌아왔다. 야스오가 여덟 시간 내내 밖에 있었다는 소리다.

9월 말이라고 해도 아직 햇빛이 강하다.

예전에 베트남에서 산 농사용 원뿔 모자, 수분 보충을 위한 물통, 접이식 의자를 준비하고 시간 때우기용으로 마루야 사이치의 『늦가을 바람비』 문고본을 가져왔다.

아카바네의 조금 후미진 주택가라 오가는 사람도 별로 없다.

이따금 수상한 사람을 보는 듯한 눈길을 받긴 했지만 다행히 신고를 당하진 않았다. 의자까지 있으니 교통량 조사 같은 걸 하나 보다 했을지도 모른다.

"기나리!"

그녀가 야스오를 힐끗 보고는 현관에 들어가려 하기에 그가 큰 소리로 불러 세웠다.

"일단 이것만 받아줘."

오늘은 고토코가 충고한 대로 작은 꽃다발을 가져왔다. 상점가 꽃집에서 500엔쯤 주고 샀는데 야스오의 손안에서 시들시들해졌다.

달콤한 건 더 생각나는 게 없어 상점가 빵집에서 식빵 한 덩이를 사 왔다. 식빵만 파는데 매일 줄이 늘어설 만큼 인기 있는 집이다.

"언제부터 있었어?"

기나리가 정면 현관의 비밀번호를 입력하며 말했다.

"낮부터."

"계속?"

"응."

"당신, 바보야?"

그러고는 식빵을 내려다본다.

"이렇게나 많이 못 먹어."

"남으면 버려도 돼."

"나는 음식 같은 거 잘 안 버려."

거기서 야스오는 가져온 짐을 옆에 내려놓은 다음 무릎을 꿇고 고개를 바닥에 숙였다.

"정말 미안해. 용서받으리라고는 생각 안 하지만 그냥 이 마음만은 전하고 싶었어."

기나리가 심호흡하는 기색이 전해져왔다.

"전부 다 미안. 내가 진짜 멍청했어."

아무 대답도 들리지 않아 조심조심 고개를 든다.

기나리는 그저 굉장히 슬픈 얼굴을 하고 있었다. 야스오는 또 당황해서 고개를 숙인다.

"정말 미안!"

"미안? 웃기지 마!"

야스오는 엉덩이에 강렬한 아픔을 느끼는 동시에 옆으로 쓰러졌다.

자신이 기나리에게 힘껏 걷어차였다는 사실을 깨닫는다. 순간적으로 숨이 멎을 만큼 아팠던 걸 보면 전혀 사정을 봐주지 않은 듯했다.

그러고 보니 기나리가 중고등학교 때 줄곧 축구부였고, 한때

현 대표로 뽑히기도 했다는 사실이 생각났다.

"이것만 받아줘. 모처럼 사 온 거니까."

야스오는 그대로 건물 안으로 들어가려는 그녀를 뒤따라가 매달리며 어떻게든 선물을 내민다.

기나리가 인형처럼 기계적인 손길로 그것을 받아든다.

"그냥 말해두고 싶어."

말을 꺼내는 것만으로 온몸이 아프다.

"그애가 있는 동안 그게 기나리였으면 좋겠다고 생각했어. 아이가 생길 거라면 왜 너와의 사이가 아니었을까 하고."

기나리는 말없이 야스오를 내려다보았다.

"아직 결혼할 자신이 없지만 누군가와 할 거라면 그 상대는 너라고 생각해. 우리 한번 더 얘기해볼 수 없을까?"

픽!

아까 야스오가 건넸던 꽃다발로 머리를 얻어맞았다. 작은 꽃들이 바닥에 흩어진다.

"제멋대로인 소리 그만해!"

"저기, 그래도, 앞으로 메시지 보내거나 전화해도 돼?"

"……맘대로 해."

그렇게 말하고 현관 안으로 들어가는 기나리의 뒷모습을 끝까지 바라본 뒤 야스오는 천천히 일어섰다. 부러진 데는 없는 모양이다. 다만 온몸이 아프다. 접이식 의자를 들어올렸다.

뭐, 그래도 괜찮다.

기나리가 메시지를 보내지 말라는 소리는 안 했다. 그건 아직 '이다음'이 있다는 소리다.

내일 또 찾아와야지.

자신에게는 아무것도 없지만 시간만큼은 많이 있으니까.

늘 단출하게 살고자 했던 자신이 이런 식으로 상대에게 집착하는 건 처음일지도 모른다.

어떻게 하면 그 사실을 기나리에게 전할 수 있을까.

알루미늄 의자를 질질 끌면서 야스오는 걷기 시작했다.

5장

황혼이혼의
경제학

오랜만에 돌아온 집이 어딘지 모르게 낯설다.

이상한 냄새가 난다. 악취는 아니지만 지금껏 느껴본 적 없었던 독특한 냄새다.

우리집에 이런 냄새가 났었나?

미쿠리야 도모코는 조금 당황한다.

열흘간의 입원을 마치고 돌아왔으니 낯설음이 느껴지는 건 당연하다며 스스로를 안심시켜본다.

"다녀왔습니다."

대답해줄 사람이 없다는 걸 알면서도 말해본다. 그렇게 말한 것만으로도 조금 안심이 된다.

거실로 가서 소파에 앉는다. 아랫배에 작은 불쾌감이 느껴졌다.

이십삼 년 전, 삼십 년짜리 융자를 받아 이 집을 지었다. 조기 상환을 해왔는데도 아직 융자금이 약간 남아 있다.

그래도 '내 집'이었다.

단독주택을 관리하는 데는 생각보다 돈이 든다. 오 년에 한 번씩 외벽을 다시 칠하고, 그 시기에 지붕도 점검한다. 손바닥은커녕 콧구멍만한 집 앞 작은 공간에는 품이 들지 않는 아이비를 심었다 (원예에 정통한 시어머니가 추천했다). 물론 청소도 자주 한다.

정성도 돈도 적지 않게 쏟아왔다고 자부한다.

그런데 지금은 몹시 어수선하고 낯설다.

늘 정리정돈에 신경써왔으니 집안이 마구 어질러진 건 아니지만 전체적으로 곳곳에 자잘한 먼지가 떨어져 있는 듯한 느낌이다. 시어머니가 몇 번인가 와서 청소를 해줬을 텐데도.

남편은 한 번도 청소기를 돌리지 않았을 테고, 막대걸레로 대충 닦는 일조차 안 했을 테다. 먼지 한 톨 없는 병원에서 이제 막 돌아와 그런지 굉장히 짜증난다. 청소를 하고 싶다.

하지만 개복수술을 한 지 이제 열흘째다. 한 달간은 운동도 자제하라고 주의를 받았다.

"퇴원하면 뭐든지 남편분께 부탁하세요."

퇴원 직전 오리엔테이션에서 부인과 간호부장이 말했다.

"지금은 남편분이 제일 친절하실 때거든요. 부인을 위해 뭔가

214

해주고 싶다고 생각하실 거예요. 그러니 뭐든 의지하세요."

그러면서 장난스레 웃었다.

듣고 있던 환자들도 하나같이 웃었다. 이제 슬슬 퇴원이라는 생각에 무슨 말을 들어도 웃겼던 건지 몰랐다. 물론 도모코도 그때는 웃었다.

부탁하고 싶어도 상대방이 그럴 만한 능력이 없으니……

소파에 누우면서 도모코는 내심 빈정거린다.

남편 가즈히코는 집안일은 젬병인 사람이다. 해보려고 하지도 않는다.

도모코가 입원했던 동안에도 매일 저녁 일 킬로미터쯤 떨어진 어머니 집에 가서 밥을 얻어먹었다. 가끔 도시락까지 싸주신 모양이다.

시어머니는 요리도 집안일도 완벽하신데 그래선지 아들에게는 가사를 가르치지 않았다.

결혼 초에는 그래도 괜찮았다.

도모코는 딱 거품경제기에 이른바 'OL'*이라 불렸던 세대였다. '거품세대'로 싸잡힌 건 물론이고, '신인류'니 '공통1차세대'**

* 사무직 여성(office lady)을 뜻하는 일본식 영어.
** 1979~89년에 실시된 일본의 대학입학시험인 '대학공통제1차학력시험'을 현역으로 치른 1960~71년생.

니 하며 늘상 "복 받은 시대에 살아온 주제에 무슨 생각을 하는지 알 수 없는 인종"이라는 빈정거림을 들었다. 그러나 알고 보면 여전히 낡은 가치관을 주입당한 세대이기도 했다. 남자가 집안일을 하지 않는 건 당연하다고 여겼다.

지금의 삼십대나 사십대를 보면 조금 부럽다. 이십대인 자신의 딸들이야 뭐 부럽다는 말로도 부족할 정도다.

취직하기 쉽지 않았느냐며 무시당하면서 실제로는 거품경제가 붕괴되자 윗세대의 뒤치다꺼리를 떠안았다. 머리가 텅텅 빈 신인류라고 비웃음을 사고, 그러면서도 남존여비를 강요당했다.

세간에서 떠드는 만큼 마냥 편한 시대는 아니었다.

뭐, 어깨 패드가 들어간 재킷이나 딱 달라붙는 미니 원피스를 입고 잔뜩 부풀린 앞머리로 멋은 부렸지만.

그렇게 앗시니 멧시*니 하며 여자들을 떠받들어도 결국 남편은 밖에서 일하고 부인은 집안일을 하는 게 일반적이었다. 남편이 집안일을 안 하는 게 당연하다고 여겨졌고 도모코도 그런 가정에서 자랐다.

하지만 도모코의 아버지 세대는 군대에서(아버지는 육군사관

---

* 둘 다 여성이 편히 상대하고 휘두를 수 있는 이성을 뜻한다. '앗시'는 이동수단인 자가용을 '아시'(다리)라고 부른 데서, '멧시'는 '메시'(밥)에서 유래했다.

학교 졸업생이었다) 여러 일을 배워선지 막상 닥치면 요리나 청소를 했다. 평소 전혀 집안일을 안 하던 분이 어머니가 입원했을 때 된장국을 끓이거나 밥을 짓는 모습을 보고 도모코는 놀랐던 기억이 있다.

남편 세대는 대입 공부만 하면 아무 잔소리도 듣지 않았고, 어머니가 너무 오냐오냐 키운 탓에 집안일을 전혀 못하는 경우가 많다. 도모코의 친구네도 그렇다고 들었다.

오늘은 원래 딸들이 마중나올 예정이었다.

"엄마, 미안. 퇴원 날이 사호네 유치원 체험일과 겹쳐버렸어!"

큰딸 마호가 당황하며 전화를 한 게 일주일 전이다.

"됐으니까 신경쓰지 마."

"미호한테 말해놨으니 걱정하지 마요. 미호가 휴가 쓰겠대."

그런데 미호에게서도 거래처 사정으로 퇴원 날 중요한 프레젠테이션을 하게 됐다는 연락이 왔다.

"할머니는 시간 있을 텐데, 물어볼까?"

"됐다, 됐어. 혼자 갈 수 있어."

솔직히 일흔세 살인 시어머니가 오는 게 더 신경쓰인다. 딸들과 함께 병문안도 오셨고, 남편의 식사도 계속 부탁했다. 반년쯤 전부터 아르바이트를 시작하셔서 크게 부담을 드릴 수도 없고……

"애초에 혼자 퇴원할 생각이었어. 택시 타면 금방이잖아."

"그래도 무거운 짐 같은 거 못 옮기잖아."

"그 정도는 괜찮아. 힘들면 병원에서 택배로 보내주는 서비스도 있고."

두 딸 모두 아빠한테 부탁하라거나 아빠는 뭐하고 있느냐는 질문은 하지 않는다.

어릴 때부터 아버지란 그런 존재였던 거다. 가정에 무관심한 아버지에게 다들 너무 익숙해졌다.

그만큼 가정 내 대소사는 도모코가 원하는 대로 해왔고, 가사나 육아나 살림에 관해 잔소리를 들은 적도 없다. 살림에 부담되지 않는 범위라면 도모코가 수업을 듣든 여행을 가든 뭘 해도 남편은 불평 한마디 없다. 남편 역시 사교를 위해 도박이나 음주도 적당히만 하고 폭력 같은 건 한 번도 휘두른 적이 없다. 골프가 유일한 취미라서 한 달에 한 번 신이 나서 외출한다. 그게 악의가 있는 무관심은 아니라는 걸 도모코도 안다.

윗세대 어른들이 들으면 '대체 뭐가 불만이냐'고 할 테지.

하지만 이렇게 퇴원하고 와서 먼지 쌓인 집 소파에 누워 있으니, 설명하기 힘든 외로움이 슬금슬금 몸에서 스며나온다.

오늘 한 건 퇴원한 일뿐인데 도모코는 그만 소파에서 깜빡 잠들어버렸다.

오늘 저녁은 외식도 괜찮고 배달도 괜찮아.

남편의 메시지에 잠에서 깼다.

아, 맞다. 밥을 지어야 하는구나.

알고 있었던 일이지만 도모코는 그만 한숨이 나올 것 같았다.

남편은 집안일 중에서도 요리를 가장 못한다. 지금껏 살아오면서 한 번도 뭔가를 만들어준 적이 없다.

그럼 배달시켜요.

도모코는 피자라도 시킬까 싶어 일어나 냉장고 문에 붙여둔 광고지를 보았다. 집 우편함에 가끔 들어오는 걸 언젠가 필요할 수도 있겠지 하고 일단 모아뒀는데, 애들이 독립한 뒤로는 이런 음식을 시킬 일이 거의 없었다.

화려한 피자 사진을 보고 있자니 재차 한숨이 나왔다. 왜 이리 기름진 걸 먹어야 한단 말인가.

외식이나 배달'도' 좋다니.

이제 막 퇴원한 참이라 지금부터 밖에 나가 남편과 만나 식사를 하는 건 귀찮으니 '배달'이라고 말했으나 도모코는 배달음식을 전혀 먹고 싶지 않다.

남편은 본인이 아파서 입원했다가 퇴원해 집에 왔을 때도 "배달도 좋아"라고 생각할까. 그런 상황을 상상해본 적이 있긴 할까.

도모코는 냉장고를 열고 쌀을 꺼내 정성스레 씻었다. 항상 쌀을 소량씩 사서 빈 페트병에 넣어 채소칸에 보관한다. 마찬가지로 보관중이던 발아현미와 16곡미도 조금씩 추가했다.

밥을 안치는 동안 작은 냄비에 육수를 낸 뒤 작게 다져서 냉동해둔 유부와 파를 넣었다. 건어물을 넣어둔 선반을 뒤져 밀기울도 넣는다.

채소가 하나도 안 들어갔지만 오늘은 장을 못 보니 어쩔 수 없다며 괜히 혼자서 중얼거린다.

입원하기 전, 도모코는 냉장고를 거의 텅 비우고 집을 나섰다.

냉동실을 뒤져보니 백중날 선물로 받았던 진공 포장된 돼지고기 된장 절임이 있었다. 그걸 해동해서 메인 요리로 하기로 했다.

집에 아무것도 없다고 생각했는데 꽤 이것저것 만들 수 있었다는 사실에 도모코는 살짝 감탄하는 한편, 몇 번이나 한숨을 쉰다.

개복수술을 했더라도 크게 아프진 않다. 그래도 되도록 서서 일하는 건 삼가라는 주의를 받았다. 도모코는 몇 번이나 식탁 의자에 앉아 쉬기를 반복하며 요리를 했다.

핸드폰 알람이 울리면서 남편한테 또 메시지가 왔다.

이래저래 힘들면 어머니라도 부를까?

시어머니와는 비교적 괜찮은 관계를 유지하고 있지만 오늘 집
에 오시면 또다른 종류의 신경을 써야 한다. 도모코는 서둘러 답
장했다.

어머님은 아르바이트도 있고 바쁘시잖아요. 오늘은 이제 괜찮
아요.

저래 봬도 최대한 신경을 써주는 것일 테다. 하지만 삼십 년
넘게 같이 사는데도 이따금 남편은 매우 종잡을 수 없는 행동을
한다.

몸속 공기 전부를 내뱉어버리듯 커다란 한숨이 나왔다.

집에 돌아온 남편이 식탁에 차려진 저녁밥을 보고는 툭 던지
듯 "밥했네"라고 한마디 건넸다. 그는 실내복으로 갈아입은 뒤
TV를 켜고 밥을 먹기 시작했다.

애들이 독립한 뒤로 부부의 식사는 늘 이런 식이었으니 그 자

체에 불만은 없다.

그런데 젓가락질을 하다보니 도모코는 TV를 보며 밥을 먹는 눈앞의 남편에게 하고 싶은 말이 잇달아 떠오르는 걸 막을 수 없었다.

이렇게 평소처럼 밥을 해주면 남편이 "아내는 이제 괜찮아, 원래대로 생활해도 되겠어"라고 생각해버리진 않을까 걱정스럽기도 했다.

"피자 같은 건 먹기 싫어요."

"응. 뭐라고?"

남편은 TV를 보면서 웃던 얼굴 그대로 도모코를 쳐다보았다.

"하고 싶어 만든 게 아니에요. 내내 병원식만 먹었고, 외식하는 것도 귀찮고, 조촐해도 평범한 밥이 먹고 싶어 만든 거라고요."

도모코는 남편 앞에 놓인 상차림을 본다. 자신과 똑같이 음식들이 놓여 있다.

다섯 조각 들어 있던 돼지고기 된장 절임은 자신에게 두 조각, 남편에게 세 조각으로 나눴다.

그걸 본 것만으로도 괜히 화가 치밀어오른다.

당신을 위해 만든 게 아냐. 나 자신을 위해 만들었고 당신은 그 덕에 얻어먹을 뿐이야. 그런데도 나는 언제나 남편에게 더 좋은 걸 더 많이 내주고 있다. 나도 모르게 그렇게 해버린다.

밖에서 일하는 남편에게 맛있는 걸 대접해야 한단다. 밖에서 일하고 돈을 벌어 오니 집안 그 누구보다 귀하게 모셔야지, 남편이 돈 벌어 오는 걸 감사히 여기렴.

그런 목소리가 들린다. 도모코의 어머니가 말했었나? 시어머니한테 들었나? 아니다, 누구에게도 그런 말을 들은 적은 없다. 그저 막연히 도모코의 몸에 배어 있는 것이다.

"병원에서 의사 선생님이 마지막에 하신 말씀 들었죠? 한 달간은 서서 하는 일을 삼가라고."

퇴원하기 전 주말에 둘이서 의사에게 설명을 들었다. 남편은 회사가 쉬는 날에만 병원에 왔다.

"그래서 어머니한테 와달라고 하면 된다고 했잖아."

"어머님이 오시면……"

왠지 힘이 빠져 말할 기운이 사라졌다.

"어머니도 뭔가 도울 일 없느냐고 몇 번이나 물었어. 그게 싫으면 마호나 미호를 부르면……"

두 딸에게는 각자의 생활이 있다.

"걔들도 바빠요."

"그럼 대체 어쩌란 말이야."

남편은 자신이 '할 수 있는 범위'에서 아내에게 상냥히 대해야겠다 다짐하고 있을 테고 실제로도 그러고 있다.

"엄마도 나빠."

그러고 보면 언젠가 마호가 그런 소리를 했던 것 같다.

"아빠한테 밥 짓는 법이나 집안일을 알려주면 좋았잖아. 할머니가 키운 시간보다 이제 엄마랑 같이 산 시간이 더 긴데, 할머니가 안 가르쳐서 그렇다는 말은 못하지."

두 딸 모두 할머니를 좋아해서 할머니 편을 든다.

그런 소리를 듣는다 한들, 신혼 무렵에 남편은 일이 지금보다 더 바빴고 매일 밤늦게 돌아왔다. 아이가 생긴 뒤로는 육아와 집안일을 하느라 도모코가 바빠서 남편에게 하나하나 가르칠 여유 따윈 없었다. 남에게 부탁할 시간에 직접 움직이는게 나았다.

게다가 남편은 손끝이 무뎌서 뭘 하는 데도 시간이 걸린다. 어쩌면 시어머니가 그걸 보고 집안일 가르치기를 포기했을지도 모른다.

하지만, 앞으로 나는 어떻게 되는 걸까.

도모코는 입원이라는 현실에 직면해 문득 노후에 대해 생각했다.

앞으로도 계속 나는 이 사람의 밥을 차려줘야 하는 걸까. 아냐, 내가 먼저 죽을지도 모르지. 그럼 이 사람은 외식과 배달음식으로 연명할까.

아마 아무 생각도 없겠지.

도모코는 TV를 보는 남편의 옆모습을 바라보았다.

병이 생긴 사실을 알게 된 뒤, 그때껏 줄곧 다녔던 영어 교실을 잠시 쉬기로 했다. 시어머니와 시작한 오세치 요리 교실도 연기했다. 요즘 연이어 병원만 다녔으니 이런 마음이 드는 게 당연할지도 모른다.

퇴원하고 며칠 뒤, 친구 고노 지사토가 집에 놀러왔다.

"아무 준비 안 해도 돼. 과자나 차 전부 내가 가져갈 테니까" 하더니 정말 지사토는 과일이 듬뿍 올라간 파이와 병에 담긴 냉침 녹차를 가져왔다. 둘 다 긴자의 백화점에서 파는 고급품이다. 와인병에 담긴 녹차가 요즘 유행이라고 한다. 지사토는 그런 제품을 고르는 센스가 참 좋다.

"뭐야, 생각보다 건강해 보이네?"

지사토의 그 말을 들은 순간에야 도모코는 자신이 퇴원했다는 사실을 실감했다.

"겨우 열흘이었는걸."

"그래도 수술실에서 실려 나온 걸 봤을 땐 어찌나 작아 보이던지, '네가 이렇게 쪼그마했었나' 싶어 깜짝 놀랐단 말이야."

수술하던 날에는 마호와 지사토가 와줬다.

"그땐 고마웠어."

의식 못하는 새 진지한 목소리가 튀어나왔다.

손녀 사호도 같이 있었지만 금세 싫증을 내고 꽤나 칭얼댔던 모양인지 "마호, 아줌마가 마지막까지 있을 테니 일단 집에 가 있어. 끝나면 연락할게"라고 지사토가 말했다고 한다.

"수술 후 의사 선생님의 설명을 듣는 건 가족만 할 수 있으니 그때는 와야 해."

항공승무원이었던 지사토는 그런 면에서 요령이 좋고 눈치가 빠르다. 마호가 거절할 틈도 없이 척척 얘기를 밀어붙였다고 한다.

"마호도 엄청 고마워했어. 역시 지사토 아주머니는 배려심이 깊다면서 감탄하더라. 정말 고마워."

"아냐. 요즘 둘에 하나는 암에 걸리는 시대잖니. 나도 언제 그런 일을 겪을지 모르니 참고가 되겠더라고. 견학 같은 거지 뭐. 많이 배웠어."

이렇게 생색내지 않고 말하는 것도 지사토의 좋은 점이다.

"그래서 이제 치료는 끝났어? 수술로 암은 전부 제거했고?"

"그게 말이지……"

반년쯤 전, 남편 회사의 가족검진에서 도모코에게 '자궁내막암'이 의심된다는 결과가 나왔다. 병원도 여러 곳 가보고 개인의원에서 진찰도 받았다. 그중에는 수술을 받지 않는다는 선택지를 제시한 한의사도 있었다. 도모코는 조금 고민했지만 최종적으로 오차노미즈의 대학병원에서 정밀검사를 받고 수술하기로 결정했다.

자궁내막암 1기였다. 그 이상 자세한 건 수술을 해봐야 안다고 했다.

"수술 때 절제한 조직을 검사해서 1A기면 추가 치료를 안 해도 되는데, 1B기면 반년간 항암치료를 해야 해."

"그건 언제 알 수 있는데?"

"이 주쯤 뒤."

"그럼 그때까진 알 수 없다는 거네?"

"응, 그래서 불안해."

남편과 이런 대화를 나누고 싶었다. 하지만 남편은 의사의 설명을 함께 들었으니 새삼 둘이서 얘기를 나눌 필요는 없다고 생각하는 모양이다.

"결과 들으러 가는 날은 정해졌어?"

"응. 다다음주 목요일이야."

"같이 가줄까?"

"고마워."

그런 말을 해주는 것만으로도 고맙고 기뻤다.

"혼자서도 괜찮을 거 같긴 한데, 어쩌면 부탁할지도 몰라."

"어차피 별일 없으니까 언제든지 얘기해."

역시 의지할 수 있는 건 친구다.

"만일 항암치료를 하더라도 너무 걱정하진 마. 반년만 하면 되는 거고, 이 정도일 때 발견해서 다행이라고 생각하자."

지사토는 남을 위로하는 것도 능숙하다.

"그래, 맞아."

퇴원한 지 얼마 지나지 않아서 집 청소도 뜻대로 되지 않고 어딘지 모르게 몸도 무거웠는데 지사토와 얘기할 수 있어서 정말 다행이라고 생각했다.

지사토는 디저트를 다 먹은 뒤에도 자리에서 일어나지 않고 괜히 잔을 만지거나 포크를 접시에 가지런히 올려두거나 했다.

도모코는 같은 병실의 할머니가 마치 방 주인처럼 굴던 일이나 독특했던 간호사 등 입원했을 때 있었던 재미있는 일을 얘기하던 중, 문득 지사토가 평소와 다르다는 사실을 깨달았다.

"지사토, 혹시 무슨 할말이라도 있어?"

고개를 숙인 채 말을 꺼내기 어려운 모양인지 지사토는 또 찻잔을 만지작거렸다. 그녀답지 않은 드문 행동이었다.

"……사실은 나, 이혼할까 생각중이야."

갑작스러운 얘기에 도모코는 숨이 멎을 뻔했다.

"그거, 벌써 진행중인 얘기야?"

"응. 딱 너한테 병이 발견됐을 무렵이라 말은 안 했지만 꽤 됐어."

"너랑 요시아키 씨, 사이좋았잖아."

항공승무원이던 지사토와 대형 항공사에 근무하던 요시아키는 사내 결혼한 경우인데, 둘 다 키가 커서 젊은 시절부터 잘 어울리는 한 쌍이었다. 서른 살이 되면서 미래를 고민하던 지사토에게 친구처럼 사이좋았던 동기 요시아키가 "그냥 나한테 와"라고 프러포즈했었다. 지사토에게 당시 그 말을 들었을 때 도모코는 꾸밈없이 남자답고 솔직한 프러포즈라고 생각했다. 지사토 부부의 외동딸 지아키는 아직 대학생이다.

"그렇게 힘들 때였는데 병원에 몇 번이나 와줘서 고마워."

요 몇 달, 도모코는 병원에서 받고 있는 다양한 치료나 대증요법에 대해 투덜투덜 늘어놓을 뿐 지사토의 얘기는 제대로 듣지 않았다. 지사토는 그저 잠자코 고개를 끄덕여줬고. 그게 얼마나 고마웠는지 모른다.

"괜찮아. 나도 네 얘기 들으면서 기분전환 할 수 있었으니까. 아, 미안, 기분전환이라는 말은 좀 그렇지?"

도모코가 수술로 고민할 때 가족들의 의견 이상으로 "나는 친구인 네가 최신 암 치료를 받으면 좋겠어. 지금 수술하지 않는 걸 선택했다가 나중에 후회하지 않길 바라"라는 지사토의 말이 크게 용기를 북돋워줬다.

"됐어, 신경쓰지 마."

지사토가 말한 이혼 사유는 너무나도 흔해빠진 거였다.

"얼마 전부터 남편에게 여자가 생긴 걸 전혀 몰랐어."

지사토는 어느 날 생각지도 못한 이유로 그걸 알아차리게 됐다고 했다.

"낮에 TV에서 황혼이혼 특집방송을 했거든. 그걸 보는데, 남편이 이혼을 고려할 때의 특징에 요시아키가 전부 해당하더라고."

방송에서 말하길,

1. 갑자기 잇달아 귀가가 늦어진다.

2. 화장실에 핸드폰을 들고 들어간다.

3. 부인의 수입이나 적금에 지나치게 관심이 많다.

4. 컴퓨터나 핸드폰으로 부동산 정보를 찾아본다.

라는 네 가지 조건이었다고 한다.

"1번은 잘 알겠지? 일이 바빠졌네 어쩌네 하면서 이런저런 이유를 대더라도 결국 여자랑 만나고 있다는 거. 2번도 그래. 여자한테서 언제 연락이 올지 모르고 아내한테 들키면 안 되니까. 3번은 이혼을 구체적으로 고민하고 있으니 아내에게 얼마나 돈을 줘야 할지 계산하기 때문이래."

심각한 분위기의 방송이 아니어서 스튜디오에 모인 방청객들도 다들 웃으며 그걸 들었다고 한다.

"나도 웃으면서 봤어. 그런 일도 있구나 하면서."

하지만 중간부터 점차 웃음이 사라지고 지사토는 절로 눈물이 뚝뚝 흐르기 시작했다.

"그도 그럴 게 3번까지 전부 맞아떨어지는 거야. 울면서 깨달았어. 내가 마음 한구석으로는 줄곧 의심했으면서 그때껏 덮고 감췄다는 걸. 모르는 척했던 거겠지."

바보 같지? 어렴풋이 알고 있었는데 말이야, 하며 지사토는 부끄러운 듯 웃었다. 그 얼굴을 본 도모코는 그녀의 손을 붙잡았다.

"4번까지 오면 이제 관계 회복이 거의 불가능한데. 2번까지라면 아직 가능성이 있지만."

지사토는 부부가 같이 쓰는 컴퓨터를 조심스레 켜고 이력을 살펴보았다고 했다.

예상대로 각종 부동산 사이트에 남편 회사 근처 역세권의 임대 물건을 검색한 이력이 잔뜩 남아 있었다.

"그때부터는 뭐 일직선이지."

집에 돌아온 남편에게 따져 물었더니 마치 기다렸다는 듯 이혼 얘기를 꺼냈다고 한다.

"그 사람, 왜 일 년쯤 전에 이직했잖아?"

지사토의 남편은 대형 항공사에서 신규 저가 항공사의 임원으로 막 이직한 참이었다.

"그러니까 귀가시간이 바뀌어도 당연하다고 생각하려 했어. 그런데 거기서 젊은 스튜어디스, 왜 있잖아, 알바들이랑 별 차이도 안 나는 계약직이랑 알게 된 모양이야."

항공승무원이었던 그녀는 평소 스튜어디스라는 단어를 쓰지 않는다. 하지만 그렇게 말할 수밖에 없는 심경이리라.

"지아키도 다 컸으니 슬슬 다른 삶을 살아보지 않겠느냐는 거야. 집에서는 벌써 나갔고 지금은 변호사 통해서 얘기중이야."

"……너는 그걸로 괜찮은 거야?"

"음…… 처음엔 내가 서류에 도장을 안 찍으면 이혼 따윈 못할 거라고 생각했어. 조금 얕봤던 거지. 그런데 변호사랑 얘기해보니 요즘은 그런 시대가 아니래."

"어, 그래?"

"이혼 전문 변호사가 딱 잘라 말하더라. 남자는 애인과 부인 둘 다 있는 것도 괜찮다고 여기는 경우가 많으니까 이대로 관계를 질질 끌면서 남편이 돌아오기를 기다리는 것도 불가능하진 않다고. 상대가 원인을 제공했더라도 별거가 길어지면 이혼이 성립하는 판례가 늘고 있고, 그중에는 고작 별거 몇 년으로 이혼이 인정된 사례도 있대."

"몇 년 따윈 금방이잖아."

지사토가 고개를 끄덕인다. 아이들이 자란 뒤로는 시간 흐르는 게 놀랄 만큼 빨라졌다.

"그 얘기에 정신이 번쩍 들었어. 애인과 부인 사이를 왔다갔다 하는 남자랑 같이 있고 싶으냐면 전혀 아니거든. 나답지 않아."

재산이나 아파트 융자 등 둘이서 나눠야 할 게 이래저래 있으니 나중에 얘기나 들어달라고 말할 때는 눈이 약간 그렁그렁했지만 지사토는 오히려 평소보다 더 씩씩해 보였다.

"모든 길은 로마로 통한다"라는 명언처럼, 도모코가 마흔다섯 살이 지났을 무렵 깨달은 사실이 있다. 오십대가 가까워지면 "모든 건강 문제는 갱년기로 통한다"는 것이다.

처음 깨달은, 아니 눈치챈 건 마흔다섯 살 때였다. 지금 생각해보면 아직 젊었다.

초여름이 되면 일단 땀이 난다. 여름이니 당연하다고 생각할지 모르지만, 아침에 일어나면 얼굴과 목과 가슴 주변이 흠뻑 젖어 있다. 머리카락은 소낙비라도 맞은 꼴이 된다.

찝찝해서 새벽 무렵 잠이 깨는 일도 잦았다.

그래서 바로 갈아입을 수 있게 머리맡에 마른 티셔츠와 수건을 준비해둔다. 벗은 잠옷이 무겁게 느껴질 정도다. 대개 그때 화장실도 간다.

예전부터 깊이 잠들지 못하는 도모코는 그대로 뜬눈으로 밤을

새우기도 했다.

전에는 밤에 화장실 문제로 깨는 일이 없었다. 돌아가신 할머니가 "밤에 소변보려고 적어도 두 번은 깨서 힘들다"며 한탄하던 걸 들어도 그다지 와닿지 않았었는데.

자면서 식은땀 흘리는 걸 방지하려면 에어컨을 내내 틀어놓고 자야 한다. 그러면 손발이 차가워지고 붓는다. 에어컨으로 방 온도를 차갑게 내리고 하반신은 이불을 덮고 자는, 남들이 보면 사치스럽다고 할 짓을 안 하면 견딜 수 없었다.

한여름만 그런 게 아니다. 5월 중순부터 10월까지 그런 나날이 쭉 이어진다.

쉰이 넘었을 무렵 도모코는 남편과 침실을 따로 썼다. 체감온도가 전혀 맞지 않는데다, 새벽 무렵에 바스락거리며 일어나는 도모코에게 남편이 싫은 소리를 해서다. 다행히 딸들이 결혼과 취직으로 연이어 독립해 나간 덕분에 방이 비어 있었다.

심장 두근거림이나 숨 차는 것도 심해졌다. 한밤중에 돌연 기분 나쁠 만큼 심장이 쿵쾅거릴 때가 있다.

틀림없이 무슨 병일 거라고 생각해서 도모코는 병원에도 가고 사람들에게 물어보기도 하면서 다방면으로 알아봤다. 처음에는 갑상선 문제인가 싶었다. 내과에서 검사를 받아도 갑상선에는 이상이 없다고 했다.

"뭐, 아무래도 나이가 있으니까요"라는 잘생긴 젊은 의사의 말을 듣고 도모코는 퍼뜩 갱년기 장애를 의심했다. 부인과 진찰을 받았더니 여성호르몬이 크게 저하됐다는 소리를 들었다.

그뒤로는 거침없는 갱년기의 습격이다.

잘 잠들지 못한다, 불면증 → 갱년기

현기증, 이명 → 갱년기

이유 없는 손발 가려움 → 갱년기

피부 건조 → 갱년기

도모코는 여전히 피처폰을 쓴다. 핸드폰 매장 점원이나 딸들, 시어머니에게까지 스마트폰으로 바꾸라는 얘기를 들어도 "이걸로 뭐든 할 수 있다"며 거절해왔다. 실제로 피처폰으로도 이것저것 충분히 알아볼 수 있다.

인터넷에 접속해 자신의 건강 문제를 입력해보면 다양한 이유 외에 꼭 '갱년기'라는 단어가 보인다.

급기야 오른손 약지가 아파왔다. 손가락을 구부리면 힘줄이 당기는 듯한 느낌이 든다.

설마하니 이번만큼은 갱년기가 아니라 손가락을 많이 써서 그러리라 생각했다.

핸드폰으로 알아봤더니 '건초염' '방아쇠수지' 등에 대한 설명 끝에 "또한, 고령의 갱년기 여성에게 자주 보이는 증상이다"라고 쓰여 있었다.

정말이지 갱년기는 손가락마저 가만두지 않는구나……

그 순간 도모코는 체념했다. "모든 건강 문제는 갱년기로 통한다"고.

도모코는 거품경제기에 학창시절 친구와 갔던 이탈리아 여행에서 산 라펠라 속옷을 서랍 깊숙한 곳에 보관하고 있다.

샴페인색 실크 속옷인데 감탄스러울 정도로 섬세한 레이스로 가장자리가 수놓아져 있다. 이제는 다 변색됐고 더는 입을 용기도 없다.

몸무게가 그다지 변하지 않았을 테지만 교정력이 거의 없는 그 속옷은 현재의 '살'을 견디지 못할 것이다. 지금 도모코의 냉한 몸을 지켜주는 건 주조 상점가에 있는 '무라사키야'의 보온 내의다.

처음 그 가게의 문턱을 넘은 건 오십대가 되고 얼마 지나지 않아서였다.

무라사키야가 상점가 안에 있다는 건 예전부터 잘 알았지만 방문한 적은 없었다.

TV 방송에 수차례 특집으로 나온 적이 있는 가게였다. 그렇게 초저가로 판매하는 비결이 유명 제조사 등에서 색이나 사이즈가 균일하지 않은 제품을 떼다가 팔기 때문이라고 방송하는 걸 보고 도모코는 '그렇구나' 하고 생각했어도 거기에 가보려는 마음은 없었다.

늘 커다란 박스를 가게 앞에 늘어놓고 "양말 60엔" "팬티스타킹 99엔" 등 손으로 쓴 가격표를 붙여둔다. 근처에 사는 노인들이 그 앞에 떼 지어 모여서 박스에 얼굴을 묻다시피 하며 물건을 고른다.

솔직히 '저렇게는 못하겠다'고, 저런 짓까지 하면 여자로서 끝장이라고 생각했었다.

어차피 도모코는 양말을 안 신었고, 스타킹은 신주쿠에 나갔을 때 백화점에서 대량으로 구매하니 필요 없었다. 좋은 것을 사서 소중히 쓰는 편이 훨씬 절약이라고 생각했다.

그런데 몇 년 전, 남편 상사의 장례식에 가게 된 적이 있었다. 3월이라 아직 쌀쌀한 시기였다. 비바람을 그대로 맞는 야외에 서 있어야 해서 백화점에 갔지만 봄이 가까워져선지 조문용 복장 밑에 신을 두꺼운 검은색 스타킹이 보이지 않았다.

그렇게 집으로 돌아가던 중 주조 상점가에서 무라사키야가 눈에 들어와 도모코는 순간 멈춰 섰다.

"저기, 보온성 좋은 스타킹이 있나요? 장례식이 있어서……"

자신보다 조금 나이가 많아 보이는 점원에게 조심스레 말을 걸자 "아, 그럼 좋은 게 있어요. 엄청 따뜻해요!"라고 밝게 답해줬다.

건네받은 검은색 스타킹은 백화점 등지에서 볼 수 없는 엄청 두꺼운 제품이었는데 '기모 안감'까지 있음에도 무려 299엔이라는 초저가였다. 스타킹을 사는 참에 지금껏 멀리해왔던 가게 안에 들어가 집에서 신을 두꺼운 양말과 기모 내의를 샀다.

무라사키야에서 산 검은색 스타킹은 장례식 내내 차가운 북풍으로부터 도모코의 다리를 지켜줬다. 신고 있는 동안 후끈후끈 보온성이 좋았다.

그뒤로 도모코는 무라사키야의 열성팬이 되었다.

상점가에 쇼핑하러 가면 절로 무라사키야를 들여다본다. 특히 겨울 보온 내의 종류가 무척 다양하다. 중노년 여성이 타깃이라 그런 모양이다.

어느샌가 집안에 무라사키야에서 사놓고 안 입은 속옷이 빽빽이 들어찬 서랍이 생겼다. 딸들에게도 놀림당할 정도였다.

하지만 도모코는 그 가게에 들어가서 왠지 모르게 안심했다.

자신이 '아줌마'라는 사실을 자각했기 때문이다.

노인용 속옷을 입는 게 편하고 즐겁다. 보온 내의를 입고 경쾌한 발걸음으로 걷는다.

거품경제기에는 남자들이 추켜세워주니 마음 한구석으로 늘 '여자'여야 한다는, 적어도 '아름다운' 어머니여야 한다는 강박에 얽매여 있었다.

그랬는데 이제 아줌마가 될 수 있어 왠지 마음이 편해졌다.

암이라는 사실을 알게 된 건 그 직후였다.

지사토에게 이혼 얘기를 들은 이후 종종 한밤중에 전화가 걸려왔다. 도모코는 남편과 침실을 따로 쓰니 맘 편히 학생 때처럼 길게 통화를 한다.

"우리, 서른 살에 결혼했잖아? 그때부터 이십오 년간 모은 걸 딱 절반으로 나눈대. 나는 대부분 전업주부였지만 남편의 수입이 내 뒷바라지 덕분이기도 하다는 거지."

대화의 상당 부분이 학생 때와 달리 팍팍한 돈 얘기뿐이지만.

"그렇구나. 그런데 결혼 전 남편의 저축액이 얼마였는지 알아? 나는 생각 안 나는데."

"안 나지. 그런데 놀랍게도 의외로 남편이 이것저것 기억하고 있더라. 저축액은 300만 엔 정도였고, 축의금으로 충당한 돈 외에 결혼식 비용은 전부 자기랑 부모님이 냈었다는 거야. 내가 완전히 까먹은 얘기까지 꺼내더라."

지사토는 늘 좋은 것을 몸에 걸치는 멋쟁이였는데, 그런 그녀에게서 세세한 금전 문제를 듣는 건 처음이었다.

"의외다. 요시아키 씨는 굳이 따지자면 그런 데 연연하지 않고 무관심한 사람일 거 같았는데."

결혼 전에 도모코, 지사토와 함께 셋이서 식사를 하면 매번 그가 계산했던 일이 떠올랐다. 시대 풍조가 그렇기도 했지만 여자에게 돈을 쓰게 하지 않는 남자였다.

"나도 그렇게 생각해. 그런데 사람이 백팔십도 바뀌다니, 이혼이 진짜 대단하긴 하네."

도모코는 자조하듯 웃는 지사토의 목소리가 신경쓰였다.

"얼마 전에 이혼과 돈의 관계에 대한 강연에 다녀왔거든. 왜, TV에 종종 나오는 구로후네 스코라는 사람 있잖아."

"어머, 그런 것도 있어?"

"요즘은 인터넷으로 검색하면 뭐든 있어. 거기서 대략적인 숫자지만 내가 앞으로 받을 수 있는 금액이나 생활비를 계산해줬거든. 황혼 부부의 일반적인 자산을 예로 들어 설명해주는데, 당연한 말이지만 이혼하지 않는 게 금전적으로는 편하대."

"그거야 뭐……"

"만일 이대로 결혼 상태를 유지할 수 있으면 국민연금 13만 엔, 후생연금 10만 엔을 합해서 다달이 연금으로 23만 엔을 받을 수 있어. 무직인 황혼 부부의 한 달 평균 지출이 25만 엔이 안 되니까, 부족한 만큼 저축액에서 꺼내 쓴다 쳐도 그리 힘들진 않을 거야. 물론 병도 없고 간병이나 여행할 일도 없다고 가정했을 때의 얘기지만."

"그 정도면 안심되네."

친구의 이혼 얘기를 들으면서 계산적이지만 도모코는 가슴을 쓸어내렸다. 아직까지 자기 집에 이혼 위기는 없다.

"나랑 남편은 서른 살에 결혼해서 동갑이잖아. 남편이 대학을 졸업하고 바로 취직해서 삼십삼 년간 일했고, 나랑 결혼하고부터는 이십오 년이니까 33 대 25로 나누는 거야. 대략 계산하면 4 대 3이 되는 거지. 연금도 저금도 퇴직금도 4 대 3으로 나눠. 연금은 수령액이 꽤 적어지나봐. 국민연금은 절반이지만 후생연금은 4 대 3. 가령 우리 부부는 국민연금이 절반인 6만 5천 엔씩이고, 후생연금은 남편이 약 5만 7천 엔, 내가 4만 3천 엔인데 지급받는 건 우리가 예순다섯 살이 됐을 때부터야. 게다가 앞으로 오 년간, 요시아키가 예순이 될 때까지는 새 여자가 그를 뒷바라지하니까 거기서 또 깎인대."

"겨우 오 년 가지고?"

"응. 그리고 남편이 전 회사를 중도퇴직하고 새 회사에 들어갔을 때 받은 퇴직금을 저축한 게 대충 2천만 엔쯤 있어."

지사토네는 딸이 중고등학교를 통합 운영하는 사립학교를 다녔고, 신주쿠에 자가 아파트도 소유하고 있다. 그런데도 2천만 엔이라니…… 역시 항공사라며 도모코는 감탄했다.

"이것도 4 대 3으로 나눠. 남편이 약 1142만 엔, 내가 약 857만 엔. 1인 가구라면 여자가 돈을 더 많이 쓰는데 월평균 15만 엔이래. 나처럼 이혼하고 최초 십 년간 연금을 받을 수 없는 경우, 파트타임으로 월 7만 엔씩 번다고 해도 계좌에서 부족한 만큼 꺼내 쓰다보면 팔 년 후 저축액이 바닥난다는 계산이 나온다더라! 나는 연금을 받기도 전에 거의 빈털터리가 되는 거야."

"겨우 팔 년? 예순세 살밖에 안 되잖아!"

도모코는 깜짝 놀라 손으로 입을 틀어막았다.

돈이 없는 지사토의 모습은 상상하는 것조차 힘들었다. 그런 일과 가장 연이 없는 사람이었는데.

"그리고 지금 사는 집을 어떻게 할지도 문제잖아. 딸도 있으니 아마 우리가 그대로 살면서 남은 융자금을 갚아나가는 식이 될 거야. 남편은 지금까지 갚아온 융자금을 위자료로 대신하고 싶대. 집이 없는 것보다 낫다고 생각했는데, 내가 언제까지 융자금을 갚을 수 있을지……"

도모코는 아무 말도 할 수 없었다.

"가끔 왜 이런 일이 생겼을까 하는 생각이 들어. 갑자기 모든 게 단번에 바뀌어버려서."

그럴 테다. 도모코는 그저 "뭐든 고민이 있으면 얘기해. 들어주는 것밖에 못하겠지만" 하고 위로할 수밖에 없었다.

너도 돈에 대해선 한번 제대로 생각해두는 게 좋을 거라는 지사토의 조언과 함께 통화는 끝났다.

다음날, 도모코는 현재 돈이 얼마나 있는지 예금통장을 확인하기로 했다.

그리고 크게 놀랐다. 꽤 남아 있을 줄 알았던 저축액이 거의 바닥을 보이고 있었다.

살다보니 어느 날 갑자기 돈이 바닥나버린 상태일 때가 있는 것이다.

사업에 실패한 것도, 도박으로 탕진한 것도 아니다. 낭비하며 살지도 않았고 사기를 당하지도 않았다. 그저 올바르게 살아왔을 뿐이다. 그랬을 뿐인데……

큰딸 마호가 고등학교를 졸업했을 무렵, 도모코 부부에게는 저축해둔 800만 엔이 있었다.

결혼 초 시어머니는 하니 모토코 선생의 가계부를 건네면서 "너무 인색하게 살지 않아도 되니 쓴 돈 만큼은 적어두는 편이 좋단다"라고 조언했다.

도모코의 본가는 주고쿠 지방인데, 아버지는 지방공무원이고 조부모에게서 물려받은 큰 집에서 살았다.

그리 유복하진 않았지만 집세가 안 들기도 했고, 이웃한테 먹거리를 받는 경우도 많아 '절약'이라는 개념과는 무연한 환경이었다.

시골에 살면 돈이 들지 않는다고들 여기는 모양인데, 지리상 이동을 위해 자동차는 한 집당 한 대는커녕 두세 대는 있는 게 보통이고, 무엇보다 도시에는 없는 '어울림'이 많아 의외로 돈이 든다.

친척이나 이웃에 제사가 있으면 얼마간 부의금을 내야 하고, 축제라도 하면 신사나 주민 모임에 돈을 내거나 단체복을 제작해야 한다. 친척의 진학이나 결혼 때는 당연히 축의금이 필요하다. 물론 도모코도 똑같이 받아왔다.

동네에서는 대략 서로의 경제 상황을 아니까 그런 어울림에 빠지거나 먹는 것, 마시는 것, 탈것 등에 돈을 아끼면 뒷말이 돌 수도 있는 분위기였다.

절약이 결코 미덕이 아니었다.

남편과 시어머니, 당시 살아 계셨던 시아버지가 도모코의 본가에 인사하러 오면서 선물로 이모긴쓰바*만 가져왔던 일이 있다. 분명 서로 사치 부리지 말고 검소하게 하자고는 했지만······ 그 일로 도모코의 부모님도 깜짝 놀랐고, "도모코는 긴쓰바 하나에 시집갔다"며 아직도 친척들이 얘깃거리로 삼을 정도다.

---

* 삶은 고구마로 소를 만들어 뭉친 뒤 반죽을 입혀 구운 과자.

결혼 후 처음에는 도시생활에 당황했지만 도쿄 특유의 타인에 대한 무관심이 도모코에게는 집에 드러누워 팔다리를 쭉 펼친 듯한 해방감을 주었다. 실제로 본가에서 그런 행동을 하면 열린 현관으로 이웃이 들어와 "대낮부터 뭐하니?"라고 한소리를 할 수도 있었다.

그러는 한편, 시어머니에게 가계부 쓰는 법을 배우고 절약이라는 걸 의식하게 됐다. 아무리 그래도 아이가 태어나고 첫번째 차를 사는데 남편과 시어머니가 상의해서 경차를 골랐을 때 도모코는 정말 놀랐다. 두번째나 세번째 차라면 몰라도 도모코의 본가에서는 상상도 못할 일이었다.

지금은 돌아가신 어머니에게 '도쿄 사람들은 엄청 구두쇠'라며 전화로 투덜거리던 일이 그립다.

그래도 그 덕분에 저축한 800만 엔이 있었다. 지금 그 돈은 거의 바닥나고 없다.

우선 마호의 단기대학과 미호의 4년제 대학 등록금 등으로 500만 엔이 날아갔다. 마호가 결혼할 때는(자기들 힘으로 알아서 하겠다고 했고, 결코 화려한 결혼식은 아니었지만) 양가 상견례에 마호의 웨딩드레스 추가요금(실제로 드레스를 보았더니 더 좋은 옷에 눈길이 가서 결국 계획한 범위를 벗어났다)과 지방에서 오는 친척들 교통비 등을 후루룩 써버리고 정신을 차려보니 약 100만 엔이 나갔다.

그 후 도모코의 어머니와 시아버지가 연달아 돌아가셨을 때 그 병원비와 장례비 등을 형제들과 나눠 부담하게 되어 내라는 대로 냈다.

그리고 도모코의 입원비다. 건강보험이 적용되는 수술이었지만 그전에 병원도 여러 곳 다녔고 검사비가 생각보다 비쌌다.

사실 남편의 월급은 최근 십 년 남짓 거의 오르지 않았다. 남편이 근무하는 정밀기계 중견 제조사는 리먼 발 불경기 이후 쭉 실적 부진 상태였다. 지금까지 미국이나 중국 회사와의 합병설이 몇 번이나 나왔는지 모른다. 게다가 남편은 쉰 살이 넘어서도 부장이 되지 못했다. 지금도 '차장'이라는, 그게 어느 정도 높은 건지 도모코로서는 전혀 감이 오지 않는 직책인 채로다.

게다가…… 장차 시어머니 고토코의 간병에 얼마나 돈이 들지 생각만 해도 머리가 아프다. 남편의 남동생은 오사카에 살면서 처가의 가업을 잇고 있다. 데릴사위는 아니지만 거의 비슷한 처지다. 도모코도 집안 행사 때밖에 얼굴을 보지 못한다. 그들 사이에 어떤 얘기가 오갔는지, 아니면 아무 얘기도 안 된 건지 정말 모른다. 그렇다고 남편을 제쳐두고 도모코가 얘기를 꺼내는 것도 꺼려졌다. 만일 "그럼 형수님, 다 부탁드려요"라는 소리라도 듣게 되면 곤란하니 보고도 못 본 척하는 게 현실이다.

손가락 틈으로 흘러내리듯 돈이 빠져나가고 정신을 차려보니 100만 엔 정도밖에 남아 있지 않았다. 지사토네의 2천만 엔은 정말이지 꿈같은 액수다.

퇴원 후 일주일이 흘렀다.

도모코는 겨우 장을 보러 나갈 수 있게 됐다. 병원에서 자전거 타는 건 한 달간 금지라는 소리를 들었기에 천천히 걸어서 주조 상점가까지 간다.

"어머, 퇴원했어?"

제일 먼저 무라사키야에 가자 늘 보던 점원이 미소로 맞아준다. 입원 전에 셔츠형 잠옷을 여러 벌 사면서 얘기한 걸 기억해준 모양이다.

"한동안 자전거는 못 타지만요"라고 대답하자 점원이 태연히 고개를 끄덕이더니 금세 할머니들이 갖고 다니는 바퀴 달린 쇼핑카트를 추천했다. 890엔이었다. 무라사키야는 가게 한쪽에서 그런 잡화도 팔고 있다. 이처럼 노인을 상대로 장사하는 사람은 고객이 뭘 필요로 하는지 빨리 알아차린다. 퇴원 기념으로 200엔을 깎아주는 것도 잊지 않는다.

'또 노인에 한 발짝 더 가까워지는구나.' 도모코는 그런 생각을 하며 걷는다.

자신의 병, 그리고 친구의 이혼과 그 일을 계기로 다시 확인한 미쿠리야 집안의 재정 상태가 도모코에게 큰 변화를 주었다.

일단 지금부터 노후를 대비해 다시금 돈을 모아야 한다는 현실, 적어도 지금 상태로는 남편과 이혼할 수 없다는 사실.

지금껏 딱히 이혼에 대해 생각한 적은 없었다. 남편에게 큰 불만이 있었던 건 아니니까. 다만 남편이 전혀 가사를 못한다는 현실이 퇴원한 뒤 새삼 도모코의 인생을 되돌아보게 만들었다.

남편 가즈히코는 무심한 면이 있지만 냉정한 사람은 아니다. 지금껏 성실히 일하며 아이들과 도모코를 부양했다. 시어머니는 똑부러진 분이고 손녀들도 잘 따른다.

하지만 남편이 퇴직한 뒤 자신들이 어떤 인생을 보내게 될지 떠올리면 일말의 불안감이 스쳐지나간다.

지금과 똑같이 매일매일 세끼 밥을 짓고 청소나 빨래를 반복하면서 남편과 얼굴을 맞대고 살아가야 하는 걸까.

생각만 해도 절로 한숨이 나온다.

지사토에게 들은, 황혼이혼 뒤 혼자가 된 여성의 예상 경제 시나리오는 가혹했다. 마치 남편에게 다소 불만이 있어도 참으라는 현실을 눈앞에 들이미는 것 같았다.

도모코는 이혼을 생각한 적도 없으면서 '절대로 못한다'는 걸 알게 되자 기분이 이상했다.

부부끼리 대화 한마디 없이 조용히 저녁밥을 먹을 때면 불만이 부글부글 끓어오른다.

왜 이 사람은 요리도 못하는 주제에 고맙다는 말도 없이 내가 만든 음식을 먹는 걸까.

주말에도 남편은 온종일 누워서 시간을 보내거나 가끔 친구와 유일한 취미인 골프를 치러 갈 뿐이다. 어느 쪽이든 도모코는 평일과 똑같이 남편이 돌아오기를 기다렸다 식사를 준비해야 한다.

남편의 퇴직 후에도 계속 그렇게 살아야 할까.

도모코는 상점가 중앙의 마트에서 채소를 집어들었다.

입구 주변에 산더미처럼 쌓인 특별할인 채소에 저도 모르게 눈길이 간다.

양배추 한 덩이 100엔, 배추 반 포기 100엔, 양파 한 봉지 100엔. 그런 것들을 바구니에 담은 다음에는 육류 코너로 간다. 보통 100그램에 58엔인 닭가슴살이 오늘은 48엔이니 평소보다 싸다. 닭가슴살이 네 조각 든 점보팩을 고른다. 100그램에 98엔짜리 자투리 돼지고기도 두 팩 산다.

이곳 주조 상점가는 반찬가게가 많기로 유명해서 몇 번이나 TV 방송 등에 소개됐다. 치킨볼 한 개에 10엔, 손바닥보다 훨씬 큰 치킨커틀릿을 160엔에 파는 가게도 있고, 어느 가게든 다 맛있다.

입원 전에는 도모코도 자주 이용했다. 부부 둘뿐인데 튀김 요리를 하자니 수고스럽기도 했고, 슬슬 요령을 살짝 부려도 되지 않을까 싶었다. 메인 요리를 하나 사면, 밥과 된장국 그리고 밑반찬만 조금 준비하면 된다.

그러나……

이제 기성품 반찬을 사는 사치는 부릴 수 없다. 집에 돌아가서 닭가슴살부터 손질한다.

네 조각 모두 닭껍질을 벗긴다. 그중 두 조각은 칼로 다져서 푸드프로세서로 갈고 100그램씩 소분해서 냉동한다. 나머지는 적당한 두께로 저미며 술과 생강에 절여둔다. 이렇게 하면 식감이 부드러워진다고 어느 방송에서 그랬다. 이것도 소분해서 반은 냉동실에 넣는다.

돼지고기도 나눠서 일부는 냉동실에 넣는다. 양배추 반 통은 다져서 코울슬로를 만들어 반찬통에 담은 뒤 냉장고에 넣는다.

도모코는 여기까지 하고 지쳐서 축 늘어졌다.

식탁 의자에 앉아 턱을 괸다.

젊었을 때 이 정도는 식은 죽 먹기였다.

파트타임 일을 끝내고 돌아오는 길에 재료를 사서 저녁밥을 만들어 아이들을 먹이고 목욕시켜서 재운 뒤 귀가가 늦은 남편을 기다렸다.

아이들이 차례차례 독립하고서야 겨우 내 시간이 생긴 듯했다.

그런데 이 나이를 먹고 또 닭가슴살이나 다지고 있을 줄이야.

도모코는 부엌을 바라본다. 아직 절반이 남은 양배추에 배추, 양파도 그대로다. 더러워진 푸드프로세서가 싱크대 안에 굴러다니고 도마와 식칼은 그대로 방치중이다.

몸속 깊은 곳에서부터 한숨이 나왔다. 대체 언제까지 이런 일을 해야 하는 걸까.

하지만 어쩔 수 없다. 가난하니까. 돈이 없으니까.

그렇게 중얼거리다보니 맥없이 눈물이 흘러나왔다.

실은 어제 저녁밥도 닭가슴살 요리였다. 저민 닭고기와 양파로 덮밥을 만들고 된장국과 샐러드를 곁들여 내놓았다.

"고기가 좀 퍽퍽하네."

닭고기 덮밥을 먹던 남편이 중얼거렸다.

원래 음식에 까다롭지 않아 주는 대로 묵묵히 먹는 사람이었다. 어제 저녁에도 별생각 없이, 악의 없이 그저 생각나는 대로 말했을 테지.

그러나 그 순간 도모코는 발끈했다.

하마터면 젓가락을 남편에게 집어던질 뻔했다. 아니, 머릿속에서는 이미 집어던졌다. 실제로는 조용히 자리에서 일어섰을 뿐이지만.

분명 고기는 퍽퍽했다. 너무 익혀선지 고기를 써는 방식이 잘 못돼선지 맛이 없었다.

닭가슴살에 문제가 있었던 건 아니다. 조리법에 따라 다릿살보다 훨씬 맛있고 건강에도 좋다. 예전에 영어 교실 선생님이 고향인 호주에서는 다릿살보다 가슴살이 더 비싼데 일본에 와서는 그렇지 않아 깜짝 놀랐다고 했다.

요컨대 조리법이 문제였을 터. 요리라면 질리도록 해온 베테랑 주부였는데 이제 와서 한심하다. 분명 남에게 오세치 요리를 가르칠 만큼 실력이 있었을 텐데, 뭔가 이상하다.

자신이 잘못했다는 걸 머리로는 이해한다.

그런데 도저히 마음이 따라가지 않는다.

일주일 뒤면 방사선 치료 여부가 결정된다. 치료를 받게 되면 또 며칠인가 입원해야 하고, 퇴원하더라도 몸 상태가 좋지 않은 날이 계속된다고 들었다.

그렇게 되면 남편은 어쩔 작정인 걸까.

그런 우울한 생각을 하다보니 이미 치료를 받는 게 기정사실처럼 느껴진다. 차라리 그런 마음으로 있으면 결정됐을 때 충격은 없으리라.

반년…… 보험이 있으니 치료비가 그리 많이 들지 않는다 해도, 도모코가 계속 집안일을 못한다면 저축해둔 100만 엔 따윈 금세 다 써버릴 것 같다.

　수술한 아랫배가 또 쑤셔오는 듯하다.

　"요즘 이런 곳은 항상 붐비네. 병원이나 의사 수가 부족한 건가?"

　대기실에 틀어놓은 TV를 쳐다보며 지사토가 중얼거렸다.

　"미안."

　둘은 오늘 자궁내막암의 조직검사 결과를 들으러 왔다. 두시 예약이었는데 이십 분이 넘도록 불릴 기미가 없다. 대기실 가득 놓인 소파에는 이십대부터 팔십대까지 다양한 연령대의 여자들이 빼곡히 앉아 있다.

　"그런 뜻으로 말한 거 아냐. 애초에 내가 억지로 따라온다고 했고."

　아무래도 혼자서 검사 결과를 듣는 게 조금 불안하다고 메시지를 보냈더니 지사토가 바로 "같이 갈까?"라고 해줬다. 당연히 그녀가 억지 따윌 부린 게 아니다.

　"기다리는 동안 함께 얘기할 수도 있잖아."

　"나중에 나이 먹으면 매일같이 여기서 만나는 거 아냐?"

　도모코가 그런 말을 하며 힘없이 웃는다.

　"……요시아키 씨랑은 어떻게 됐어? 얘기는 진행됐어?"

"재산을 전부 반으로 나누기로 했으니 얘기가 잘 진행될 줄 알았는데……"

스무 살인 딸 지아키의 양육비와 학비 문제로 다투는 모양이었다.

"그 자식, 이혼해달라며 고개 숙일 때 그런 부분은 확실히 책임지겠다고 했거든. 그랬는데 이제 와서 스무 살이나 먹은 딸에게 양육비는 필요 없지 않느냐는 거야."

"뭐? 지아키는 아직 대학생이잖아."

"내 말이. 학비만 절반 내고 양육비는 못 내겠다더라."

"너무하다."

"헤어지기로 결정하고 나니 어찌나 인간이 박정하던지. 새 여자가 이런저런 얘길 하면서 꼬드긴 게 아닐까 싶어. 그래서 갑자기 돈이 아까워진 거 아닐까?"

역시 돈 문제는 마지막의 마지막까지 다투게 되는 모양이다.

"제일 큰 문제는, 남편이 이 상황에 어딘지 모르게 익숙해졌다는 거야."

"무슨 소리야?"

"전에 말했지? 남자들은 부인과 애인 사이에서 왔다갔다하는 걸 크게 꺼려하지 않는다고 변호사가 해준 얘기. 젊은 애인을 두고 귀여운 딸과 본처가 있는 가정을 왔다갔다하는 것도 나쁘지 않다고 생각하기 시작한 듯해."

"무슨 그런……"

여자를, 부인을 대체 얼마나 바보로 취급하는 걸까. 도모코는 듣는 것만으로도 부아가 치밀어올랐다.

"최근 그 자식이 양쪽 집을 왔다갔다하면서 '자기도 힘들다'며 우는소리 하는 걸 보면 그런 게 아닐까 싶더라고. 같이 산 세월이 얼만데 그 속이야 빤하지. 여자들은 그런 거 싫지 않아? 한번 헤어지겠다고 하면 이미 마음은 결정된 건데."

"그렇지."

도모코는 고개를 끄덕이면서도 어딘지 모르게 지사토의 표정이 마냥 어둡진 않다는 느낌이 들었다. 지사토도 그런 남편을 과감히 끊어내지 못하는 게 아닐까.

지사토야말로 이 상황에 익숙해진 게 아닐까 싶다. 구시렁거리면서도 어딘가 안심한 듯 보인다.

도모코는 지사토의 옆모습을 슬쩍 훔쳐본다.

지사토를 비난할 순 없다. 이십오 년간 함께한 부부인걸.

"미쿠리야 님, 미쿠리야 님. 3번 진료실로 오세요."

젊은 간호사가 새된 목소리로 불렀다.

지사토의 눈빛에 갑자기 긴장감이 돈다.

"도모코, 지금 부른 거 너 맞지?"

도모코는 대답 대신 지사토의 손을 꽉 되잡았다.

둘은 초등학생 여자아이들처럼 손을 꼭 잡고 진료실로 들어갔다. 도모코의 뒤에 숨다시피 한 지사토는 상당히 겁먹은 듯했다.

"도모코가 쓰러지지 않도록 내가 옆에 꼭 붙어 있어줄게"라며 기세 좋게 말하더니 막상 때가 닥치자 지사토가 더 겁쟁이가 됐다는 게 우습기도 했지만 기분은 나쁘지 않았다. 지사토의 두려움은 그만큼 도모코를 걱정하고 있다는 반증이니까.

정작 당사자인 도모코는 진료실에 들어간 순간 의외로 마음이 훅 가벼워졌다.

다르다. 진찰실의 분위기가 지금까지와 달리 왠지 밝다.

지금껏 몇 번이나 이곳에 다닌 도모코이기에 눈치챌 수 있는 것이리라. 젊은 의사도, 그 옆의 간호사도 여태껏 어딘가 걱정스러워 보이던 어두운 기색이 없다. 팽팽히 긴장된 분위기가 사라졌다.

"도모코 씨. 이쪽에 앉으세요."

"오늘은 친구랑 같이 왔는데⋯⋯"

"아, 그럼 친구분도 이쪽에 앉으세요."

둘은 의자 두 개에 나란히 앉았다.

"전에 한 조직검사 결과가 나왔는데요."

바로 본론으로 들어가는 모양이다. 의사가 미소를 지으며 차트를 펼친다.

이거다. 도모코는 직감했다. 의사가 지금껏 거의 미소를 보인 적이 없는데 오늘은 웃고 있다.

"축하드려요. 결과는 1A기입니다!"

"아!"

의사의 표정을 보고 내심 예상은 했지만 도모코는 깜짝 놀란 듯한 목소리가 새어나왔다.

"1A기입니다. 절제한 조직은 약 1센티미터 정도였고요."

"도모코, 다행이야……"

지사토가 울먹이는 목소리로 겨우 말했다.

지사토를 살짝 돌아보며 고개만 간신히 끄덕인 도모코는 다시 의사를 바라보며 물었다.

"……그럼, 방사선 치료는."

"안 하셔도 됩니다."

그다음에 의사가 앞으로의 치료 일정(몇 달간 한 달에 한 번 내원하고, 그후에는 일 년에 한 번 CT 촬영을 받아야 하는 일) 등을 설명했지만 도모코는 고개를 끄덕이면서도 마음은 어디론가 멀리 날아가 있었다.

자신의 목소리인지 타인의 목소리인지 모르겠지만, 머릿속에서 "지금부터야. 지금부터 다시 시작하는 거야"라는 말이 들리는 것 같았다.

"아, 그래서 오늘은 두 분이 함께 오신 거군요."

조금 통통한 체격의 자산관리사 구로후네 스코의 앞에 긴장한 기색으로 도모코와 지사토가 앉아 있다.

조직검사 결과를 듣고 돌아가던 중 둘은 오차노미즈역 앞 카페에서 차를 마셨다. 그곳에서 지사토의 얘기를 듣다가 도모코는 지금 자신의 심경을 누군가에게 상담해보는 것도 좋겠다고 마음먹었다.

"네, 지사토에게 얘기를 듣다보니 저도 꼭 선생님의 말씀을 듣고 싶어졌거든요. 그래서 물어봤더니 선생님께서 그룹 상담도 하신다고 해서요."

"네, 맞아요. 전문가와의 개인 상담이라고 하면 집의 자산을 숨김없이 밝혀야 하나 싶어 방어적인 자세를 취하는 분들도 많아요. 처음에는 편한 마음으로 친구와 가볍게 들르는 게 쉽죠. 전문가 중에는 개인 상담만 하는 사람도 꽤 있지만 저는 시작이 어떤 형태든 상관없다고 생각해요. 좀더 깊은 얘기를 하게 되면 일대일이 좋다고 말씀하시는 분들도 있고요."

검은색 눈동자를 굴리며 말하는 구로후네 선생은 TV에 자주 나와 "8 곱하기 12는 마법의 숫자!"를 외치는 사람이라고는 생각되지 않을 만큼 싹싹하고 밝았다. 도모코의 마음도 편안해졌다.

이혼이 거의 확실시된 지사토와 달리 도모코의 고민, 마음의 응어리는 구체적으로 표현하기 어려운 것이었다. 하지만 저축액이 거의 없다는 건 상담할 가치가 있어 보인다. 그 외에도 막연한 불안이나 불만이 있는데 어차피 혼자서 끙끙대며 고민한들 사라지지 않는다.

게다가 1A기라는 결과를 듣고 마음이 조금 개운해졌기에 도모코는 현재의 불안을 제대로 해결하고 싶다는 긍정적인 마음을 가질 수 있었다.

상담은 한 시간에 6천 엔, 둘이서 반씩 부담해도 3천 엔이다. 비싼 상담료를 냈다고 문제가 깔끔히 해결되진 않으리라. 다만 자신이 그만큼 적극적으로 대처했다는 증거를 갖고 싶기도 했다.

그것만으로도 3천 엔을 쓴 게 아깝지 않을 듯했다.

"자, 오늘은 미쿠리야 도모코 씨의 얘기부터 들어볼까요?"

"네. 그런데 잘 설명할 수 있을지 모르겠네요. 혹시 제대로 전달이 안 된다면 죄송합니다."

도모코는 얘기하기 시작했다. 지사토의 말을 듣고 집의 재정 상황을 다시 확인해봤더니 저축액이 100만 엔도 안 될 만큼 줄어든 상태였던 것. 자궁내막암 치료는 일단락됐지만 체력에 자신이 없어 젊었을 때처럼 절약할 수 있을지 불안하다는 것. 자녀들에게는 각자 가정이나 일이 있으니 장래에 부담을 주고 싶지 않다는 것. 시어머니의 간병에 대체 얼마가 들지 모르겠다는 것……

"사실 그것 말고, 지사토한테도 처음 얘기하는 건데요."

도모코는 지사토를 향해 가볍게 눈짓한 다음 아직 말한 적 없는 얘기를 꺼냈다.

"며칠 전에 작은딸이 집에 와 지금 사귀는 사람이 있다는 얘기를 살짝 하더라고요."

"축하할 일이잖아. 엄마한테 제대로 얘기해주다니 고맙네."

지사토가 밝은 목소리로 말한다.

"그렇지. 걔는 그런 걸 부모와 의논하는 편이 아니거든. 여태껏 말해준 적 없었어. 그런데 일부러 집에 와서 그런 얘기를 하는 걸 보니 진지하게 결혼을 생각하는 건가 싶어."

"그렇다면, 그 결혼자금을 걱정하시는 거군요?"

역시 돈의 전문가, 구로후네 선생이 바로 눈치챘다.

"네, 맞아요. 첫째 때도 그랬는데, 자기들 힘으로 알아서 한다고 해도 이래저래 돈이 드는 일이잖아요? 소중한 딸이니 부족함 없이 결혼시키고 싶어요. 게다가 이런 일은 상대편 집안도 생각해야 하는데, 어쩌면 초호화 결혼식을 원하는 집안일지도 모르잖아요. 그럼 얼마나 지원해줘야 할지…… 어젯밤에도 그런 생각에 잠이 안 오더라고요."

"잘 알겠습니다."

꼼꼼히 메모하면서 도모코의 얘기를 듣던 구로후네 선생이 고개를 들었다.

"우선, 둘째 자녀분 결혼에 관한 건인데요."

바로 본론으로 들어가는 건가? 하긴 고작 한 시간 동안 두 명을 상담하는 일이니 바로 대답해주는 편이 고맙다.

"일단 제쳐두기로 하시죠. 무슨 말이냐면, 이건 어머님, 도모코 씨의 문제가 아니라 따님의 문제잖아요. 만일 상대편 부모가 호화 결혼식을 원한대도 그건 두 사람이 해결할 문제지 도모코 씨가 고민하실 일이 아닙니다. 따님도 이제 성인이니까 확실히 구별해서 생각하셔야 해요. 심지어 아직 상대방이랑 만나지도 않았는데 끙끙 고민해봤자 소용없어요. 게다가 도모코 씨의 근본적인 문제가 해결되면 이 건도 자연히 해소될 듯한 느낌이 드네요."

"아, 네……"

그리 간단히 털어버릴 수 없으니 고민하는 거라고 도모코는 내심 불만스러운 한편, "당신의 문제가 아니다"라고 딱 잘라 얘기해주는 걸 들으니 왠지 안심되기도 했다.

"시어머니 문제도 마찬가지예요. 간병 때문에 빈곤의 연쇄가 발생하는 일이 있어선 안 돼요. 자식은 부모를 간병할 의무가 있지만 경제적 여유가 있는 범위에서 하면 된다고 법률에서도 말하고 있어요. 간병 때문에 정말 돈이 궁해지면 부모님과 세대 분리를 한 다음 생활보호를 받으시게 하는 방법도 있어요. 이것 역시 도모코 씨의 본질적인 부분이 해결되면 새로운 길이 보일 거예요."

거기까지 말한 구로후네 선생이 테이블 위에 놓인 차를 한 모금 마셨다. 마치 지금부터가 본론이라는 듯.

"지금 하신 얘기를 듣다보니 조금 마음에 걸리는 부분이 있는데요. 도모코 씨의 고민은 집의 저축액에 대해서였고, 그래서 절약을 하고 싶지만 체력에 자신이 없다는 것이었죠. 그런데 그 얘기를 하시면서 몇 번인가 남편분을 언급하셨어요. 남편은 집안일을 못한다든가, 가정에 무관심해서 본인이 해야 한다는 식으로요."

그랬다. 오늘은 집의 재정 문제에 관한 얘기를 하는 것이니 남편에 대한 불만은 표현하지 않으려 했다. 남편은 돈을 펑펑 쓰는 사람이 아니고, 절약하는 데 악영향을 미치는 존재도 아니다. 하지만 무심코 불만이 흘러나온 모양이다.

"실은 남편분께 불만이 있으신 거 아닌가요?"

"그거야 뭐, 있긴 하죠…… 오랜 세월 같이 살다보면 서로 불만이 쌓이잖아요. 오래된 부부라면 다들 그렇지 않나요? 게다가……"

도모코는 옆에 앉은 지사토 쪽을 슬쩍 쳐다보았다. 남편에 대해 그다지 얘기하지 않은 건 이혼을 앞둔 친구를 배려하기 위함이기도 했다. 그 마음이 전해진 모양인지 지사토는 괜찮다는 듯 가볍게 고개를 끄덕였다.

친구의 소개로 알게 된 젊은 시절의 가즈히코는 쓸데없는 말을 전혀 하지 않는 성실한 사람이었다. 그런 남편에게서 도모코는 쇼와시대 초에 태어난 아버지의 모습을 겹쳐 보았다. 경박한 시대, 겉멋 든 가벼운 남자들은 이제 질렸다고 생각했다.

거기에 너무 환상을 품은 것일지도. 도모코가 멋대로 '평소에는 과묵하지만 중요한 때 의지가 되는' 사람일 거라고 기대한 남자는 그저 말수가 적을 뿐이었다.

"지사토의 얘기를 듣고 도저히 이혼은 못하겠다고 생각했어요. 퇴직금이나 연금을 둘이서 반으로 나눌 수 있다 해도 역시여자가 불리하잖아요. 저희는 모아둔 돈도 별로 없고……"

"분명 제가 고노 지사토 씨에게 앞으로의 생활 설계를 해드렸죠. 그건 현실을 제대로 파악하고 착실히 인생을 살아가시길 바라는 마음을 담아 말씀드린 겁니다. 결코 소극적으로 살게 하려는 의미가 아니었어요."

"그런데 이혼은 도저히……"

"딱히 도모코 씨에게 이혼을 권하는 건 아닙니다. 그저 경제적인 문제에서 본인이 모두 참으면 된다는 식으로는 생각하지 마시라는 거예요. 경제적인 면은 차치하고 정말 자신이 뭘 어떻게 하고 싶은지 한번 잘 생각해보세요."

"네."

"이혼은 인생의 끝이 아니라, 새로운 시작이랍니다."

도모코는 지사토를 바라보았다.

"그렇네. 미안해, 지사토."

"됐어, 괜찮아. 나도 네 마음 잘 알아."

둘이 서로 마주보며 미소 지을 때 구로후네 선생이 말했다.

"그럼 구체적인 방법으로 들어가볼까요? 두 분 다 지금 할 수 있는 일부터 시작하시는 게 좋을 것 같네요."

장보기를 마치고 집에 온 도모코는 사 온 것들을 냉장고에 넣은 뒤 지갑을 열었다.

지갑에서 영수증을 꺼내고 지폐는 잘 세어 방향을 맞춘 다음 다시 지갑 안에 넣었다. 꺼낸 영수증을 찬찬히 살펴보고 얼마를 썼는지 확인한 뒤 자석으로 냉장고 문에 붙였다.

이렇게 해두면 냉장고 속 내용물을 잊지 않고 다 쓸 수 있다고 구로후네 선생이 알려줬다.

"지갑의 내용물을 확인하고 영수증을 꺼내서 정리하는 것만으로도 상당히 효과가 있답니다. 특히 도모코 씨는 돈이 안 드는 요리를 억지로 만들거나 할인하는 식재료를 사는 것보다 구입한 걸 낭비하지 않고 다 쓰고, 너무 많이 사지 않도록 주의하세요. 하지만 피곤할 때는 사양 말고 기성품 반찬을 사세요. 지금은 무엇보다 건강이 제일 중요하니까요."

"정말요? 그래도 괜찮을까요?"

"물론이죠. 따님들도 다 독립하셨죠? 식비도 별로 들지 않을 거예요. 뭘 사든 외식하는 것보단 나으니까요. 그 대신 월말에는 조금 절약할까요? 마지막 주는 장을 보러 가지 말고 집에 있는 식재료, 미리 사둔 식재료를 해치운다는 생각으로 다 쓸 수 있는 레시피를 생각하세요. 한 가정의 부엌에 일주일 치 식재료쯤은 있을 테니 걱정 마시고요. 그것만으로도 마음이 꽤 후련해질 거예요."

"그렇군요."

도모코가 퇴원했던 날, 아무것도 없다고 생각했지만 저녁밥 한 끼 정도는 간단히 만들 수 있었던 게 떠올랐다.

"할 수 있는 일부터 시작하시면 돼요. 한 가지 더, 남편분 말인데요. 일주일에 며칠은 따로 저녁밥 먹는 날을 정하시면 어떨까요?"

"네?"

"조금 전 도모코 씨가 영어 교실에 다닌다고 말씀하셨죠? 그 날 저녁만이라도 남편분 혼자서 식사하게 하는 건 어때요? 스스로 만들어 드셔도 되고 외식을 하셔도 괜찮아요. 부부라고 해도 지금부터는 서로 조금씩 거리를 두고 노후를 어떻게 보낼지 생각해보는 게 어떨까요?"

그럴 수 있다면 얼마나 편해질까. 사실 영어 교실이 끝나면 다른 학생들은 다 같이 밥을 먹고 귀가한다. 도모코는 남편의 식사 준비 때문에 한 번도 참석한 적이 없었다.

"그 사람 때문에 내가 참는 거야. 이런 상태는 그만두셔야 합니다. 서로를 불행에 빠지게 만들거든요."

곁에서 지사토가 크게 고개를 끄덕였던가.

오늘 저녁 메뉴는 된장국과 밥, 두부에 낫토를 올린 것과 메인 요리인 부추 간 볶음이었다. 된장국은 아침에 먹고 남은 것이고 두부나 낫토는 팩에서 꺼내기만 하는 거라서 메인 요리만 만들면 된다. 국 하나에 반찬 두 개, 그중 하나는 팩에서 꺼내기만 하면 되는 이 식단도 구로후네 선생이 알려줬다.

장을 볼 때 두부나 낫토 외에 큰실말, 미역귀, 다마고도후*, 사

사카마** 등 포장만 뜯어서 바로 식탁에 올릴 수 있는 재료를 사 둔다. 그럼 메인 요리만 하나 생각해두면 된다. 그것도 가끔은 주조 상점가의 맛있는 반찬가게에서 산다.

여덟시를 넘긴 무렵 남편이 집에 돌아왔다.

평소처럼 옷을 갈아입고 식탁에 앉는 동시에 TV 리모컨에 손을 뻗는다.

"조금만 있다가 켤래요? 할말이 있는데."

"뭔데?"

남편이 순순히 리모컨에서 손을 뗀다. 남자치고는 비교적 커다란 눈으로 이쪽을 바라본다. 그 표정에 아무런 그늘도 없다. 도모코가 불만을 품고 있다거나 자신에게 불평을 얘기할 거라고는 눈곱만큼도 의심하지 않는 것이다.

돌아보면 이런 식으로 남편의 눈을 바라보며 얘기하는 것도 오랜만이었다.

"저기, 나 영어 교실 가는 거 목요일이잖아요."

"그렇지."

---

* 육수에 달걀을 풀어 넣고 사각 용기에 담아 굳힌 요리.

** 조릿대 잎 모양을 한 일본식 어묵의 일종.

정말 그걸 기억하고 있을 것 같진 않지만 남편은 당연하다는 듯 고개를 끄덕인다.

"앞으로 목요일에는 당신 혼자서 저녁밥을 해결해줘요."

단숨에 그렇게 말했다.

"혼자서 해결하라는 게 무슨 뜻이야?"

"말 그대로예요. 당신이 직접 만들어 먹든지 외식을 하든지. 어머님 댁에 가서 먹고 와도 되니까 목요일은 저녁밥 짓는 데서 나를 해방시켜줘요."

"갑자기 왜."

남편이 무뚝뚝한 얼굴로 묻는다.

"영어 교실이 끝나면 다른 사람들은 전부 선생님이랑 같이 밥 먹으면서 이런저런 얘기도 하고 집에 가요. 나도 계속 끼고 싶었는데 당신 저녁밥을 만들어야 해서 참았어요. 이제는 그만 참으려고요."

식탁 위에 차려진 요리에 손도 못 대고 기다리는 남편이 마치 아이처럼 보였다.

"나 아팠잖아요. 그러면서 생각했어요. 이제는 그만 참고 살고 싶다고. 일주일에 한 번은 쉬게 해줘도 되잖아요? 그러니까……"

"알았어."

무뚝뚝하게 말을 끊은 남편은 다시 리모컨에 손을 뻗어 TV를

켰다.

휴우…… 도모코는 한숨을 내쉬었다.

실은 하루 더, 일주일에 이틀은 쉬고 싶었다. 쉬고 싶은 이유가 영어 교실 때문만이 아니라 요리를 비롯한 집안일이 해가 갈수록 힘들다는 것도 얘기하고 싶었다.

"뭐든지 한 걸음씩이에요. 서두르지 말고, 전부 한번에 바꾸겠다고 생각하지 마세요."

상담 때 구로후네 선생이 마지막으로 한 말이 떠올랐다.

그래, 한 걸음씩이다. 일주일에 한 번이라도 혼자서 밥을 먹다 보면 남편이 스스로 깨닫거나 생각하게 될지도 모른다.

절대로 안 된다고 반대하는 것보다 훨씬 낫다.

젓가락을 든 도모코는 남편이 먹고 있는 것과 같은 반찬을 집어들었다. 부추 간 볶음이 짜서 조금 목이 막혔지만 꼭꼭 잘 씹어 삼켰다.

· 6장 ·

절약가들

얼마 전, 저 피코는 이 년에 한 번 찾아오는 중요한 선택의 시기를 맞이했습니다.

네, 맞아요.

스마트폰의 이 년 약정기간이 끝났답니다.

이 시기의 작은 선택이 향후 이 년간의 지출, 나아가 매일의 생활에 크게 영향을 미친다는 건 여러분도 잘 아시겠죠?

참고로 제 남자친구(미대를 졸업하고 디자인회사 인턴 기간을 거쳐 취직)는 약정 따윈 아랑곳하지 않고 새로운 아이폰이 출시되면 거침없이 바꾸고 갈아타는 유형입니다.

그래서 신제품이 나올 때마다 기기변경 요금제를 적극적으로 권유하는 S사의 장기고객이에요. 게다가 아이폰 중에서도 고가인 플러스 모델을 늘 애용한답니다.

경제적인 면에서 조금 그렇지 않느냐고요? 이 사람과 결혼한다고 생각하면 살짝 걱정스럽긴 한데요……

"평소 생활을 떠올려보면 스마트폰을 쓰는 시간이 하루 중 가장 길지 않아? 몇 번이고 들여다보는데다 손에서 놓지 않는 사람도 많잖아. 나는 책이나 음악도 거의 전자책이나 다운로드 서비스로 이용하니까, 조금 비싸더라도 365일로 일할 계산해서 하루에 얼만지 생각해보면 그리 사치스러운 소비라고는 생각 안 해. 일 년에 몇 번 쓰지도 않는 보석을 사는 것도 아니잖아."

흠, 듣고 보니 그렇게 생각할 수도 있겠구나 싶더라고요.

아니 잠깐만.

그럼 설마 이 사람, 약혼반지 같은 건 필요 없다고 생각하는 걸까요?

일단 그 문제는 제쳐두고, 다시 본론으로 돌아갈게요.

남자친구의 이런 사고방식은 학생 시절에 반년 정도 호주에서 유학했을 때 아시아 각지를 여행한 경험과도 관계가 있는 모양입니다.

"싱가폴의 스타벅스에 갔는데 주변 사람들이 자꾸 나한테 말을 거는 거야. 핫스팟을 빌려달라는 둥 어디에서 왔냐는 둥. 심지어는 처음 본 사람이 잠깐 화장실에 갈 건데 짐 좀 봐달래. 일본도 아니고 해외에서 그랬다니까? 뭐, 싱가포르는 치안이 좋고 일본인이 신뢰받는 점도 있겠지만, 그때 그 사람들을 관찰해보고 내 어떤 점이 그들에게 믿을 만하다는 인상을 줬는지 알게 됐어. 그게 최신형 아이폰이랑 애플 컴퓨터였단 말이지. 과거에는 사람을 판단하려면 발밑을 보라느니 하면서, 좋은 구두를 신거나 좋은 옷을 입고 명품 가방을 사기도 했잖아. 지금은 아니거든. 돈이 있어도 너덜너덜한 운동화에 티셔츠, 청바지 차림인 사람도 많잖아. 복장보다 소지품인 거지. 그게 세계의 공통어이자 같은 감각을 지닌 사람이라는 표식이야."

라고 합니다.

뭐, 남자친구의 경험이 전부는 아니라고 생각하지만 일리는 있네요.

저도 지금까지 D사에서 개통한 아이폰 5s를 썼습니다. 이 년 전에 새로 샀을 때는 아직 그리 오래된 기종이라는 느낌이 없었어요. 디자인도 마음에 들었고 거의 불만이 없었죠. 이걸 이대로 계속 쓸까 생각하기도 했어요.

하지만 요즘 아이폰 8이 발매된다는 소문이 여기저기서 들려오니 슬슬 아이폰 7, 적어도 아이폰 6s 정도로는 바꿔도 되지 않을까 싶더라고요.

　무엇보다 제 등을 떠민 건 D사의 응대였어요. D사에 문의했더니 기기변경 없이 쭉 사용해도 통신료가 지금이랑 별 차이가 없다는 거예요. (우연일지 모르지만 그때의 상담원도 별로 친절하지 않은 느낌이었어요.)

　뭐, 장기고객에게 소홀한 거야 요즘 통신사들이 다 그렇죠. 대기업이고 신생기업이고 할 것 없이 얼마든 통신사를 바꿔도 상관없다고 말하는 듯한 요금제만 내놓잖아요.

　게다가 요즘은 대기업 통신사 외에도 알뜰폰, 알뜰유심이라는 선택지가 있죠.

　그래서 결국 가장 저렴하게 스마트폰을 쓸 수 있는 방법은 뭘까요? 어느 통신사를 이용하는 게 가장 좋을까요?

　거기까지 단숨에 써내려간 미쿠리야 미호는 작게 심호흡하고 처음부터 다시 찬찬히 글을 읽기 시작했다.

　나쁘진 않지만 너무 길다.

　오늘 쓰는 글의 가장 중요한 주제는 "스마트폰 통신사 중 가장 저렴한 곳이 어디인가"인데, 본론에 들어가기도 전에 얘기를 질질 끌어버렸다. 나름 신경써서 행갈이도 했는데, 이렇게 다시 보니 화면이 새까맣게 보일 정도로 글자가 빽빽하다.

쇼헤이가 해준 얘기 재미있었는데……

이날 데이트할 때 미호가 이따 저녁에 스마트폰에 관한 글을 올릴 거라고 했더니 자연스레 그런 얘기를 나누었다.

미호는 대학생 때부터 사귀었던 다이키와 헤어진 뒤, 구로후네 스코의 절약 강연 때 옆자리에 앉았던 누마타 쇼헤이와 자주 만나게 됐다. 호리호리한 체격에 깔끔한 인상, 적당히 잘생긴 외모가 딱 미호의 취향이었다. 쇼헤이는 아카바네에 살고 있었는데 미호가 본가가 있는 주조에 집을 구하고 싶다고 상의하고부터 급속도로 가까워졌다. 집 찾기가 좋은 데이트 구실이 되었다. 지금은 서로가 자전거로 오 분 거리에 살고 있다.

다만 쇼헤이가 딱히 절약에 관심이 있어서 그 강연에 참석한 건 아니고, 그런 공부 모임이나 강연, 아침 모임 같은 걸 좋아할 뿐이었다. 저렴한 강연이 없는지 늘 인터넷으로 찾아보고, 시간이 나면 뭐든지 신청한다. 장차 창업도 염두에 두고 있는 듯했다.

그래도 미호가 절약하는 걸 잘 이해해줘서 평일에는 서로의 집 중 한 곳에서 시간을 보내는 경우가 많다. 외식하는 것보다 식비가 훨씬 절약되기 때문이다.

사실 이사할 때도 쇼헤이가 "우리집으로 오면 될 텐데"라며 농담인지 진담인지 모를 소리를 했는데, 아무래도 결혼 전에 본가 근처에서 동거하는 게 미호는 조금 망설여졌다.

밖에 나가지 않아도 쇼헤이는 화제가 풍부하고 재미있다. 블로그에 쓸 얘깃거리도 자주 제공해주는데 그게 구독자들에게도 전해지는 모양인지 댓글란에 "피코 씨 남자친구는 재미있는 분이네요"나 "남자친구 의견에 동의!" 같은 내용이 종종 보인다.

그래서 더욱 대화체를 살리고 싶어 글을 쓰기 시작했는데……

이대로라면 본론에 들어가기도 전에 구독자들이 질릴 게 뻔하다.

미호는 마우스를 손에 쥐고 커서로 단숨에 문장을 선택한 뒤 "참고로 제 남자친구"부터 "선택지도 있죠"까지 과감히 잘라냈다.

문장이 뭉텅 삭제된다. 아깝지만 다 지워버리는 건 아니다. 잘라낸 부분은 저장해뒀다 다음번에 올릴 것이다.

미호는 컴퓨터를 향해 자세를 고쳐 앉고 뒷얘기를 이어 쓴다.

그래서 저는 아이폰으로 한정해 어떤 방법이 가장 유리할지 검증해볼까 합니다.

아, 제가 딱히 아이폰만을 스마트폰으로 여긴다거나 애플 마니아인 건 아니에요. 제 언니는 구글의 구형 안드로이드 스마트폰(Nexus5)을 쓰는데 Y사에서 한 달에 2천 엔도 안 되는 요금으로 이용하고 있더라고요…… (그런 방법도 괜찮은 것 같아요.)

다만 아이폰만 중점적으로 다루는 편이 비교하기 쉬우니 저는 그렇게 할게요.

일단 결론부터 말씀드리면…… 짜잔!

아이폰을 가장 효율적이고 저렴하게 쓰는 방법은, 애플스토어에 가서 신형 아이폰을 구입한 다음 알뜰유심(각자의 월 데이터 사용량이나 통화 형태에 맞는 통신사에서 가장 저렴한 것)을 골라 이용한다! 그뿐입니다.

'뭐야, 별거 아니네'라고 생각하시는 분들도 많겠죠.

이것저것 계산해본 결과, 그게 가장 효율적이면서도 경제적인 것 같았어요.

현재 최신 아이폰의 16기가 타입은 세금까지 총 6만 6744엔입니다. 이걸 24개월로 나누면 매달 2781엔이죠. 거기에 유심 사용료가 추가되는데, 무제한 유심이 약 3천 엔이니 데이터를 펑펑 써도 6천 엔 언저리라는 계산이 나옵니다. 저는 집에 와이파이를 설치하지 않아서 이걸 선택했지만 더 저렴한 유심도 많이 있어요.

D사에서 신형 아이폰을 이 년간 데이터 5기가에 월 8천 엔씩 내고 사용하는(실제로는 여기에 통화료가 붙으니 좀더 들 수 있어요) 것에 비하면 2천 엔 이상 저렴해집니다.

게다가 이 년이 아니라 사 년간 사용할 때는 월 사용료가 더 내려갑니다. 그러려고 최신 기종을 사는 거죠. 지금은 알뜰폰 통신사 중 아직 아이폰 7을 제공하는 회사가 없으니 오랫동안 쓸 생각이라면 애플에서 최신 기종을 사는 편이 역시 이득이에요.

그리고 알뜰유심은 최소 유지기간이 짧거나 없는 경우가 많답니다. 몇 달이나 반년, 일 년, 개중에는 한 달 만에 변경해도 되는 (업무 수수료는 내야 해요) 통신사도 있어요. 그러니 조건 좋은 통신사가 있으면 얼마든지 갈아탈 수 있답니다.

애플스토어에서 산 기기라면 해외에 갔을 때 현지에서 쓰고 버리는 유심을 사서 갈아 끼우기만 하면 사용할 수 있고요.

지금은 일요일, 아니 월요일 새벽 한시. 날이 밝으면 새로운 한 주가 시작된다.

미호는 잠들지 않고 계속해서 타닥타닥 컴퓨터 자판을 두들긴다.

미호가 블로그를 시작한 건 구로후네 스코의 강연에 갔던 날 밤이었다. 처음에는 가벼운 마음이었다.

혼자서 절약하는 생활을 해봐도 좀처럼 성과가 눈에 보이지 않고 금세 좌절해서 쓸데없는 지출을 해버렸다. 미호가 무심코 뭔가를 사고 싶어지는 경우는 주로 야근 후 지쳤을 때였다. 밤

열시까지 영업하는 고급스러운 빵집의 빵, 그보다 늦은 시각이라면 편의점 간식 등에 무심코 손을 뻗게 된다. 자신의 그런 경향을 깨달은 건 수첩에 매일의 계획과 쓴 돈을 기록하고부터다. 가계부를 사도 잘 기입할 수 있을지 불안하다고 얘기했더니 언니가 수첩에 조금씩 적기만 해도 달라질 거라며 추천해줬다.

그리고 일기 대신 블로그를 쓰면서 조금이라도 구독자가 생기면 누군가가 감시해주는 기분도 드니 계속해서 절약생활을 할 수 있으리라고 미호는 전부터 생각해왔다.

그러던 참에 구로후네 스코의 강연을 들었다. 선생의 열의를 잔뜩 느끼고 돌아온 밤, 그날의 그 기분을 어딘가에 털어놓고 싶었다.

구로후네 스코 선생의 『8×12는 마법의 숫자』 출판 기념 강연에 다녀왔어요!

처음부터 말하려는 내용이 명확했던 덕분에 단숨에 써내려갔다.

"피넛의 절약 블로그: 단독주택과 유기견 입양을 목표로."

다루는 주제를 그대로 옮겨 적은 듯한 블로그명이다. 요즘 미호는 블로그 내에서 피넛에서 따온 '피코'라는 별명으로 자칭하고 있다.

그와 동시에 트위터에 새 계정 '피넛@절약 블로거'를 만들어 포스트 업데이트 때마다 알리기로 했다.

며칠 뒤, 고맙게도 미호의 블로그를 찾아낸 구로후네 선생이 팔로워가 수만 명인 자신의 계정에서 미호의 블로그를 소개해줬다. "며칠 전 서점에서 했던 『8×12는 마법의 숫자』 강연에 대한 글인데 여기 잘 정리되어 있네요. 피넛 씨 고마워요"라는 코멘트와 함께.

덕분에 블로그 글의 조회수가 껑충 뛰어 네 자릿수에 이르며 순조로운 출발을 보였다.

구로후네 선생이 트위터에 글을 남겨주기 전날, 블로그 시작 사흘 만에 이미 얘깃거리가 동날 듯하던 미호는 할머니의 말씀을 떠올리고 "3천 엔을 어떻게 쓰는지가 인생을 결정한다!(아마도)"라는 글을 썼다. 할머니의 말씀과 함께 엄마와 언니가 어떤 티포트를 사용하고 있는지, 자신은 아직 딱 마음에 드는 걸 못 찾아 헤매고 있다는 얘기도 적었다. 강연 후기와 더불어 그 글도 많은 사람이 읽었다.

그뒤로는 자신의 절약뿐만 아니라 종종 가족들의 절약에 대한 얘기도 했다.

그 밖에도 반려견 피넛과의 이별과 유기견을 기르기 위해 단독주택 구입을 목표로 절약하기 시작한 일 등을 솔직하게 작성해 올렸더니, "공감합니다. 저도 기르던 개가 죽었을 때 많이 울었어요" 같은 댓글을 달아주는 사람도 있어서 미호는 조금씩이지만 차근차근 구독자를 늘려나갈 수 있었다.

쇼헤이가 '할말이 있다'고 불러낸 건 만난 지 거의 십 개월이 지나고 미호의 생일이 가까워졌을 무렵이었다.

정식으로 예물이나 반지를 나눠 가진 사이는 아니지만 서로 '결혼하자'거나 '결혼하고 싶다'는 얘기를 하면서 막연히 결혼을 기정사실처럼 여기고 있었다.

애초에 쇼헤이는 사귀기 시작했을 무렵부터 결혼을 가볍게 입에 올리는 사람이었다. 고작 몇 번 데이트했을 뿐인데 이상적인 가정상이나 아이를 몇 명 갖고 싶다는 얘기를 아무렇지 않게 늘어놓곤 했다.

전에 사귀었던 다이키가 취직하고부터 그런 말을 전혀 안 꺼냈던 것과는 대조적이어서 미호는 그게 신선하기도 하고 기쁘기도 했다.

"왜 그렇게 결혼하고 싶은데?"라고 묻자 쇼헤이는 진지한 표정으로 "어서 내 가정을 꾸리고 정착하고 싶어"라고 대답했다.

그토록 가정을 꾸리고 싶어하다니, 어지간히 가정이라는 것에 환상을 품고 있거나 아니면 반대로 집안에 문제가 있는 건지 한 번은 미호가 물어본 적도 있다.

"잘 설명하기 어려운데."

"왜?"

"아니, 나를 학대했거나 문제가 있는 집은 아닌데, 뭐랄까……"

쇼헤이는 먼 곳을 바라보며 잠시 생각에 잠겼다.

"……붕 떠 있는 느낌."

"붕 떠 있다고?"

"음, 뭔가 이렇다 할 큰 문제는 없는데, 그냥 뜬구름 같고 종잡을 수 없는 집이었어. 뭐 그런 것도 지금에서야 느끼는 거지 옛날에는 몰랐지만."

"부모님은 어떤 분들이셔?"

"두 분 다 폭력을 휘두르거나 가족을 학대하지도 않고 평범하게 좋은 분들인데, 어떤 사람이냐고 물어보면 사실 잘 모르겠어. 지금껏 진지하게 제대로 얘기를 나눠본 적이 거의 없거든. 아버지는 내가 고등학생 때 회사를 관둔 모양인데 그것도 사실 정확하지 않아. 내가 미대에 가고 싶다고 했을 때도 딱히 찬성도 반대도 안 했어. 괜찮냐고, 정말 미술 공부해도 되겠냐고, 수업료가 비쌀 거라고 내가 어머니한테 한번 물어봤는데, 실없이 웃으면서 오글거리니까 그런 진지한 소리 하지 말래. 어머니 말버릇이야. 오글거린다는 게."

어머니가 '오글거린다'는 말을 쓴다는 데 놀랐지만 미호는 그게 친구 같은 부모자식 관계인가 싶었다. 미호의 엄마인 도모코도 장난처럼 "오글거려!" 같은 말을 쓴 적이 있으니까.

쇼헤이의 본가는 주조보다 더 동쪽이었는데, 사이타마와의 경계에 위치한 동네였다. 쇼헤이는 대학생 때까지 그곳에서 살았고 인턴이 된 후 아카바네에서 혼자 살기 시작했다고 한다.

갑자기 결혼하고 싶다는 소리를 들었을 때 싫지 않았으니 미호도 쇼헤이에게 상당히 호감을 느꼈던 게 분명하다. 만남을 거듭할수록 점점 더 쇼헤이에게 끌렸다.

새삼스레 할말이라니, 대체 무슨 일일까. 생일에 어디 갈지 얘기하려고 그러나? 미호는 그런 생각을 하며 아침 일찍 주조역 앞 패스트푸드점에서 그를 만나기로 했다.

연애 초기에는 쇼헤이가 아직 신출내기 인턴이라 둘이서 만나는 게 지금처럼 어렵지 않았다. 지금은 평일에 거의 만나지 못한다. 미호는 탄력근무시간을 최대한 활용해도 아침 열시에는 출근해야 하고, 쇼헤이가 일하는 곳은 점심 전에 일을 시작해서 심야까지 야근하는 회사다.

평일에 꼭 만나고 싶을 때는 조식 데이트를 하는 경우가 많다. 모닝 어쩌고 하는 이름이 붙은 저렴한 세트메뉴를 먹으면서 이런저런 얘기를 나눈다.

"주말에 만날까 생각했는데, 이런 건 빨리 말하는 편이 좋을 거 같아서."

월말이라 마감을 앞둔 쇼헤이의 눈이 붉게 충혈되어 있었다.

"왜? 메시지로는 말하기 힘든 일이야?"

"직접 말해야 할 거 같았어. 중요한 얘기거든."

"그렇게 중요한 일이라니, 대체 뭔데?"

"실은 엊그제 모르는 곳에서 전화가 왔는데."

"모르는 곳?"

"학자금 상환이 연체됐다고 하더라."

"뭐? 학자금 빌렸었어?"

미호는 처음 듣는 얘기다.

"아니, 전혀 몰랐어. 부모님이 멋대로 신청했었대. 서류도 부모님이 썼었나봐."

저절로 말문이 막혔다.

"부모님한테 연락했더니 내 학비 때문에 빌렸대. 재학중에 조금은 상환해준 모양인데, 이제 취직했으니 나더러 직접 내라고 그러더라."

미호의 머릿속에 문득 의문이 스친다.

"잠시만, 전에 학비랑 생활비 명목으로 아르바이트해서 번 돈을 부모님께 드렸다고 하지 않았어? 유학도 직접 번 돈으로 다녀왔다며."

그 얘기를 들었을 때 미호는 그가 꽤나 똑 부러진 사람이라고 감탄했었기에 분명히 기억했다.

"그랬어. 매달 5만 엔씩 드렸지. 생활비 겸 집세에 학비까지 있으니 그걸로는 말도 안 되게 부족했대. 미대 학비가 비싸잖아."

쇼헤이 부모님의 말씀도 분명 일리는 있다. 하지만……

"그래서, 학자금이 총 얼만데?"

미호는 너무 호들갑스럽지 않게 자연스레 물어볼 요량이었지만 자신의 목소리가 조금 떨리는 게 느껴졌다.

"거의 학자금 한도 전액이래. 다달이 12만 엔씩 빌렸으니까."

"뭐, 12만 엔?"

"재학중에는 무이자지만 졸업 후에는 이자가 3% 붙나봐…… 이자 빼고 총 576만 엔인데 부모님이 조금 갚아서 지금 남은 건 550만 엔이래. 당연히 일시상환은 어려우니까 조금씩 갚아야 돼."

미호는 숨이 멎을 만큼 충격적이었다.

"갑자기 이런 말 해서 미안해."

할말을 잊은 미호를 향해 쇼헤이가 고개를 숙였다. 미호는 그 모습을 보고 조금이나마 정신을 되찾았다.

"네 탓이 아니잖아……"

그렇다면 대체 누구 탓일까, 도저히 납득하기 어렵다.

"그거 쇼헤이가 꼭 갚아야 해?"

"응?"

쇼헤이가 이쪽을 똑바로 바라본다.

"그 서류, 네가 쓴 것도 아니잖아. 학자금을 빌린다는 사실도 모르고 떠안게 된 거니까."

"뭐, 나도 약간 그런 생각은 했어."

쇼헤이가 고개를 끄덕였다.

"나는 알지도 못했고 서명도 부모님 서체니까 호소해보면 어떻게든 되지 않을까 했는데, 실제로 내가 쓴 돈인 건 맞잖아. 그 돈으로 염원하던 미대에 가서 공부한 건 틀림없는 사실이야. 덕분에 디자인회사에도 들어갈 수 있었고."

그건 분명히 그렇다. 하지만 그 회사는 엄청 바쁘고 박봉이라고 했다.

"모르는 척할 순 없을 듯해. 부모님이 그 빚을 남겨둔 채 돌아가시면 어차피 내가 떠안을 부분이고."

"학자금 12만 엔에 쇼헤이가 매달 드린 돈이 5만 엔이잖아. 17 곱하기 12 하면 일 년에 200만 엔이 넘어. 미대가 그렇게 비싸?"

"학비는 120만 엔 정도야. 그런데 식비나 집세가 드니까."

부모라면 자녀가 학생일 동안에는 책임져줘야 하는 것 아닌가?

다만 미호는 그런 의문을 입 밖에 꺼낼 수 없었다.

"나도 이제 막 들은 참이라 아직 마음 정리를 다 못해서 뭐라 말할 수가 없네."

그래, 가장 놀란 건 쇼헤이일 것이다.

전에 쇼헤이한테 들었던, 부모님이 뜬구름 같다는 얘기가 순간 떠오른다. 미호는 쇼헤이의 부모님을 이해하기 힘들었다. 미호에게 부모란 자신을 품어주고 지켜주는 존재였다. 때로는 서로 큰소리치며 싸우기도 했고, 감정 표현을 별로 하지 않는 아빠에게 불만을 가진 적도 있었다. 그래도 이렇게 불안한 마음이 들게 한 적은 없었다.

자녀를 학대했다면 나쁜 부모라서 그렇다고 하겠지만 이런 경우는 대체 뭘까 싶은 것이다.

미호는 쇼헤이 부모님의 얼굴을 떠올려봤다. 지금껏 봐온 친구 부모님 그 누구와도 닮지 않은, 새하얀 놋페라보*였다. 도저히 구체적인 얼굴이 상상되지 않는다. 그래도 그 새하얀 얼굴이 히죽히죽 웃고 있는 건 보였다.

언니에게 상담해보자. 언니는 이자에 대해서도 잘 아니까.

---

* 얼굴에 눈·코·입이 없는 요괴.

미호는 결국 그런 생각을 하고 만다.

"글쎄다……"

엄마가 미간을 잔뜩 찌푸리며 입을 다물었다.

본가 거실에 미호, 엄마 도모코, 언니 마호, 할머니 고토코가
모여 있다. 평소 밝게 분위기를 잘 중재해주는 할머니도 입을 열
지 않는다.

며칠 전 미호가 쇼헤이의 학자금에 대해 언니 마호에게 전화
로 그 사정을 말하려고 했는데 언니는 "그거 큰일이네. 그렇게
큰돈에 관한 일은 나 혼자서 판단 못해"라고 거절하며 부모님과
상의하라고 했다. 언니는 마침 형부 다이요가 야간근무로 집을
비운 금요일 저녁에 사호를 데리고 본가에 밥 먹으러 가기로 했
다며, 아빠도 술자리가 있지만 열시 전에는 귀가하니 미호에게
같이 가지 않겠느냐고 했다.

엄마, 언니, 자신이 모여 돈과 남자친구에 관해 얘기하자니 왠
지 모르게 마음이 무거워서 미호는 할머니에게도 와달라고 연락
했다. 요즘 자주 감정적으로 행동하는 엄마(본인은 갱년기 탓이
라고 주장한다)도 할머니가 잘 말려주리라 생각했기 때문이다.

"구체적으로 빚을 어떻게 갚을지 정했어?"

언니가 무거운 분위기를 바꾸려는 듯, 그러나 중요한 부분을

물었다.

"빚이 아니라 학자금이야."

"그게 그거지."

"아니거든…… 돈을 대출해준 협회랑 얘기해서 매달 약 3만 엔씩 갚기로 했대."

"두루뭉술하게 말고 정확히 얼만지 들었어?"

언니가 가방에서 스마트폰을 꺼내 계산기를 켜고 재촉했다. 미호는 쇼헤이에게 듣고 스마트폰 메모장에 적어둔 숫자를 다시 확인했다.

"아마 3만 500엔일 거야."

빌린 게 550만 엔이고, 매달 3만 500엔, 이자는 3%…… 언니가 중얼중얼하면서 계산기를 두들긴다.

"……이십 년. 딱 이십 년이면 갚을 수 있다는 계산이네."

"이십 년이나 걸려?"

"이자만 182만 795엔이야! 원금이 550만 엔이라 해도 실제로는 총 732만 795엔을 갚아야 한다고."

"이십 년간 매달 3만 엔이면 큰돈이지……"

쥐어짜는 듯한 목소리로 엄마가 말했다.

알고 있다. 그런 것쯤은 미호가 가장 잘 안다.

미호는 얼마 전부터 절약생활을 하기 위해 주조로 이사했다.

집세와 통신비, 생명보험 등 고정비를 다시 점검하고 회사에 도시락을 싸서 다니면서 겨우 매달 4만 엔씩 저축할 수 있게 된 참이었다.

그러므로 월 3만 엔의 무게를 충분히 절감한다.

"결혼은 반대야."

겨우 고개를 든 엄마가 딱 잘라 말했다.

"뭐?"

미호는 한소리 들을지도 모른다고 각오했지만 엄마가 이토록 확실히 반대할 줄은 몰랐다.

미호는 줄곧 미쿠리야 집안의 우등생이었다. 고등학교는 학군에서 가장 우수한 곳에 갔고 대학도 스스로 결정했다. 부모님이 자신을 혼내거나 선택한 바를 반대한 적이 거의 없었다.

"어떤 사람인지 만난 적이 없어서 잘 모르겠지만."

그럼 만나보라고 미호가 중얼거리자 엄마가 작게 고개를 저었다.

"분명 좋은 사람이겠지. 네가 고른 사람이니까. 그러니 헤어지라고는 안 할게. 결혼은 조금 기다려. 더 사귀면서 잘 생각해보렴."

완곡하지만 강력한 반대였다.

"학자금을 빌린 건 그 사람 탓이 아니잖아. 쇼헤이는 아무것도 몰랐단 말이야."

"애야, 지금 서둘러서 결론지을 필요는 없지 않니? 도모코 말대로 좀더 생각해보렴. 미호 너도 오늘내일 안에 결혼하고 싶은 건 아니잖아?"

할머니가 겨우 얘기에 끼어들었다.

"그저 분위기만 살핀다는 느낌으로 우리집에 한번 데리고 오렴. 내가 만나보는 건 어떻겠니? 사람 됨됨이라도 알 수 있으니."

"할머니가 만나준다면 나야 좋죠. 만나보면 진짜 착하고 머리도 좋은 사람이란 걸 아실 거예요."

"어머님, 죄송하지만 그러지 마세요."

드물게도 엄마가 할머니의 의견에 반대했다. 냉정하진 않지만 단호한 목소리였다.

"도모코."

"어머님이 만나서 우리 가족이 둘의 관계를 공인한 듯한 인상을 주고 싶지 않아요. 아직 저희는 찬성할 수 없으니까요."

엄마가 할머니에게 이처럼 분명히 거부 의사를 밝히는 건 처음 들었다. 미호는 학자금 550만 엔의 무게를 새삼 깨달은 기분이 들었다.

"이렇게까지 말할 생각은 없었지만……"

엄마는 한숨을 내쉬었다.

"어머님도 이해해주셨으면 해서 말씀드릴게요. 제가 반대하는 게 돈 문제 때문만은 아니에요. 미호가 결혼하면 그쪽 부모와도 부모자식 관계를 맺는 겁니다. 분명히 말하지만, 결혼 상대가 어떤 사람인지는 둘째 치고, 자식 몰래 학자금을 한도까지 빌려서 이자가 붙기 시작한 다음에야 그 상환을 떠넘기는 사람들을 저는 약간 이해하기 힘드네요."

"결혼하는 건 미호랑 남자친구지, 그쪽 부모가 아니잖아."

언니 마호가 끼어들었다. 엄마가 마호를 노려보며 말한다.

"결혼생활은 길어. 앞으로 무슨 일이 있을지 모른다고. 상대만 괜찮으면 된다느니, 남편만이 내 가족이라느니 하는 건 다 허울 좋은 소리야. 일본은 아직 그렇게 딱딱 구별되지 않는 사회니까. 마호 너도 결혼했으니 알 거 아냐."

"그건…… 그렇지."

아빠가 귀가했는지 현관 초인종이 울렸다. 엄마가 일어나서 현관으로 나간다.

"옛날에는 그 정도 빚을 지고 하는 결혼도 드물지 않았는데 말이지."

할머니가 현관 쪽을 돌아보며 작게 중얼거렸다.

"힘내."

언니가 미호의 등을 두드렸다.

"내 친구 중에는 약혼자 부모한테 1억 엔짜리 사망보험에 가입하라고 강요당한 애도 있어."

그런 친구 얘기까지 꺼내며 위로할 만큼 미호 자신이 침울해 보인 모양이다.

"그 사람은 어떻게 했는데?"

"약혼자랑 이것저것 얘기했는데, 결국 납득 못하고 파혼했어."

그래서야 전혀 위로도 참고도 안 된다.

"다녀왔다."

아빠가 들어오며 미호와 눈이 마주쳤다. 현관에서 거실로 이어지는 복도에서 엄마에게 대충 들었을 텐데 평소와 별반 다르지 않은 표정이었다.

"오셨어요?"

"어서 오렴."

할머니와 언니와 내가 입을 모아 말한다.

엄마의 매서운 표정은 여전하다.

"옷 좀 갈아입고 올게."

아빠는 그 말만 남기고 서둘러 침실로 들어갔다.

"미호, 아빠한테 제대로 얘기하렴."

"알았어."

엄마가 식탁에 저녁밥을 차리자 아빠가 편안한 실내복으로 갈아입고 다시 나타났다. 식사를 시작한 아빠에게 미호가 빠른 어조로 일의 자초지종을 얘기한다. 언니와 할머니는 그 모습을 거실에서 숨죽이고 지켜보았다.

"……나는 아무 말 못하겠구나."

"무슨……"

제일 먼저 목소리를 높인 건 엄마였다.

"나는 반대는 못하겠어. 미호, 네가 좋아하는 사람인 거지? 엄마랑 얘기하렴."

아빠는 젓가락질을 멈추지 않고 담담히 말했다.

"당신, 정말이지……"

엄마가 힘없이 고개를 떨군다.

"당신은 늘 그런 식으로 도망치고 멋있는 척만 하죠!"

"엄마, 아빠 말은 그런 뜻이 아니라……"

"나만 나쁜 사람이지. 너희 아빠가 뭐라고 하든 나는 반대야!"

자리에서 일어난 엄마가 자기 방으로 들어가며 난폭하게 방문을 닫았다. 아빠는 놀랐는지 입을 벌린 채 그 모습을 바라보았다.

아빠도 참…… 그런 표정 짓지 말고 본인의 마음을 확실히 표현하면 좋을 텐데.

미호는 괜히 짜증이 나면서도 지금은 부모님 일에 참견할 여유가 없어서 할머니와 언니를 쳐다보았다.

"어떡해."

"부모님이랑 잘 얘기해보렴."

할머니가 딱 잘라 말했다.

"부모니까 걱정돼서 그러는 거야. 700만 엔이 큰돈이긴 하잖니."

"550만 엔이에요."

"이자까지 포함하면 700만 엔 넘잖아."

"그건 그렇지만."

할머니가 아빠 쪽을 돌아보았다.

"너도 도모코랑 제대로 얘기를 해야겠구나."

"네."

짧게 대답한 아빠는 금세 다시 식사로 돌아갔다.

미호가 쳐다보자 언니는 어깨를 으쓱해 보였다. 그게 '나도 그
다지 끼어들고 싶지 않아'라는 뜻으로도 '결정은 네가 하는 거
야'라는 뜻으로도 보였다.

주조도 꽤나 꾸밈없는 동네지만 쇼헤이가 태어나고 자란 동네
는 그 이상이었다.

미호도 알고는 있었다. 최근 심야방송 등에서 몇 번인가 소개
되어 본 적이 있다. 아침까지는커녕 낮에도 장사하는 술집이 줄
지었고 역 뒤에는 작은 환락가까지 있는, 24시간 잠들지 않는 거
리라고.

한번 가보고 싶긴 했다. 소위 '센베로'라 불리는, 1천 엔으로 곤드레만드레 취할 수 있다는 저렴한 술집도 많다고 잡지에서 읽었다. 다만 결혼 상대의 본가가 위치한 동네로 방문하는 건 또 다르다.

미호는 조금 긴장한 채 역에서 내렸다.

쇼헤이네 가족은 역에서 도보 십 분 거리에 위치한 단독 목조주택에 살았다. 술집만 즐비한 상점가를 빠져나오자 단숨에 목조주택과 다세대주택이 늘어선 거리가 나온다. 형이 둘 있고 쇼헤이는 셋째였다. 집은 자가가 아니고 임대라고 했다.

"가나코, 나 왔어."

집 앞에 도착하자 쇼헤이가 갑자기 큰 소리로 외치며 미닫이문을 두드렸다. 덜컹덜컹 소리가 울린다. 미호는 그 큰 소리에 깜짝 놀란다.

"가나코가 누구야?"

"우리 엄마."

그 대답과 거의 동시에 문이 드르륵 열렸다.

소형견을 품에 안은 중년 여성이 이쪽을 보고 웃었다.

"어서 와."

"나 왔어. 친구 데려왔어."

쇼헤이의 어머니가 미호를 유심히 들여다본다.

"친구 아니고 애인이지?"

이십대 여자가 입어도 어색하지 않을 분홍색 니트와 청바지 차림이었지만, 머리를 갈색으로 염색한 가나코에게 잘 어울렸다.

"아, 처음 뵙겠습니다. 미쿠리야 미호입니다."

미호는 땅에 머리가 닿을 정도로 깊이 고개 숙여 인사했다.

"쇼헤이한테 얘기 많이 들었어. 집이 좀 지저분하지만 들어오렴."

예상보다 평범하고 붙임성 있는 분이라 미호는 조금 안심했다.

현관에서 거실로 이어지는 복도에는 오래된 잡지나 옷 상자가 많이 쌓여 있었다.

"손님이 올 때만이라도 치워."

쇼헤이가 어머니의 뒤에 대고 투덜거린다.

"그치만 너무 갑작스러웠잖니."

"아, 죄송합니다."

며칠 전 학자금에 대해 다시 얘기했을 때 "부모님은 어떤 분이셔?"라고 조심스레 물었더니 쇼헤이가 냉큼 "그럼 집에 올래?"라며 미호를 초대했다. 학자금 일로 내심 켕기는 구석이 있었지만 아무래도 부모님을 만나보고 싶다는 마음이 앞섰다.

"괜찮아. 미리 말했어도 우리집은 늘 이렇거든."

쇼헤이의 어머니가 모순되는 소리를 하면서 호탕하게 웃는다.

13제곱미터쯤 되는 거실에 큰 소파 두 개, 테이블 한 개, TV 두 대가 놓여 있다. 죄다 커다란 가구들이라 그것만으로도 방이 가득차 보였다. TV 한 대로는 형(으로 보이는 남자)이 게임을 하고 있고, 또다른 한 대로는 아버지가 골프 중계를 보고 있다. 형과 아버지는 둘 다 뚱뚱하고 많이 닮았다. 쇼헤이는 어머니를 닮은 것 같았다.

첫째 형은 근처 건축사무소에 다니면서 아직 본가에 살고, 결혼한 둘째 형은 집에 거의 들르지 않는다고 했다.

두 소파에 각각 한 명씩 앉아 있어 미호는 그 옆에 섰다.

"두 사람 좀 한쪽으로 모여! 쇼헤이 여자친구가 앉을 자리가 없잖아."

어머니가 소리쳤다.

아버지가 순순히 일어나 게임을 하는 형 옆으로 이동했다. 그러는 사이에도 둘은 미호 쪽을 거의 쳐다보지 않았다. 자기소개해야지, 적어도 이름은 말해야지, 하고 생각하면서도 미호는 도무지 기회를 잡지 못했다.

"적당히 앉으렴."

쇼헤이 어머니의 말에 미호는 원래 아버지 자리였던 곳에 앉았다. 아직 온기가 남아 있어 뜨끈하고 마음이 영 진정되지 않는다.

쇼헤이의 어머니는 미호와 쇼헤이, 자신이 마실 차만 내왔다.

미호는 감사인사를 하고 한입 마셨으나 아버지와 형 앞에는 아무것도 내주지 않아 차마 그 이상은 입에 댈 수 없었다.

가족들은 아무 대화 없이 TV를 보고 있었다.

"골프 치니?"

쇼헤이의 아버지가 고개를 돌려 미호를 바라보았다.

너무 갑작스러워 무심코 자신을 손가락으로 가리키며 "저 말씀이세요?" 하고 되물었다.

"응."

"아, 아니요. 아버지는 치시는데……"

"흐음."

그러고서 아버지는 다시 입을 다문다.

"저, 골프 치시나요?"

어색함을 참지 못한 미호가 물었다.

"나?"

이번에는 쇼헤이의 아버지가 되물었다.

"아, 네."

"아니."

아버지가 큰 소리로 아하하 웃었다.

"에이타는 오토바이야."

쇼헤이가 알려줬다.

"오토바이?"

"에이타는 오토바이를 타."

어머니가 설명했다. 미호는 이 집에서 부모님을 이름으로 부른다는 걸 겨우 알아챘다. 쇼헤이가 평소에는 "아버지, 어머니"라 불러서 몰랐다.

"아, 그러시군요…… 오토바이는 자주 타세요?"

"아니. 이제 살쪄서 잘 안 타. 피곤하대. 나이도 있으니. 그런데 저 사람 얼마 전에 새 오토바이를 사서 빚도 200만 엔이나 있어. 별로 타지도 않으면서."

그러더니 왠지 모르게 미호를 제외한 가족들이 큰 소리로 웃기 시작했다.

"그건 좀 심하네."

쇼헤이가 웃으며 한마디했다.

"오글거리니까 진지한 얘기는 관두자."

쇼헤이에게 들었던 말버릇 그대로 어머니가 말했다.

그렇게 있다가 저녁식사 때가 가까워지자 쇼헤이가 자리에서 일어나며 "그럼 우리는 밥 먹고 돌아갈게"라고 말했다.

"응, 그래."

아무도 붙잡지도 않고 어머니만 현관까지 배웅을 나왔다. 큰형은 마지막까지 줄곧 게임만 할 뿐 눈도 마주치지 않았다.

"있잖아……"

역까지 걸어가며 미호가 조심스레 물었다.

"왜?"

"저기, 나 뭔가 이상했어?"

"응? 뭐가?"

"나 혹시 무슨 실수라도 한 걸까?"

"뭐?"

진심으로 무슨 소린지 모르겠다는 표정인 쇼헤이를 보고 미호는 그 이상 묻지 않기로 했다.

원래 저런 가족인 건가……

차만 내주었을 뿐 인사도 소개도 대화도 저녁밥도 없었지만 딱히 미호를 미워하거나 악감정이 있는 건 아닌 모양이다. 빚 같은 것도 크게 신경쓰지 않는 사람들 같았다.

한편으로는 저 가족을 버릴 수도, 매몰차게 굴 수도 없는 쇼헤이의 마음도 이해할 수 있을 듯한 기분이 들었다. 그럴 만큼 나쁜 사람들은 아니다. 그저 성숙한 어른으로 자라지 못했을 뿐이다.

저런 분위기의 가정이라 오히려 쇼헤이의 예술적 재능이 자란 건지도 모른다.

쇼헤이와 역 앞 저렴한 주점에서 술을 마시고(정말 둘이서 3천 엔도 안 썼다) 주조로 돌아왔다.

자, 이제 어쩌지. 집에 돌아온 미호는 혼자 생각에 잠겼다.

나는 앞으로 어떻게 해야 하는 걸까.

오늘은 제 경험이나 생각에 대해서가 아니라, 반대로 제가 여러분께 질문하고 싶은 일에 대해 글을 쓰려고 해요. 상담 같은 내용입니다.

여러분은 결혼을 약속한 상대나 배우자로부터 놀랄 만할 얘기를 듣게 된다면 어떻게 하시겠어요?

장차 둘의 관계, 만남이나 결혼에 큰 장애물이 될 듯한 일이요. 그 사람 탓이 아니라 가족이 원인이라면?

게다가 자신의 부모가 그 사실을 알고 강하게 반대한다면?

그 사람과 결혼하면 이 블로그의 이름이자 제 목표인 '단독주택과 유기견 입양'도 한동안 이룰 수 없을지 몰라요. 그 정도로 큰일입니다.

여러분이라면 어쩌시겠어요?

마치에 선배가 전과 다름없이 갈색으로 전신을 도배(갈색 카디건에 갈색 스커트 차림)하고 아사가야역 앞에 나타나자 미호는 반가움에 가슴이 벅차올랐다.

"오랜만이야. 미호 씨가 보고 싶다고 연락해줘서 너무 기뻐."

마치에 선배도 금방이라도 미호의 손을 잡아챌 듯 기뻐한다.

"일부러 아사가야까지 오게 해서 미안해. 엄마 상태가 안 좋아서 집을 길게 비울 순 없고, 지금 집 상태가 누굴 부를 만한 곳이 아니라서."

"어머니 건강이 안 좋으세요?"

"이사한 게 힘들었는지 작년 연말부터 갑자기 심장이 나빠졌어. 그래도 괜찮아. 집에서 안정을 취하면 되거든."

역 앞 카페에 들어가자 선배가 얘기하기 시작했다.

약 일주일 전, 메시지를 받고 선배와 어머님이 그 대저택 같던 집에서 이사했다는 사실을 알게 됐다. 지금은 역 앞 임대 아파트에 살고 있다고 한다.

"그럼, 그 집은……"

"팔았어."

"아……"

"그래도 긍정적으로 판단하고 판 거야."

사실 이전부터 근처 부동산업자가 본가의 땅을 팔지 않겠느냐고 줄곧 물었다고 한다.

"집을 부수고 거기에 작은 아파트를 짓는대. 나랑 엄마가 그중한 집에 들어갈 예정이야. 지금은 임시로 사는 거고."

선배는 조금 야위었지만 전보다 안색도 좋고 표정도 훨씬 후

런해 보였다. 머리 모양도 조금 바뀐 듯했다. 이마가 잘 보이게 끔 앞머리를 옆으로 넘겼다.

"엄마도 많이 아끼던 집이라 고민했는데 내가 회사를 관둔 게 오히려 좋은 기회가 된 거 같아."

선배가 말은 안 해도 분명 그럭저럭 큰돈이 손에 들어왔으리라는 건 상상이 됐다.

"지금 임시로 사는 집도 역이랑 가까워서 꽤 마음에 들어. 전에 살던 집에 비하면 훨씬 좁지만 따뜻하고 욕실도 깨끗하고 열쇠 하나만 들고 외출할 수 있어서 정말 편해. 엄마도 '마치에, 진작 이사올 걸 그랬다'고 할 정도야."

"그렇군요…… 그럼 지금 일은."

"흔해빠진 일이지만, 간병 공부중이야. 엄마 상태를 보면 결국 언젠가는 필요해질 일이고, 내 나이에 시작할 수 있는 일은 한정적이잖아."

"아니에요, 훌륭한 일이라고 생각해요!"

"엄마가 조금 괜찮아지면 우선 파트타임으로 시설에서 일해볼까 싶어. 가능하면 행정사 공부도 해볼까 하는데, 그러면 성년후견인 업무도 할 수 있대. 거기에 케어매니저 자격증도 따두면 일하는 데는 문제 없다나봐."

아, 이거구나. 그 순간 미호는 깨달았다.

선배의 표정이 밝은 건 인생의 목적, 목표를 발견했기 때문이다. 그저 이사하고 비싼 돈에 집을 팔아서가 아니다.

"미호 씨는 어때? 하고 싶은 얘기가 있는 거 아니었어?"

"실은……"

미호는 어디서부터 얘기할지 잠시 고민했다.

"사실 지금 사귀는 사람이 있거든요."

"어머!"

"그 사람은 결혼하고 싶다고 하는데……"

미호는 쇼헤이의 학자금에 관해 설명했다. 선배는 가만히 듣고 있었다.

"확실히 550만 엔은 크네."

선배는 한동안 침묵했다.

이 금액을 들으면 다들 비슷한 반응을 보이는구나, 미호는 생각했다. 처음에는 학자금쯤이야 괜찮지 않을까, 라고 말하다가도 금액을 듣고 나면 입을 다문다.

"다만, 내가 회사를 관두고 깨달은 게 있는데……"

선배가 고개를 들었다.

"인생에는 언제든지 시작할 수 있는 일이 있다는 거야. 이십 년 넘게 한 회사에 다니면서 여기를 관두면 내 인생도 이제 끝이라고 생각했는데 그렇지 않더라고."

"그렇군요."

"요즘 같은 시대에 절대적인 건 없거든."

"정말 그럴까요?"

"언제 어디서든 시작할 수 있도록 준비해두는 건 누구에게나 필요하다고 생각해. 그건 빚이 있든 없든 마찬가지야."

마치에 선배는 예전에도 상냥하고 좋은 사람이었지만 지금은 한층 더 성숙해진 것 같다고 미호는 생각했다.

오늘은 회사 선배였던 분을 만났습니다.

이런저런 사정이 있어 퇴사하고 지금은 간병 공부를 하고 계세요.

그러면서 동시에 행정사 자격증도 취득하려고 노력하고 있고, 장차 케어매니저가 되는 일도 염두에 두고 있다고 합니다.

그분 얘기에 따르면, 지금은 아무 기술이 없지만 간병 공부를 하고 시설에서 일하면서(비교적 일을 구하기 쉽다고 합니다) 행정사 및 케어매니저 자격증까지 따두면 평생 굶을 일은 없다네요.

선배의 얘기를 듣고 저도 굉장히 격려를 받았어요.

가진 모든 걸 잃더라도 다시 처음부터 시작할 수 있다는 걸 깨달았거든요.

남자친구의 고백을 듣고 약간 우울했는데, 선배와 얘기하면서 조금이지만 떨쳐낸 듯한 기분이 듭니다.

지금 저는 회사 일이 매우 좋고 충실한 나날을 보내고 있어요. 같이 일하는 사람들과도 그럭저럭 잘 지내고 있습니다.

이 블로그도 열심히 써나갈게요.

오늘은 제 본심을 전부 털어놓을까 해요.

실은 제 남자친구에게 빚이 550만 엔 있다는 사실을 알게 됐습니다.

전부 학자금 대출이고, 남자친구는 몰랐던 일이에요. 부모님이 마음대로 계약하고 빌린 거랍니다.

결혼하면 앞으로 이십 년간 매달 3만 엔이 넘는 돈을 갚아야 합니다.

둘이서 노력하면 가능할지도 몰라요. 다만 원래 그 3만 엔으로 할 수 있는 일들을 포기하게 되는 거죠. 이십 년 뒤면 저는 사십 대 후반입니다. 전액을 상환한다 한들 저희는 그저 0의 상태로 돌아가는 것뿐이에요. 그렇게 생각하면, 그 사람을 무척 사랑하지만 조금 무서워져요.

어떻게 해야 할지 솔직히 모르겠어요. 결혼하면 당연히 아이도 낳고 싶고, 집도 사고 싶어요. 그런 소박한 꿈조차 이룰 수 없는 인생이 되는 걸까요.

쇼헤이가 지친 목소리로 전화를 걸어온 건 블로그에 글을 올린 다음날이었다.

"읽었어."

영상통화가 아닌 음성통화였다. 그는 한동안 그대로 입을 다물었다.

"미안."

무엇에 대한 사과인지는 모르겠지만 미호는 저도 모르게 그렇게 말했다.

"아냐, 학자금에 대해서는 그런 반응이 당연하다고 생각하고, 나도 충격받았으니까 네가 불안해하는 것도 당연해."

"응."

"네 솔직한 기분을 알 수 있어서 다행이야."

"응."

"그래도 슬프긴 하더라."

전화 너머에서 억지로 쥐어짜낸 웃음소리가 들렸다.

"어쩌면 너는 그런 걸 별로 신경쓰지 않을지도 모른다고 조금 기대했었거든."

"기대? 무슨 뜻이야?"

"아니, 같이 갚아나가자고 씩씩하게 얘기해주지 않을까 하고."

"쇼헤이야말로 별로 신경쓰지 않는 것 같네."

"뭘?"

"빚, 아니 학자금 말야."

"신경쓰고 있어. 신경쓰지 않을 리 없잖아."

"그래? 별로 안 그런 거 같은데."

"안 그런 거 같다고?"

미호는 잠시 머뭇거렸지만 지금 제대로 설명해야겠다고 생각했다.

"네 부모님을 만났을 때, 이번 일에 대해 전혀 얘기하지 않았잖아. 나도 말을 못 꺼내긴 했지만…… 쇼헤이가 본가에서 그 얘기를 꺼내면 부모님께서 어쩔 작정이신지, 어떤 생각이신지 들을 수 있지 않을까 나야말로 조금 기대했거든."

"아니, 어떻게 뭘 할 것도 없이 원래 그런 가족이라니까."

"그래, 그 외에 오토바이 빚도 있다고 하셨지. 그런 일을 별로 신경쓰지 않는 가족이라는 건 잘 알았어."

미호는 그 이상 상대방 부모님에 대해 부정적인 말을 할 순 없었다.

"그래서 앞날이 깜깜해진 기분이야."

"그건 앞으로 차차 대화해볼 생각이었어."

"글쎄……"

"뭐?"

"이게 차차 대화해볼 수 있는 일인가? 누군가가 돈을 갚아야 한다는 건 알아. 하지만 쇼헤이의 부모님한테서 내가 납득할 수 있는 설명을 들을 가능성은 낮겠구나 싶어."

"그건…… 확실히 어려울지도 몰라."

"응."

더는 쇼헤이에게 묻지 않아도 미호는 결국 자신들이 갚게 되리라는 사실을 알 수 있었다.

"그러니까 이제는. 남한테 기대하는 게 아니라, 너와 내가 이 일을 어떻게 할지 수긍할 방법을 생각하는 수밖에 없어. 지금 이 사태는 바뀌지 않으니까 스스로를 납득시키는 수밖에 없겠지."

그래, 결국 중요한 건 나 자신이다. 스스로 내 인생에 550만 엔의 빚을 끼워넣는 것.

"네 얘기, 알 듯 말 듯해."

"그래?"

"결국 서로 조금 거리를 두고 생각해볼 필요가 있다는 소리야?"

"어?"

내심 같은 생각을 하던 미호는 더는 아무 말 하지 않았다.

"블로그를 보고 알았어. 이 문제로 네게 뭔가를 강요하거나 말려들게 해서는 안 된다는 걸. 한동안 내 쪽에서는 연락하지 않을

게. 네가 얘기하고 싶어지면 메신저든 문자메시지든 상관없으니까 연락줘."

그렇지 않다고, 네 일이라면 얼마든지 휘말려도 좋다고 미호는 말하고 싶었다. 다만 그것 역시 지금 자신의 마음을 정확히 대변하는 말은 아닌 듯해 침묵했다.

"그럼, 잘 지내 미호. 건강 조심하고."

쇼헤이의 목소리는 다정했다. 그리고 미호가 "너도 바쁠 텐데 몸조심해"라고 대답하기도 전에 전화는 끊겼다.

오늘은 블로그에 저희 할머니 후네코(가명)를 등장시켜볼까 합니다.

이제 곧 경로의 날이지요.

후네코에 대해서는 전부터 조금씩 언급했었는데요, 구독자분들이 "할머님께서 재미있는 분이시네요" "저도 힘이 납니다" 같은 댓글을 달아주시기도 했어요.

그래서 할머니께 만일 블로그를 한다면 뭐에 관해 쓰고 싶은지 여쭤봤어요.

그랬더니 이것저것 얘기해주시는 주제들이 의외로 인기 있을 듯한 게 아니겠어요?

가령 '내가 일흔세 살에 일을 찾아 나선 이유' '순식간에 누카

도코*가 맛있어지는 초 간단 비법' '어머니가 들려준 2·26 사건** 날의 이야기' 같은 것들이에요.

오늘은 그중에서도 구독자 여러분이 관심 있을 법하면서도 저희 할머니의 특기인 원예에 대해 얘기해보겠습니다.

제목은 바로 '100엔 가드닝'입니다.

집에 초록색이 있으면 좋겠다고 생각하는 분들 많으시죠? 하지만 어디서부터 손대야 할지 모르겠다, 관엽식물도 말려 죽였다는 분들 계시죠?

그래서 제가 혼자 사는 여자라면 어떤 식물을 기르는 게 좋을지 생각해봤어요. 기르기 쉽고 예쁘면서 가능하면 살림에도 도움이 될 것들로요.

우선 100엔 숍에 가볼까요?

거기서 파는 가장 큰 플라스틱 화분과 배양토를 삽니다. 될 수 있으면 큰 게 좋고, 형태는 원형이든 장방형이든 다 괜찮아요.

그다음은 사 온 화분에 흙을 넣습니다. 바닥에 구멍이 뚫려 있으니 물빠짐용 깔망이나 귤망을 깔아주세요.

---

* 장아찌를 담글 때 쓰는 겨된장.
** 1936년 2월 26일, 구 일본군 보수파의 영향을 받은 청년 장교들이 천황의 직접 통치를 주장하며 일으킨 반란 사건.

자, 이제 마트에 갑니다. 실파와 삼엽채, 혹시 좋아하면 고수 등을 사면 됩니다. 좋아하는 걸 사면 되는데, 대신 반드시 전부 뿌리가 붙어 있는 채소로 골라야 해요.

개인적으로 향신채를 추천합니다. 양념에 넣는 이런 향신채는 소량만 써도 충분하고, 특히 혼자 살거나 가족이 적다면 사 먹어도 남거든요. 집에서 길러 조금씩 쓸 수 있으면 굉장히 편리하답니다.

사 온 채소는 뿌리에서 약 오 센티미터까지 자르세요. (잘라낸 잎 부분은 요리에 사용합시다. 다 못 쓰면 다져서 냉동해두면 돼요.)

그리고 하루나 이틀간 물을 넣은 컵에 담가서 물을 잘 빨아들이게 한 다음 화분에 심습니다. 삽 같은 건 없어도 괜찮아요. 젓가락으로 흙에 구멍을 내고 거기에 꽂는다는 느낌으로 심어주세요.

어떤 식으로 심을지 살짝 궁리해볼까요? 화분의 정면을 정한 다음, 안쪽에 파를 심고 앞쪽에는 삼엽채나 고수를 심어요. 고수보다 차조기 잎이나 파슬리를 자주 쓰는 분이라면 원예점에서 모종을 사 와(이것도 100엔 정도예요) 모아심기를 하는 것도 괜찮습니다. 높낮이를 조금 다르게 해주면 늘상 남아도는 향신채라도 얼핏 모아심기한 식물처럼 보이거든요.

그뒤에는 화분 구멍으로 새어나올 만큼 물을 듬뿍 주세요.

한 달쯤 지나면 수확할 수 있어요. 조금씩 잘라서 쓰면 또 새로운 싹이 자란답니다.

거기까지 쓰고 할머니가 만든 향신채 모아심기 사진을 첨부했다.

그 모습이 정말 할머니의 말대로 얼핏 화초처럼 보였다. 곧게 뻗은 파와 그 앞에 풍성히 자란 삼엽채와 파슬리가 꽤 근사했다.

"이런 얘기가 재미있을까?"

후네코, 즉 할머니 고토코가 걱정스러운 듯 미호의 컴퓨터를 들여다본다.

"이런 건 다들 하는 일 아니니?"

"그렇지 않다니까요."

미호가 블로그 양식에 맞게 글을 다듬는 동안 할머니가 예의 멋진 티포트로 향기로운 홍차를 우려줬다.

"할머니, 이거 맛있어요."

"다르질링이란다. 전문점에서 조금씩만 사 오는데, 티스푼으로 정확히 계량해서 뜨거운 물을 끓여 붓고 포트에 커버를 씌워 우리는 거야."

티포트 옆에 할머니가 직접 만든 보온용 커버가 놓여 있었다. 퀼팅 천을 꿰매어 만든 거라 그 사이에 솜이 가득 들어 폭신폭신하다.

"휴일에는 항상 쇼헤이랑 만나더니, 무슨 일 있었니?"

할머니에게는 전부터 블로그에 관해 얘기했다. 스마트폰에 즐겨찾기를 해두고 종종 읽으시는 모양이다.

"음……"

"돈 문제?"

"……학자금에 관해 썼더니 사람들 반응이 상당히 컸거든요."

사실 상당한 정도가 아니었다.

글을 올린 이틀 뒤에는 저서까지 있는 유명 블로거의 트위터에서도 언급됐다.

결혼할 남자친구의 학자금으로 고민하는 여성. 힘내라고 응원하고 싶지만 550만 엔이나 되는 빚은 확실히 힘들죠. 이 제도, 어떻게 할 수 없나요?

그런 코멘트와 함께 미호의 블로그 링크가 걸렸다.

그걸 다시 여러 사람이 리트윗하거나 자신의 의견을 덧붙여 인용 리트윗을 해주었다. 글은 조회수가 한층 더 늘어 다섯 자릿수에 달했고 댓글 수도 엄청 늘었다.

결코 호의적인 의견만 있는 건 아니었다.

"힘내요"라든가 "피코 씨의 마음 이해해요. 고민스럽죠" 같은 댓글 사이에 "이 사람은 결혼할 자격이 없네" "애초에 전제부터 틀렸지. 돈이 중요하면 처음부터 그런 남자를 찾든가" "이런 소리나 듣고 남친이 불쌍하다" "빌린 돈을 갚고 싶지 않다니 도둑놈 심보네" 같은 댓글도 있었다.

미호는 많이 속상했고 조금 무서워지기까지 했다. 몇몇은 미호가 쓴 내용을 완전히 곡해하고 있었기 때문이다.

많은 사람에게 마음을 전달하는 건 어려운 일이었다.

곧장 미호는 "다양한 의견 감사합니다. 저도 차분히 생각해보겠습니다"라는 글을 올렸지만 그뒤로 학자금에 대해서는 쓰지 않았다.

그래도 블로그는 계속하고 싶었다. 자신이 선언한 일이기도 했고. 그래서 할머니를 등장시켰다.

"블로그보다 중요한 게 있을 텐데?"

"어떤 거요?"

"쇼헤이 일로 부모님이랑 다시 얘기해봤어?"

"아뇨. 근데 쇼헤이 가족이랑은 만났어요."

할머니에게 쇼헤이의 본가에 갔을 때의 일을 전부 설명했다.

자신의 부모님과는 분위기가 달라 상당히 놀랐다는 것. 쇼헤이의 가족에게 그 외에도 빚이 있는 듯하다는 것. 애초에 빚에 대한 가치관이 다른 게 아닐까, 하지만 근본이 나쁜 사람들은 아닌 듯했다는 것……

"그렇구나."

"할머니 생각은 어때요? 할머니라면 어떻게 할 거 같아요?"

"글쎄다……"

할머니가 주저한다.

"옛날에는 그 정도 빚이 있는 게 흔한 일이었다고 했었죠?"

"그랬지. 다만 물가 차이도 있었어. 전에는 어느 정도 물가가 오르고 급여도 오르는 시대였잖니? 그러니 열심히 일하면 어떻게든 갚을 수 있었고, 십 년쯤 지나면 그 빚의 가치 자체도 바뀌었단다. 지금은 다르지. 요즘은 경기가 조금 낫지만 다시 디플레이션이 오면 사실상 빚이 늘어나는 거야."

"그런 불안한 소리 하지 마세요."

할머니가 고개를 젓는다.

"불안하라고 하는 소리가 아니란다. 게다가 네 말처럼 결혼은 그 사람이랑 하는 거니까, 당사자만 제대로 된 사람이면 괜찮은 것도 사실이야. 좋은 남자는 흔하지 않으니까."

"쇼헤이가 좋은 남자일까요?"

"제대로 자기 일을 하고, 폭력을 휘두르거나 도박이나 과음하지 않으면 그걸로 충분하지 않니?"

그러더니 할머니는 지인인 야스오와 프리랜서 작가인 기나리에 대해 얘기하기 시작했다. 최근 둘은 같이 살기 시작했다고 한다.

"야스오는 그다지 벌이가 없는 사람이지만 기나리는 그래도 그가 좋다고 생각했겠지."

"어디가 그렇게 좋았을까요?"

"아이를 낳고 인생을 같이 보내기에는 돈보다 야스오를 택하는 게 더 좋다고 생각했겠지. 적어도 기나리는 말이야."

"그렇구나……"

"요컨대 결국 미호 네게 달려 있다는 말 아니겠니? 자기 인생은 자기가 책임지는 거야. 나나 네 부모님이 아무리 애써도 네 인생을 대신 살아줄 순 없단다."

그건 미호를 위로하는 것 같으면서도 무서운 말이었다.

다음날, 한동안 연락이 없던 쇼헤이에게서 메시지가 왔다.

이번에 제가 유럽의 클래식 듀오 '페이버릿'의 포스터를 제작했습니다. 입사 후 줄곧 보조로 일하다 처음 단독으로 해낸 작업입니다. 포스터는 다음달 1일부터 JR 사철의 주요 역에 붙을 예정입니다. 콘서트홀이 있는 우에노, 롯폰기, 시부야 등에는 확실히 게시될 거예요. 혹시 보게 되면 '누마타 쇼헤이가 만든 거구나' 하고 잠시만 걸음을 멈춰주신다면 감사하겠습니다.

　미호에게만 보낸 게 아니라 단체메시지였다.

　몇 주 동안이나 쇼헤이와 얘기를 나누지 않았다. 미호는 핸드폰 메시지에 쇼헤이의 이름이 보였을 때 그저 기쁘고 가슴이 뛰었다. 그게 단체메시지였다는 걸 알았을 때는 약간 실망했지만.

　바로 좋은 생각이 떠올라 할머니에게 전화한다.

　"할머니, 전에 쇼헤이를 만나주겠다고 했잖아요? 혹시 괜찮으면 쇼헤이가 디자인한 포스터만이라도 보러 가지 않을래요?"

　미호도 쇼헤이의 포스터를 보는 건 처음이었다. 졸업 작품으로 만든 그래픽디자인을 본 적은 있어서 분명 좋은 작품을 만들었으리라는 확신이 들었다.

　"……얘기는 고맙지만 미호, 부모님이랑 가려무나."

　"같이 가줄 리 없잖아요. 쇼헤이를 완전히 반대하는데."

　"아냐, 사랑하는 딸의 일인데 분명 알고 싶다고 생각할 거야. 만일 엄마가 절대로 안 가겠다고 하면 그때 내가 가줄 테니까."

　"그치만……"

　"부모와 자식 간이잖니."

　엄마에게 연락하는 건 결혼 반대 소동 이후 처음이었다. 미호는 괜히 어색해서 메시지로 용건만 짧게 전했다.

이번에 쇼헤이가 만든 포스터가 역에 붙게 됐어요. 1일에 보러 갈까 하는데 같이 가지 않을래요?

이틀 뒤, 거의 포기했을 무렵 엄마에게 답장이 왔다.

알았어. 갈게.

미호가 퇴근하고 시부야에서 만나기로 했다.

약속 당일, 아침에 주조에서 신주쿠로 출근하는 길에는 포스터를 발견하지 못했다.

일을 마치고 약속 장소인 시부야역 구내 하치코 개찰구로 가보니 군은 표정을 한 엄마 옆에 정장 차림의 아빠도 서 있었다. 출근용 가방을 들고 있는 걸 보니 일을 마치고 온 모양이었다.

"아빠도 같이 왔어?"

"얘기했더니 가고 싶다길래."

미호가 바라보자 아빠가 고개를 끄덕인다.

"……중요한 일이니까."

"어?"

"너한테 중요한 일이잖아."

뭐라고 대답해야 할지 몰라 미호가 가만히 있었더니 엄마가 포스터를 찾아보자며 말을 꺼냈다.

주변을 두리번두리번 살피면서 일단 JR 쪽 구내를 걷는다.

"엄마 걷는 거 괜찮아?"

수술한 지 한 달밖에 안 된 엄마가 염려되어 물었다. 엄마는 그제야 희미하게 웃어 보였다.

"이제 걷는 것쯤은 괜찮아. 절제한 부위가 몸 안에서 유착되지 않도록 어느 정도는 걷는 게 좋대."

"요즘은 휴일에 둘이서 걷기운동도 한단다."

아빠가 작게 덧붙였다.

"진짜?"

두 분이 나란히 걷다니 미호가 같이 살던 시절에는 상상도 못할 일이었다. 부부 둘만 남으면서 생활이 바뀐 걸까.

"네 아빠가 의외로 걷는 걸 좋아하더라. 골프로 단련돼서 성큼 성큼 잘 걸어."

그렇게 말한 엄마의 표정이 어딘지 모르게 쑥스러워 보였던 건 기분 탓일까.

JR 쪽을 쭉 걸어서 도큐백화점까지 둘러보았지만 그럴듯한 포스터는 아무데도 없었다. 콘서트 관련 포스터가 보이면 미호가 먼저 달려가서 확인하고 부모님은 천천히 뒤따라온다.

어릴 때로 돌아간 듯한 기분이 들었다.

미호는 둘째라서 이렇게 셋이서 외출한 적이 거의 없었다. 늘 언니 마호도 함께였다. 셋이서 외출한 건 대학 졸업식 때 정도다.

아니, 딱 한 번 있었다.

초등학교 2학년 운동회 날, 독감으로 결석하게 된 언니를 할머니 집에 맡기고 부모님이 같이 운동회에 왔다. 집에 갈 때는 미호와 부모님이 나란히 손을 잡고 통학로를 걸었다.

그날 아픈 언니가 걱정되긴 했지만 부모님을 독점할 수 있어 얼마나 기뻤는지 모른다. 엄마와 아빠 사이에서 말 그대로 발이 둥둥 떠다닐 만큼 까불고 몇 번이나 넘어질 뻔했다. 언니와는 사이좋은 자매였지만 미호는 부모님의 관심을 받고 싶었다. 어릴 때를 떠올리면 당시의 자신이 안쓰럽게 여겨진다.

"없는 것 같네."

JR 구내를 구석구석 빈틈없이 찾아봐도 쇼헤이의 포스터 같아 보이는 건 없었다.

"아무래도 지하에 있는 모양이구나."

아빠가 낮은 목소리로 말했다.

"지하철인가……"

"다른 JR 승강장은 집에 돌아가는 길에 살펴보면 되니까 지하철 쪽으로 가자꾸나."

지하는 가능하면 피하고 싶은 장소였다.

시부야의 지하가 얼마나 넓고 층이 많고 복잡하게 뒤얽혀 있는지는 평소 이 역에 오지 않는 미호도 잘 안다. 게다가 저녁 여섯시를 넘긴 역 안은 사람들로 가득차 있다. 인파만으로도 지칠 것 같다.

"근데 엄마 괜찮아? 아직 걸을 수 있어?"

"이 정도는 아무렇지도 않아."

미호의 걱정스러운 얼굴이 신경쓰였는지 엄마는 아까보다 좀더 크게 웃어 보였다.

"우선 개찰구가 있는 층으로 가보자."

웬일로 아빠가 적극적으로 의견을 냈다.

"응."

역시 부모는 부모구나.

앞장서서 지하철 계단으로 향하는 부모님의 뒷모습을 본 미호는 설령 포스터를 못 찾더라도 지금 이것만으로 충분하다는 생각이 들었다.

그렇게 반대하는 쇼헤이의 일인데도 이렇게 열심히 찾아주시다니……

개찰구가 있는 층과 매점이 줄지은 통로에도 쇼헤이의 포스터는 없었다.

"이렇게 되면 입장권을 사서 승강장까지 들어갈 수밖에 없으려나."

아빠가 중얼거린다.

"이제 됐어. 충분해요. 내가 나중에 다른 역을 찾아보든가 해서 발견하면 그때 연락할게요."

"아니, 모처럼 여기까지 왔는데 마음에 걸리잖아. 마지막으로 지하철역 안만 보고 가자."

아빠가 앞장서서 입장권을 사러 줄을 섰다.

"네 아빠, 할머니한테 한소리 들은 모양이야."

엄마와 나란히 서서 기다리는데 엄마가 말한다.

"할머니한테? 뭐라고?"

"소중한 딸의 상대니까 좀더 적극적으로 나서지 않으면 나중에 후회할 거라고."

"그랬대?"

"이렇게 가족으로서 네 일에 나서는 것도 앞으로 점점 줄어들 거라고 하셨대."

"줄어든다니……"

"결혼해서 아이도 낳고 그러면 네 결정이나 판단에 우리가 관여하는 것도 이게 마지막일지 모르지."

엄마가 쓸쓸하다는 듯 웃었다.

"안 그래."

"자, 가자."

아빠가 돌아와서 입장권을 나눠줬다.

"나 입장권은 처음 써보는 거 같아."

"그러고 보니 나도."

겨우 엄마와 서로 마주 보고 웃는다.

부모자식 간이니까.

할머니의 말이 머릿속에 다시 떠오른다.

"일단 제일 아래층에 있는 부도심선에 가보자. 거기부터 조금 씩 올라오면 되니까."

긴 엘리베이터를 두 번 타고 점점 지하로 내려간다.

"이 노선은 타본 적이 없는데, 정말 깊네."

앞서 걷는 엄마가 미호와 아빠를 돌아보며 놀란 듯 말했다.

"부도심선은 마지막에 생긴 노선이니 더 승강장을 만들 만한 장소가 없었겠지."

내려가니 마침 열차가 들어온 참이라 많은 승객으로 붐비고 있었다.

"미안, 내가 먼저 가서 찾아보고 올게요. 찾으면 다시 올 테니 까 두 분은 천천히 걸어와요."

미호가 달려나가려고 하자 엄마가 멈춰 세웠다.

"이렇게 사람들 많은 데서 달리면 위험해. 나는 괜찮으니까 같이 걸어가자. 천천히 움직이면 양쪽을 다 볼 수 있으니 더 효율적이야."

엄마의 말에 아빠도 고개를 끄덕인다.

"미안. 고마워요."

미호가 다시 한번 사과했다.

포스터는 승강장 딱 중간쯤에 있었다. 지금까지 좀처럼 보이지 않던 게 거짓말처럼 십 미터 떨어진 곳에서도 바로 알아볼 수 있었다. 왠지 미호는 쇼헤이의 그림을 처음 보았을 때 느꼈던 것 같은 묵직한 충격이 있었다.

"왜 그러니?"

절로 발걸음이 빨라진 미호를 알아챈 엄마가 물었다.

"아마. 저거 같아."

미호가 손가락으로 가리켰다.

가까이 다가가서 보니 쇼헤이가 메시지에 썼던 클래식 듀오가 확실했다.

"이거야?"

"응. 맞아요."

셋은 정면에 서서 포스터를 바라보았다.

포스터가 생각보다 훨씬 컸다.

온통 검은 밤하늘 같은 배경에 아주 작은 금색 점으로 그림이 그려져 있다. 별처럼 보이기도 했고, 어떻게 보면 여자의 옆얼굴과 달처럼 보이기도 한다. 여자의 입술에만 작게 칠해진 붉은색은 밤하늘에 떠 있는 하트처럼 보였다. 금색 글씨로 콘서트 장소와 시간, 듀오의 이름이 작게 배치되어 있다.

굉장히 멋있었다. 얼핏 단순하게 보이지만 몹시 공들인 작품이었다.

"칠기인가……"

아빠가 중얼거렸다.

"응?"

"그냥 그림처럼 보이지만 실은 칠기로 특별 제작한 다음에 그걸 사진으로 찍어서 수정한 거 아닐까?"

얘기를 듣고 보니 끄트머리 쪽에 하늘의 구름 같은 선이 보이는데 그게 칠기의 광택일 수도 있겠다는 생각이 들었다.

"정말 그렇네. 아빠, 어떻게 알았어?"

"확실히 꽤나 공들인 작품이구나."

엄마도 감탄하듯 말했다. 아빠가 미호의 어깨에 손을 올렸다.

"이다음에 집에 초대해서 어떻게 만들었는지 직접 들어보자."

"어, 그래도 돼요?"

무의식중에 엄마를 쳐다보았다. 엄마는 여전히 미간을 찌푸린 채 그림을 바라보고 있었다.

"만일 너희를 반대하더라도 일단 만나본 다음에 해야겠어. 저 작품을 보니 안 그럼 후회할 듯한 기분이 드네."

아빠의 말에 엄마는 그제야 작게 고개를 끄덕였다.

"잘 알아보셨네요."

그다음 휴일날 오후, 정장 차림으로 미호의 본가를 방문한 쇼헤이는 미호 아빠의 지적에 깜짝 놀라 대답했다.

"말씀하신 대로 바탕을 칠기로 제작한 다음 사진을 찍어서 컴퓨터 프로그램으로 보정했습니다. 솔직히 시간과 돈이 꽤 들어서 전부 프로그램으로 그럴듯하게 그리면 되지 않느냐고 선배랑 윗분들한테 혼났는데, 그럼 깊이가 없다고 끝까지 버텼어요. 엄청 힘들었습니다."

쇼헤이는 알아봐준 게 어지간히 기뻤는지 몸을 앞으로 내밀며 그렇게 말했다. 하지만 문득 그곳이 연인의 집 거실이라는 사실을 깨달았는지 쑥스러운 듯 웃으며 도모코가 내준 차를 마셨다.

"저…… 그런 기술은 대학에서 배웠나요?"

차를 다 내 온 엄마가 아빠의 옆에 앉으면서 묻는다. 원래는 그다지 환영할 수 없는 상대지만 오늘은 무엇보다 쇼헤이에 대해 아는 게 중요하다고 다짐한 모양이었다.

"네. 기본적인 건 대학에서 다 배웠고, 입사하고 요 몇 달간 배운 것도 셀 수 없습니다. 기술도 최첨단이고 선배들 실력도 높아서 배울 점이 많습니다."

미호의 부모님이 학자금에 대해 알고 반대한다는 사실을 알 텐데도 쇼헤이는 주눅 들지 않고 시원시원하게 대답했다. 대화를 즐기는 것처럼 보일 정도였다.

"좋은 회사 같군요."

평소에는 말수 적은 아빠가 오늘은 대화에 적극적이다.

"예전에 교수님께서 돈을 벌게 된 뒤에야 배울 수 있는 점들이 많다고 하셨는데 정말 그렇더라고요. 저희 회사가 일이 힘들긴 해도 교육에 열정적인 곳이에요. 바쁘고 월급도 적지만 일하는 보람이 있고 사람들이 좋아서 다행입니다."

쇼헤이의 얘기에 아빠는 기특하다는 듯 고개를 끄덕였다.

"이것도 대학 교수님의 말씀인데 회사는 돈, 일의 내용, 인간 관계 셋 중 어느 하나라도 괜찮으면 계속 다닐 수 있지만 전부 다 안 좋으면 정신적으로 망가질 수 있으니 관두는 게 낫다고 하셨거든요. 저희 회사는 그중 두 가지를 통과했으니 괜찮지 않나 싶습니다."

쇼헤이가 머리를 긁적이며 웃자 부모님도 따라 웃었다.

그 옆에서 미호는 이런저런 일을 떠올렸다.

쇼헤이와 막 사귀기 시작했을 무렵, 미호가 신주쿠에 있는 가게에서 원피스를 샀었다. 집에 돌아가서 원피스의 옷단이 조금 풀려 있는 걸 발견하고 바로 가게에 가져갔지만 점원이 몹시 쌀쌀맞은 태도로 반품은 안 된다고 했다. 그걸 싸우지도 화내지도 않고 잘 얘기해서 반품시킨 게 쇼헤이였다. 미호는 그가 굉장히 믿음직한 사람이라고 느꼈다.

그후 회사에 다니면서 말투나 행동이 다듬어져 한층 믿음직스러워진 것 같았다. 사귄 뒤로는 서로의 집에서 만나는 일이 많아 그걸 깨달을 일이 좀처럼 없었지만.

"저기……"

엄마가 아빠와 얼굴을 마주본 뒤 쇼헤이에게 말했다.

"조금 있다가 점심을 대접하고 싶은데, 내가 얼마 전에 입원해서 몸 상태가 아직 온전하지 않아요."

"아, 미호한테 들었습니다. 그런 때 찾아와서 죄송합니다."

"아니에요, 우리가 초대한 거니까 신경쓰지 마요. 저, 그래서 초밥이나 장어라도 시킬까 하는데, 쇼헤이 씨는 어느 게 좋아요? 생선류가 별로면 다른 좋아하는 거 뭐든 괜찮아요."

쇼헤이가 미호를 쳐다보았다. 미호도 사양하지 말라며 고개를 끄덕였다.

"그럼…… 초밥으로 해도 될까요?"

"네, 그럼 초밥을 주문할게요."

근처 가게에서 음식이 배달되어 온 뒤에도 대화는 끊기지 않았다.

쇼헤이가 중고등학교에서 어떤 동아리 활동을 했는지, 미술을 전공하려고 마음먹은 계기가 뭐였는지, 한편 미호는 어렸을 때 어떤 아이였는지…… 그런 대화가 이어졌다.

"이 국은 어머님께서 직접 만드신 건가요?"

식사 도중 쇼헤이가 초밥 옆에 놓인 그릇을 손에 들고 말했다.

"아, 맞아요. 이건 내가 만들었어요."

그릇 안에는 입을 쩍 벌린 대합조개가 담겨 있다. 딸의 결혼 상대가 될지도 모르는 남자의 첫 방문에 대한 엄마의 작은 축하 같았다.

"국물이 아주 시원하고 맛있네요."

"평소에는 가쓰오부시로 국물을 내는데 오늘은 손님이 오니까 제대로 다시마 국물을 내서 만들었어요."

"와…… 저희 어머니가 요리를 잘 못해서 식당에서 말고 이런 음식을 먹는 건 처음이에요."

쇼헤이가 가족 얘기를 꺼내는 동시에 부모님 사이에 작은 긴장감이 흐르는 걸 미호는 느꼈다.

"……미호에게 들었는데."

엄마가 젓가락을 놓고 자세를 고쳐 앉았다.

"학자금 말이에요."

"네."

초밥을 거의 다 먹은 쇼헤이도 젓가락을 놓았다. 잘 보니 엄마는 초밥에 거의 손대지 않은 상태였다. 평정을 유지하고 있는 듯 보여도 실은 꽤 긴장했으리라.

"미호 아빠랑도 얘기해봤어요."

부모님이 서로 눈을 마주치고 고개를 끄덕였다.

"엄마 그 얘긴 굳이 지금이 아니라도……"

"아니, 미호 그건……"

"괜찮습니다. 다 이해합니다."

쇼헤이가 그들의 말을 막았다.

"여러모로 걱정하시는 건 잘 알고 있습니다. 큰돈이니 당연히 그러시겠죠. 다만 저로서는 제 진학 때문에 생긴 빚이니 스스로 해결해야 한다고 여기고 있습니다."

쇼헤이가 고개를 숙였다.

"죄송합니다. 학자금 때문에 저를 반대하신다면 어쩔 수 없다고 생각합니다. 하지만 조금만 기다려주시면 안 될까요? 지금 당장 결혼하는 건 힘들어도 둘이서 사귀면서 상환이나 다른 방법을 찾아나가고 싶습니다."

거기서 쇼헤이는 지금까지 생각해온 자신의 계획을 얘기했다.

"그뒤로 줄곧 생각했습니다. 좀더 저렴한 곳으로 이사해서 생활비를 아끼면 돈을 더 많이 갚을 수 있지 않을까 하고요. 회사에 상담해보니 휴일에는 부업을 해도 괜찮다고 하더라고요. 그러니까 다른 아르바이트도 하면서 갚아나갈 생각입니다."

부모님은 또다시 서로 마주보았다.

"거기까지 생각하고 있는 거군요."

"네. 미호를 기다리게 하는 건 정말 미안하지만……"

거기까지 들은 아빠가 입을 열었다.

"도모코, 괜찮지?"

아빠가 엄마에게 허락을 구하는 듯한 시선을 던졌다.

엄마가 작게 고개를 끄덕인다.

"……실은 우리도 생각을 해봤어요."

"응?"

엄마가 뭔가 무서운 말이라도 꺼낼까 싶어 미호는 가슴이 저릿저릿했다. 그런 미호와 눈을 마주친 엄마가 걱정하지 않아도 된다는 듯 작게 고개를 젓는다.

"이번 일로 우리도 많이 의논했어요. 미호의 할머니, 그러니까 우리 어머니한테도 상담했고요. 그래서 말인데, 빚 550만 엔 중 50만 엔은 우리가 미호한테 결혼자금으로 줄 돈으로 대신하면 어떨까 싶어요. 그리고 나머지 500만 엔은 우리 어머니한테 빌려서 협회 쪽에 일시상환하는 게 어때요? 그러고서 앞으로 십 년 동안 금리 1%로 어머니한테 갚아나가고요. 매달 4만 3800엔쯤 된다고 하네요. 물론 차용증도 쓸 겁니다. 그 정도면 둘이 맞벌이하며 갚을 수 있는 금액이고, 십 년이면 둘의 장래에 미치는 영향도 조금은 적지 않을까요?"

"아빠……"

미호는 이토록 열성적으로 오랫동안 얘기하는 아빠를 본 게 오랜만이었다.

"무엇보다 200만 엔 가까운 이자를 내는 건 아까워요. 십 년이면 앞으로 몇 년 안에 아이가 생기더라도 돈이 제일 많이 드는 시기가 되기 전에 다 갚을 수 있을 겁니다."

"아이를 갖거나 어머니한테 무슨 일이 생기면, 그때 다시 얼마씩 갚을지 얘기하기로 해요."

엄마가 끼어들었다.

"왜…… 그렇게 해주시는 건가요?"

쇼헤이가 크게 놀란 모양인지, 감사나 사죄가 아니라 그런 말을 외쳤다.

"왜 생판 남인 제게 그렇게까지 해주시는 거죠?"

"가족이니까요. 미호는 우리의 소중한 가족이고, 행복하길 바라는 딸이거든요."

엄마가 곧장 받아치듯 대답했다.

"솔직히 말할게요. 그 돈…… 우리의 50만 엔도, 어머니의 500만 엔도 적은 돈이 아니에요. 우리한테도 꽤 크고 소중한 돈이라는 걸 반드시 알아줘요. 그리고 미호를 꼭 행복하게 해줬으면 좋겠어요."

"아빠, 엄마, 고마워요."

고개를 숙이는 미호에게 엄마가 말했다.

"할머니한테 감사하다고 해. 할머니가 제안해주신 거니까."

"미호한테 들으셨겠지만 저는 부모님께 그런 애정을 받은 적이 없습니다. 앞으로도 어쩌면 미호에게 실수하는 일이 있을지 모르지만 그때는 부디 저를 잘 가르쳐주시길 부탁드리겠습니다."

쇼헤이가 일어나 깊이 고개를 숙였다.

"감사하고, 또 정말 죄송합니다. 이 은혜는 평생 잊지 않겠습니다."

"잘 부탁해요."

미호는 자신뿐 아니라 쇼헤이도 울고 있다는 사실을 깨달았다.

……그런 고로, 학자금 건은 일단락됐습니다.

저희는 앞으로 십 년 동안 돈을 갚게 됩니다. 분명 길고 힘든 시간이겠지요. 가끔은 아직 무섭기도 해요.

저희는 할머니, 그러니까 후네코의 집과 가능한 한 가까운 곳에 집을 구하려고 해요. 그리고 상환일에는 할머니 댁에 직접 찾아 뵐 예정입니다.

의외로 할머니는 신경쓰지 않으십니다.

"요즘 같은 때 확실히 금리 1%를 보장해주는 곳은 잘 없거든" 이라고 하시네요. 정말이지 긍정적인 분이십니다.

제가 저 자신을 어떻게 설득했을 것 같나요?

살아가며 겪는 모든 일이 경험이자 기회이고, 빚 역시 하나의 경험이자 기회라고 생각했답니다.

그러므로 제가 어떻게 빚을 상환해나가는지 이곳에 상세히 적어둘 생각이에요.

기대해주세요.

인생에는 어쩔 수 없는 일들이 많잖아요.

나이, 질병, 성별, 시간……

어떤 종류의 빚은 이처럼 어쩔 수 없는 일 중 하나가 아닐까 합니다. 그렇다면 저희가 빚을 졌다고 해서 행복해질 수 없다는 건 이상하지 않나요? 이런 식으로 생각하면 안 되는 걸까요?

"돈이나 절약은 사람이 행복해지기 위한 수단이지 목적이 되어서는 안 된다."

　저희 할머니가 하신 말씀인데요, 지금은 저도 진심으로 그렇게 생각하고 있답니다.

옮긴이의 말

지금 수중에 3만 원이 생긴다면, 당신은 어떻게 하겠는가?

저마다 원하는 것과 추구하는 바가 다르니 가지각색의 사용법이 있겠지만, 일단 예전의 나라면 평소 잘 먹지 못하는 비싸고 맛있는 케이크를 사서 사치스러운 디저트 타임을 즐길 것 같다. 5만 원만 되어도 왠지 큰돈처럼 여겨져 신중히 계획을 세우고 소비했을 테지만, 글쎄 3만 원? 친구와 만나 밥 먹고 커피만 마셔도 금세 사라지는 돈이지 않은가. 서점에서 책을 사도 두 권, 잘해야 세 권이면 끝날 금액인데 이게 계획까지 세우면서 쓸 돈이나 되나? 이렇게 주장하면서 말이다.

그런데 이 소설에는 이토록 적은 돈을 어떻게 쓰는지가 사람의 인생에 영향을 미친다고 말하는 인물이 나온다. 미쿠리야 집안의 큰어르신, 일흔세 살의 미쿠리야 고토코는 자신의 손녀에게 "사람의 인생은 3천 엔을 어떻게 쓰는지에 달려 있단다"라고 말한다. 3천 엔. 환율에 따라 다소 차이가 있겠지만 대략 원화로 3만 원이 조금 넘는다. 고작 이 정도 돈을 어떻게 쓰는지에 따라 인생이 달라진다니 대체 무슨 소린가 싶겠지만 소설을 읽다보면 어느새 이 주장에 설득당해 고개를 끄덕이며 자신의 소비 패턴을 되돌아보는 스스로를 발견할 수 있을 것이다.

소설은 미쿠리야 집안의 여성 3대를 주인공삼아, 그들이 각자의 삶 속에서 맞닥뜨리는 돈 문제를 사실적으로 그려내고 있다. 세대나 저마다 처한 상황에 따라 주된 고민거리가 달라지는데, 이십대부터 칠십대까지 다양한 연령대의 인물이 주인공으로 등장해 결혼, 이혼, 노후, 학자금 등 누구나 한번쯤 고민해봤을 보편적 주제에 대해 이야기하기 때문에 어느 독자가 이 책을 펼치더라도 공감할 수 있는 인물을 한 명쯤은 발견할 수 있을 것이다.

또한, 돈을 절약하는 방법이나 모으는 방법, 운용하는 방법 등을 구체적 사례와 금액을 들어 제시한다는 점도 이 소설의 특징 중 하나다. 돈을 모으려면 고정비 지출부터 줄여야 한다는 일반론은 물론이고, 온라인 쇼핑 때 특정 사이트를 경유해 추가 포인트를 얻거나, 중고장터 앱으로 물건을 저렴하게 사고파는 등 실제 한국에서도 적용해볼 수 있는 절약 팁이 있어 더욱 유용하게 느껴진다.

하라다 히카는 2021년 『낮술』이라는 소설로 국내 독자들에게 이름을 알렸는데, 일본 현지에서는 스무 권이 넘는 저서를 발표하며 탄탄히 입지를 다져온 중견 작가다. 주로 여성을 주인공으로 그리는 그의 여러 작품 중에서도 『할머니와 나의 3천 엔三千円の使いかた』은 직접 작가가 자신의 책 중 가장 잘 팔렸다고 언급했을 정도로 현지에서 호평을 받았다. 2018년 4월에 단행본이 출간된 이후 2021년 8월에 문고본으로 재출간됐는데, 두 달여 만에 6쇄가 결정됐다고 한다. 첫 출간 후 삼 년이나 지난 작품이 여전히 사랑받는 건 그만큼 이 소설이 우리 주변에 있을 법한 인물들의 평범하고 현실적인 고민을 이야기함으로써 많은 독자의 공감을 이끌어내기 때문이 아닐까?

이 소설에는 눈에 띄게 독특한 개성을 지닌 인물이 등장하지 않는다. 매일 아침 출근 전 스타벅스에 들르는 게 삶의 낙이라는 사회초년생 미호도, 빠듯한 살림 속에서도 행복하게 살아왔지만 친구의 호화 결혼식 소식에 문득 박탈감을 느끼는 언니 마호도, 자신의 병을 계기로 남편과의 관계와 노후생활에 대해 고민하기 시작한 엄마 도모코도 왠지 모르게 우리 주변에 있을 것만 같다.

이런 평범한 인물들이 어느 날 직면한 인생의 문제에 대해 숙고하고 긍정적으로 대처해나가는 모습이 독자들에게 밝은 에너지를 전해주고, 동시에 저마다의 경제관념을 되돌아보는 계기를 만들어주리라 생각한다.

  평소 소비 지향적인 삶을 살아왔던 탓에, 이 책을 번역하는 내내 그동안의 방탕했던 생활이 떠올라 얼마나 가슴이 뜨끔거렸는지 모른다. 앞으로 마호처럼 절약하는 사람이 되겠다고 당차게 다짐도 했었는데, 이제 와 한 해를 되돌아보자니 새 집으로 이사를 한다는 핑계로 근래에 엄청 카드를 긁어댄 기억만 떠오른다. 이제 슬슬 내년 계획을 세울 시기가 다가오고 있다. 즐거운 연말 분위기에 휩쓸려 무절제한 소비를 즐기는 대신, 이 책을 지침서 삼아 내년에야말로 절약가로 다시 태어나는 데 성공할 수 있기를 바라본다.

                                                                    허하나

三千円の使いかた

原田ひ香

지은이 **하라다 히카**

1970년 일본 가나가와현 출생. 2006년 「리틀 프린세스 2호」로 제34회 NHK 창작 라디오 드라마 각본 공모전에서 최우수작품상을 수상했다. 2007년 「시작되지 않는 티타임」으로 제31회 스바루 문학상을 수상하고 소설가로서 본격적인 작품활동을 시작했다. 방송과 문학을 아우르는 감각으로 일상적 소재를 섬세하고도 속도감 있게 그려냄으로써 폭넓은 세대의 호응을 받으며 작품세계를 구축하고 있다. 지은 책으로 『낮술』 『76세 기리코의 범죄일기』 등이 있다.

옮긴이 **허하나**

경희대학교 일본어학과를 졸업하고 번역가로 활동중이다. 옮긴 책으로 『무리』 『달빛 수영』이 있다.

문학동네 세계문학

할머니와 나의 3천 엔

1판 1쇄 2021년 12월 13일 | 1판 2쇄 2022년 5월 30일

지은이 하라다 히카 | 옮긴이 허하나
기획·책임편집 고선향 | 편집 김정희
디자인 신선아 최미영 | 저작권 박지영 형소진 이영은 김하림
마케팅 정민호 이숙재 박치우 한민아 김혜연 이가을 박지영 안남영 김수현 정경주
브랜딩 함유지 함근아 김희숙 정승민
제작 강신은 김동욱 임현식 | 제작처 한영문화사

펴낸곳 (주)문학동네 | 펴낸이 김소영
출판등록 1993년 10월 22일 제2003-000045호
주소 10881 경기도 파주시 회동길 210
전자우편 editor@munhak.com | 대표전화 031) 955-8888 | 팩스 031) 955-8855
문의전화 031) 955-3578(마케팅) 031) 955-1917(편집)
문학동네카페 http://cafe.naver.com/mhdn | 트위터 @munhakdongne
북클럽문학동네 http://bookclubmunhak.com

ISBN 978-89-546-8418-7 03830

www.munhak.com